KB058910

타나카 유 지음
Llo 일러스트
신동민 옮김

전생했더니 검이었습니다

"I became the sword by transmigrating" Story by Yuu Tanaka, Illustration by Llo

10

전생했더니 검이었습니다

"I became the sword by transmigrating." Story by Yuu Tanaka, Illustration by Llo

10

타나카 유 지음
Llo 일러스트
신동민 옮김

CONTENTS

"I became the sword by transmigrating"
Volume *10*
Story by Yuu Tanaka, Illustration by Llo

제1장 신급 대장장이의 저택

몸이 무너져 내린다.

글자 그대로 손끝부터 너덜너덜하게 사탕 과자처럼 무너져 간다.

내 육체에 깃든 재생력도 의미를 잃었다.

"말도 안 돼……."

그분이──뮤렐리아 님이 쓰러지셨다는 건가……?

그러나 내 육체의 소멸이야말로 던전 코어가 파괴되었다는 확실한 증명.

"여기까지 와서……."

내 임무는 던전에서 생성되지 않은 야생 사인의 규합. 수인국 북부를 돌아 사인들을 부하로 삼아왔다.

대부분은 고블린이지만 야생 오크나 미노타우로스도 섞여 있다. 그 수는 천을 가뿐히 넘을 것이다. 이 군세를 이끌고 수인국의 각 도시를 함락시키는 것이야말로 내가 그분에게 받은 임무였는데…….

"끝……인가……."

그분이 죽은 지금 내가 무엇을 하든 무의미하다. 작전대로 도시를 파괴한다 해도 모두 쓸데없는 행위밖에 되지 않는다.

"하지만…… 하지만!"

확실히 내 행위는 모두 쓸데없어졌을 것이다. 주인도 돌아갈 장소도 잃었고, 무엇을 하려 해도 패배했다는 사실에 변화는 없다.

하지만 이렇게 끝내도 괜찮을까?

싫어!

단연코 싫다!

"적어도…… 적어도!"

수인국 놈들에게 한 방 먹여줘야지!

녀석들은 분명 뮤렐리아 님을 쓰러뜨려서 들떠 있을 것이다. 말도 안 되는 행운으로 잡은 그 승리에 젖어 있을 것이다.

그렇다면 그 들뜬 기분에 찬물을 뿌려주자! 이미 국가 전복은 물 건너갔다. 어쩔 수 없는 일이라는 건 알고 있다! 그러나 진 채로, 패잔병으로 사라지는 건 사양한다!

증오스러운 짐승들의 나라에 우리가──뮤렐리아 님과 그 일당이 존재했다는 증거를 지울 수 없을 만큼 깊게 새겨주마!

짐승들의 목숨을 처참하게 흩어버리고, 피의 비를 내리게 하고, 공포와 악행으로 우리를 대대손손 전하게 하자!

"네놈이 괜찮겠어……."

"갸가?"

내 뒤에서 기다리고 있던 고블린 한 마리의 가슴에 내 창을 찔렀다.

"갸…… 그……."

그렇게 어이없는 얼굴 하지 마. 이건 힘을 주는 거니까.

고블린 네크로맨서여, 네놈에게 내 힘을 주마. 이 창날은 뮤렐리아 님의 부하 중에서도 특별한 자만이 가지는 것을 허락받은, 사신석으로 만든 것이다. 그 힘을 받는 것을 영광으로 생각해라.

고블린의 피부가 어둠으로 칠해지듯이 검게 변색되어 갔다.

“기이이······.”

자신을 급속하게 바꾸는 사기에 겁먹은 표정을 하고 있군.

뭐, 정신에 이상을 좀 초래해서 자아가 사신석에 의해 바뀌는 것뿐이야.

그만한 대가로 사신석이 가진 힘의 일부를 물려받을 수 있는 거다. 싸잖아?

“갸가······ 갸····· 가가가가가아아아아아아아아!”

그래, 더 소리 질러! 네놈은 다시 태어났으니까!

미쳐 날뛰어라, 사신의 권속이여! 날뛰고 파괴해서 짐승들에게 한 방 먹이는 거야!

고블린 네크로맨서의 육체가 터지듯이 부풀어 오르고 촉수로 변해 주위 사인들을 덮치기 시작했다. 허둥대는 사인들이 잇달아 붙잡혀 고블린 네크로맨서였던 것에 흡수되어갔다. 그러면 된다. 동족을 먹고 강해져라! 그리고 파괴를 퍼뜨리는 거다!

“크하하하하하하! 짐승들에게 죽음을!”

*

격투로 엉망이 된 우리는 신급 대장장이라고 밝힌 여성에게 도움을 받고 있었다.

여성의 이름은 아리스테아.

수인국의 왕녀이기도 한 메아가 보증한 진짜 신급 대장장이다.

그 증거로 아리스테아는 고철이 될 뻔했던 내게 응급 처치를 해 위험한 상태에서 구해줬다.

지금은 내 수복을 본격적으로 하기 위해 아스테리아의 저택으로 향하고 있는 차였다.

　목적지인 저택은 뮤렐리아와 싸운 던전에서 더 동쪽에 있는 듯하다. 우리와 아리스테아, 아스라스를 태운 골렘 마차가 경계 산맥 가장자리를 나아갔다.

　"그럼 이야기를 좀 들어볼까?"

　아리스테아가 우리를 보며 입을 열었다.

　찰랑이는 아름다운 은발과 붉은색과 흰색의 토가 같은 의상. 외견만이라면 청초하고 덧없는 미녀이지만 그 입에서 나온 것은 남자가 쓰는 거친 말이었다.

　만난 지 얼마 되지 않은 탓인지 아직 그 차이에 익숙해지지 못했다.

　하지만 프란은 다른 일이 신경 쓰이는 모양이다.

　"저쪽, 괜찮아?"

　프란이 신경 쓰고 있는 것은 마부석이다. 지금은 완전히 말 모양 골렘에게 맡긴 채 나아가고 있기 때문이다. 사람이 지시를 내리지 않아도 괜찮을까? 그리고 마수에게 공격받지 않나?

　"괜찮아. 길도 완전히 외우게 했고 강력한 마수막이 결계도 있어."

　신급 대장장이가 마부 없이도 괜찮다고 하니 믿자. 분명 우리는 상상도 할 수 없는 고도로 복잡한 기술로 만들어졌을 테니.

　그리고 밖에서는 울시도 나란히 달리고 있다. 여차하면 울시가 적을 물리쳐주겠지.

　"그래서 우선 스승에 대해서 듣고 싶은데."

"……응."

프란은 아리스테아의 말에 고개를 끄덕이면서도 아스라스에게 곁눈질을 했다.

신검 가이아를 소지하고, 폭주하면 모든 것을 모조리 파괴할 때까지 멈추지 않는 귀인족 랭크 S 모험가. 다만 지금은 의식을 잃고 바닥에 쓰러져 있다.

내 스킬 테이커로 억지로 폭주를 멈춘 반동이겠지.

다만 언제 눈을 뜰지 알 수 없고, 만에 하나라도 이야기를 들으면 귀찮아진다.

그러자 아리스테아가 이상한 형상의 도구를 아이템 주머니에서 꺼냈다. 보기에는 1미터 정도 되는 갈색 끈이다.

"이건 염화로 대화가 가능해지는 아이템이야. 뭐, 끈을 만져야 하는 데다 1미터 이상 길이가 벌어지면 바로 염화가 들리지 않게 되는 미완성품이지만. 몇 사람이서 비밀 얘기를 하기에는 좋은 도구지?"

마차 벽 쪽 의자에 나란히 앉아 있는 프란과 아리스테아가 끈의 끝을 각기 잡았다. 프란에게 안겨 있는 나의 자루에도 감겼다. 끈은 이로써 길이가 아슬아슬해졌다. 확실히 짧다. 이러면 어지간히 밀착하지 않는 한 쓸 수 없을 것이다.

'어때? 들리나?'

'응.'

『들려.』

능력을 지나치게 혹사한 나는 지금은 염화를 쓰려고 하기만 해도 의문의 통증이 덮치는 상태에 빠져 있었다. 전투는커녕 프란과의 의사소통도 제대로 할 수 없는 상황이다. 그러나 이 아이템의 효과로 염화를 쓰는 경우엔 통증이 덮치는 일이 없는 듯했다.

조심스레 염화를 발동해보니 약간의 위화감은 있지만 정신을 직접 깎는 듯한 그 무시무시한 통증은 없었다. 이러면 평범하게 대화도 할 수 있을 것 같았다.

그건 그렇고, 검인 내게도 확실하게 효과가 있으니 역시 전설의 신급 대장장이가 만든 아이템이다.

'그럼 다시 묻겠는데, 스승 자신에 대해 듣고 싶다. 제작자나 제작 시대에 대해서.'

『알았어.』

나는 받은 질문에 대해 솔직하게 대답하기로 했다.

수리도 받아야 하고, 상대는 신급 대장장이다. 어설픈 거짓말은 들킬 것이다. 그리고 내 기원을 알 수 있을지도 모르니 속이지 않는 편이 낫다고 판단했다.

하지만 나는 내 제작자에 대해서 정말 아무것도 모른다. 이야기할 수 있는 것은 적었다. 그렇게 솔직하게 대답하자 아리스테아가 놀라운 말을 입에 담았다.

'그런가…… 스승은 원래 인간이었지?'

『어, 어떻게 알아?』

놀랍게도 내가 설명하기 전에 이미 들통난 상태였다.

어째서지? 혹시 신급 대장장이가 사용하는 감정에는 내가 원래 인간이라는 항목까지 표시되는 건가?

'아니, 스승 수준으로 대답할 수 있는 인조 혼백은 나라도 만들 수 없거든. 그리고 혼의 형태를 봐도 도저히 인조로는 보이지 않

았어.'

사령술사인 장이 가지고 있던 유니크 스킬처럼 영혼을 보는 능력을 보유한 듯했다. 나는 모르지만 혼에도 여러 형태가 있을 것이다. 아리스테아가 나를 빤히 응시하고 있었다.

'지나치게 인간 같은 대답에 사람과 똑같은 영혼. 마치 사람 같다고 생각하지 말고 원래 사람이었다고 생각하면 납득이 가. 뭐, 그건 그렇고 의문이 남는군.'

『뭔데?』

'사람의 혼을 검에 봉인하는 술법을 나는 몰라. 신급 대장장이인 나조차도 말이야. 어떤 방법을 썼는지 도무지 짐작이 가지 않아.'

결국 거기로 이어지는군.

누가 나를 검에 넣었을까? 그것은 검의 제작자일까, 아니면 다른 누군가일까?

'그것도 내 집에서 해석하면 뭔가를 알 수 있을지도 모른다. 생각은 나중에 하지. 음, 지금부터 기대가 돼 견딜 수 없군. 크크.'

아리스테아는 꽤나 평범한 사람 같아 보였는데 나를 보는 눈이 좀 무섭네. 새 장난감을 받은 어린아이 같은 눈이다.

'그럼 다음으로 프란과 만난 이후의 일을 듣고 싶은데, 괜찮겠나?'

『아, 응. 그쪽은 제대로 기억하고 있으니까 안심해.』

'……'

『어라? 프란?』

"쿨, 쿨."

프란은 어느새 잠들어 있었다. 묘하게 얌전하다 했더니.

울며 매달렸을 것이다. 씩씩하게 행동하고 있지만 키아라를 잃은 충격은 회복되지 않았을 테지. 아마 내 수복을 아리스테아에게 부탁하기 위해서 줄곧 기합을 넣고 있었을 것이다.

그래서, 아리스테아가 수복을 받아들이자 안심감이 이긴 것이다.

'프란에게는 나중에 이야기를 들을까.'

『미안. 되도록 내가 대답할게.』

'꼬맹이는 자는 게 일이니까. 할 수 없군. 그럼 만났을 때부터 이야기를 들어볼까?'

나는 모든 것을 숨김없이 이야기했다.

프란과 만났을 때의 이야기를 하자 아리스테아가 어이없어했지만 말이다. 나도 한심했다고 생각하니 어쩔 수 없긴 하다.

그 뒤로도 우리는 모험을 계속해 함께 각지를 돌아다니며 성장을 해왔다. 때로는 던전에 들어가고 바다를 건너서 여행한 끝에 이 땅에 도착한 것이다.

뭐, 아리스테아는 우리의 여행 부분에 관해서는 거의 흥미를 보이지 않았다. 그녀에게는 모험담보다 내 성장 방법 쪽이 중요한 듯했다.

호기심은 왕성하지만 자신이 흥미 있는 분야에 한정돼 있다는 주석이 달린 모양이었다.

내 설명은 이 대륙에 들어와 발키리 일당과 싸운 부분에 접어들었다. 여기서 내 증상과 관련이 있는 것으로 보이는 그 이변이 일어났다.

『어째선지 스킬을 쓰면 가끔 통증을 느끼게 됐어.』

'검인데 통증? 그거 흥미롭군. 스킬을 쓰면 매번 아픈가?'

『아니, 술법을 다중 기동할 때나 형태 변형을 지나치게 썼을 때

느끼는 경우가 많아.』

통각이 없는 내가 어째선지 느끼는 통증. 아니, 감각이 없으니 진짜 아픈지 아닌지도 의심스럽지만. 다만 아프다는 감각에 가장 가까운 것은 확실했다.

'그것도 기재를 써서 조사하기 전엔 아무 말도 할 수가 없군. 통증을 호소하는 검은 처음 봤으니. 다만 그게 뭔가 중대한 영향을 스승의 근간에 끼치고 있을 가능성도 있어. 앞으로 통증을 느낄 만한 행동은 삼가도록 해.'

『알았어.』

대화는 이 도구로 대신하고 있으니 어떻게든 되겠지. 나는 그 후 사인의 군세를 섬멸하고 아리스테아와 만날 때까지의 흐름을 설명했다. 스킬에 대해서는 역시 전부 어디서 입수했는지 기억하진 못하지만, 질문을 받은 범위 내에서는 전부 대답할 수 있었으니 틀리지는 않았다고 생각한다.

그 뒤로도 마석을 흡수할 때의 감각이나 인간이었을 때 느꼈던 욕망의 유무. 스킬을 사용할 때 사람과 검의 차이 등에 대해 이야기하며 시간을 보냈다.

아리스테아가 특히 흥미를 보인 것은 마석을 흡수하는 능력에 관한 이야기였다.

아리스테아는 어떤 마수의 마석치가 높고 낮은지 자세하게 물었다. 진짜 내 수복에 필요한 질문인가? 호기심을 우선하는 거 아닌가? 그렇게 생각하면서도 기본적으로는 위협도가 높은 마수의 마석치가 높고 사인의 마석치가 낮은 것 등을 이야기했다.

그리고 스킬의 레벨업도 마음에 걸리는 듯했다. 포인트를 소비하는 시스템은 들은 적이 없다고 한다.

'들으면 들을수록 흥미가 생기는군.'

『신급 대장장이가 그렇게 말해주니 영광이야.』

'전투력으로 말하자면 스승 이상의 무기는 있다. 신검 같은 거 말이야. 하지만 이렇게까지 불가사의한 검은 좀처럼 없어. 신급 대장장이를 놀라게 했으니 자랑스러워해도 좋아.'

전설의 대장장이가 처음 본다는 내 능력.

정말 누가 어떤 목적으로 만든 거지?

두 시간 후.

아리스테아의 질문에 대강 대답을 마쳤을 무렵 마차가 움직임을 멈췄다.

"오, 드디어 도착했나. 으음, 시간이 빠르게 지났군! 유의미한 시간이었다! 이봐, 프란, 일어나라."

"……음냐."

아리스테아가 프란의 몸을 가볍게 흔들었다. 의외라고 말하면 실례일지도 모르지만, 그 손길은 아주 부드러웠다. 거칠어 보이지만 배려를 할 수 있는 여성인 듯했다.

그렇게 생각했는데 말이야…….

"멍청이 귀신도 작작 좀 일어나라!"

자던 프란이 눈을 비비고 있는 옆에서 아리스테아가 아스라스의 머리를 발뒤꿈치로 걷어찼다.

이쪽은 가차 없군! 이봐, 괜찮아? 대미지는 그렇게 없어도 폭주해서 힘을 소모했을 텐데. 2미터가 넘는 덩치라도 머리를 차이면 아프지 않을까.

하지만 아리스테아의 발차기는 멈추지 않았다. 그렇게 다섯 번 정도 찬 직후였다.

"어? 여기는 어디지······?"

"드디어 일어났나. 멍청이 귀신."

"켁······, 아리스테아!"

아스라스는 아리스테아를 올려다보고 한심한 비명을 질렀다.

"왜, 왜 여기 있는 거야!"

"신검의 마력을 느꼈거든. 그것도 두 개나. 상태를 좀 보러 갔어. 만약 신검끼리 전투라도 벌어지면 큰일이니까."

신급 대장장이는 신검의 마력을 감지하는 능력까지 가지고 있는 건가. 게다가 지금 말투로 보면, 신검끼리 벌이는 싸움을 말리려 했던 것 같은데?

"싸우다 망가지면 내가 고칠 기회니까!"

아무래도 욕망에 충실한 사람인 건 확실한 듯했다.

"야! 누워 있지 말고 일어나! 너 때문에 우리가 못 나가잖아!"

"그, 그래."

아스라스, 아리스테아에 이어 프란이 마차에서 내렸다.

숲의 나무들 사이에 지어진 아리스테아의 저택은 외관이 이상했다.

석조 건물이지만 사방의 외벽이 이음매 없는 거대한 바위로 지어져 있었다. 거울처럼 닦여서 표면에는 조그마한 요철도 없다. 한 변이 25미터 정도 되는 흰 대리석 벽을 네 장 합쳐서 상자형으로 놓고 지붕 대신 또 한 장을 얹으면 이런 형태가 될 것이다.

그런 신기한 모습의 건조물에 규칙적으로 작은 창문이 달려 있었다. 그 덕분에 다행히 건물이라는 것을 알아볼 수 있었다. 창문이 없었다면 분명 집이라고는 생각하지 못했을 것이다. 기껏해야 유적이나 마법 장치라고 생각했겠지.

창문이 늘어선 모습을 보아 2층 건물로 짐작됐다.

"내 저택은 어떻지?"

"여전히 눈이 따갑고 쓸데없이 크군. 이게 이동이 가능하니까 터무니없는 거야."

놀랍게도 이 저택 자체가 마도구이면서 휴대가 가능한 모양이다. 역시 신급 대장장이의 저택이다. 평범하지 않다.

"흥. 이 저택에 쓸데없는 부분은 하나도 없다. 그걸 이해 못 하다니, 너야말로 쓸데없이 크기만 하구나."

"큭……."

아리스테아는 아스라스의 말이 마음에 들지 않았는지 날카롭게 노려보며 신랄한 말을 토했다. 하지만 아스라스는 되받아치지 않고 쩔쩔맬 뿐이었다.

역시 아스라스는 아리스테아가 거북한 듯했다. 대체 두 사람 사이에 무슨 일이 있었던 걸까.

"이쪽이다."

마차를 특제 아이템 주머니에 넣은 아리스테아를 따라 저택 안으로 발을 들였다. 그곳에는 외견과 마찬가지로——아니, 그 이상으로 신기한 광경이 펼쳐져 있었다.

"내 연구실 겸 공방에 온 것을 환영한다."

아무래도 저택 전체가 작업장으로 꾸며져 있는지, 입구는 전혀 존재하지 않았다. 한 걸음 발을 들이면 즉시 아리스테아의 연구실 겸 공방이 나오는 듯했다.

다만 얘기해주지 않았다면 이곳이 연구실 겸 대장 공방이라고는 생각 못 했을 것 같다. 아니, 얼핏 보기에 어떤 용도의 방인지 전혀 알 수 없었다.

벽이나 천장이 희미하게 빛나고 있다. 게다가 마술적인 빛이 아니다. 놀랍게도 금속이 도금처럼 붙어 있었다. 잘 닦인 은 식기처럼 깔끔한 금속 벽이다. 그것이 천장에 달린 전구 같은 램프의 빛을 반사해 눈부시게 빛나고 있었다.

방 중앙에는 침대 크기의 직사각형 대가 놓여 있었다. 벽과 같은 소재로 만들어진 듯했다. 이쪽도 번쩍번쩍하다. 이과 실험실의 탁자처럼 같은 간격으로 늘어서 있었다.

하지만 그것 외에는 아무것도 놓여 있지 않았다. 가구도 도구류도 전혀 없었다.

아니, 자세히 보니 벽 쪽에는 서랍장 정도 크기의 상자가 잔뜩 늘어서 있군. 빛이 반사돼 시야를 가려서 전혀 눈치채지 못했다. 마치 광학 미채 같았다.

"대단해."

아스라스가 말한 대로 눈이 따가운지 프란이 눈을 가늘게 뜨며 벽과 천장을 들여다봤다. 그것을 본 아리스테아가 아무렇지 않은 듯이 설명해줬다.

"은으로 보이는 건 미스릴 도금이야. 마력적으로 섬세한 작업을 할 때 외부의 마력이 가장 방해가 되거든. 저렇게 해서 외부의 마력을 차단한 거지."

"미스릴? 미스릴이야?"

"그래."

프란이 계속 놀라는 것도 꽤나 드문 광경이다. 그러나 도금이라고는 해도 이 정도 양의 미스릴이다. 엄청나게 사치스러운 거 아닐까? 역시 신급 대장장이다.

"그 정도로 놀라면 이 녀석과는 못 어울린다."

"시끄러워, 바보 귀신. 이제부터 중요한 이야기를 할 거니까 넌 위에 가 있어. 손님방은 알지?"

"알아. 다만 그 전에 무슨 일이 있었는지 설명해줬으면 하는데."

"어디까지 기억해?"

프란이 묻자 아스라스는 턱에 손을 살짝 대고 신음했다. 기억 선반의 서랍을 열고 있는 거겠지.

"아…… 내가 폭주해서, 네가 스킬로 내게서 광귀화를 빼앗아 폭주를 멈춰줬다는 것까지는 왕녀에게 들었어. 하지만 그 뒤에 바로 의식을 잃었고 정신을 차리니 여기서 눈을 뜬 느낌이야. 사인 녀석이 뭔가와 싸우고 있었던 건 왠지 기억하고 있는데……."

광귀화가 해제된 뒤에 메아 일행의 보호를 받으며 정말 조금 설명을 들었을 뿐인 것 같군. 그리고 내가 폭주해 제로스리드와 싸우기 시작할 즈음에 정신을 잃은 건가.

"이렇게 기분 좋게 일어난 건 오랜만이야. 감사 인사를 하지. 내게서 그 기분 나쁜 스킬을 빼앗아줘서 고맙다."

아스라스가 머리를 깊이 숙였다.

그 눈은 진지해서 농담을 하는 분위기는 조금도 없었다. 정말로 감사하는 듯했다.

"하지만 빼앗기만 한 거라서 바로 부활할 거야."

영혼에 새겨진 고유 스킬은 빼앗겨도 며칠 내에 부활한다고 한다. 우리가 스킬 테이커로 빼앗은 광귀화 스킬은 아스라스의 종족인 재앙귀의 고유 스킬이다.

조만간 부활해버리겠지.

"그래도. 고작 며칠이라도 내가 아니게 되는 공포에서 해방될 수 있는 건 고마워. 큰 빚을 졌군."

"안 그러면 우리가 위험해지니까 했을 뿐이야."

"오히려 왕녀나 키아라를 이 손으로 죽이지 않고 해결된 걸 감사해야겠지. 녀석들에게도 나중에 사과를 해야겠어."

"……큭."

그런가. 아스라스는 키아라가 죽은 걸 모르는 건가.

하지만 프란에게는 자신의 입으로 설명할 만한 결단력이 아직 생기지 않았을 것이다.

아스라스의 말을 듣고 미간에 주름을 지은 채 뭔가를 참는 표정으로 고개를 숙이고 말았다.

"……."

"왜 그러지?"

"하아…… 이 바보 귀신! 나중에 해! 그때 키아라의 최후를 들려줄 테니까."

"……그래."

아리스테아의 말과 프란의 태도로 이해했을 것이다.

아스라스의 얼굴에서 표정이 사라졌다.

하지만 이것만큼은 가르쳐줘야 한다.

『네 탓이 아냐.』

"……누구지?"

사실은 더 자세히 가르쳐주고 싶지만 역시 자력으로 염화를 사용하는 대화는 아직 무리다. 다만 키아라는 폭주한 아스라스의 손에 당한 것이 아니라는 사실을 반드시 전해야 한다고 생각했다.

어떤 관계였는지는 알 수 없지만 오랜 지인인 듯하니 말이다.

"그것도 나중에 가르쳐주지. 다만 네가 죽인 게 아냐. 그 사인과의 전투에서 무리를 한 듯해."

"그런가……. 알았다. 그럼 방을 빌리지."

"배가 고프면 식당으로 가. 골렘에게 명령하면 뭔가 차려줄 거야."

"그래."

그리고 아스라스는 초연한 모습으로 계단을 올라갔다. 위층이 거주 공간인가 보다.

그것을 배웅한 아리스테아는 순간 고통스러운 표정을 띠었지만 바로 진지한 표정으로 나와 프란을 마주 봤다.

"그럼 바로 스승의 수복을 시작하지. 그 상태로 방치한다고 생각하기만 해도 내 스트레스가 올라가니까."

"응. 부탁합니다."

『부탁해.』

"스승은 말하지 않는 게 좋아. 그보다 우선 칼날을 수복한다. 단순히 리페어를 해도 되는지조차 알 수 없으니 샘플을 채취해 분석을 하지. 그리고 모자란 소재를 보충하면서 스승에게 부담이 가지 않는 방법으로 수복을 실시할 거다. 알겠지?"

"???"

음, 프란은 완전히 이해를 못 하는 상태로군. 다만 무기의 수복에 대해 아스테리아 이상으로 자세히 알고 실력 좋은 사람은 없을 것이다. 그렇다면 전부 맡기자.

『……맡길…… 크윽!』

"일단 염화끈을 둘러둘까. 얘기할 때마다 신음하면 집중력이 흐트러질 것 같아."

아리스테아가 염화끈을 내 자루에 감아줬다. 이로써 조금은 염화를 하기 편해졌다. 매번 프란이나 아리스테아가 끈을 잡아야 하지만.

"프란, 스승을 거기 있는 대에 놓아."

"응."

"그럼 해석을 시작하지. 프란은 어떻게 할래? 뭣하면 식사라도 준비해주지."

"괜찮아. 보고 있을래."

"알았다."

그리고 아스테리아가 해석을 시작했다.

미스릴로 도금한 대 위에 놓인 내게 아스테리아가 다양한 마술과 스킬, 마도구를 사용했다. 대 아래 달린 서랍에 각종 공구와 도구를 넣어둔 듯했다.

아무것도 없는 간소한 방으로 보이지만 실제로는 연구실 겸 공방이라는 이름에 맞게 온갖 도구가 곳곳에 수납되어 있을 것이다.

대단한 점은 어느 것이든 감정이나 해석 계열 도구라는 것이다. 그만한 종류를 사용할 수 있는 것도, 그만한 정보를 처리해 유효하게 이용할 수 있는 것도 대단하다.

외부에서 보면 엄청나게 평범하겠지만 말이야. 그야 반파된 검에 손과 거울을 대고 가만히 있을 뿐이니 말이다.

이래서는 프란이 엄청나게 빨리 질릴 것 같다. 그렇게 생각했지만 10분이 지나고 20분이 지나도 프란은 작업하는 아스테리아를 빤히 보고 있었다.

졸음이 오는 기색도, 질려서 안절부절못하는 기색도 보이지 않았다. 그만큼 나를 진지하게 생각해주고 있다는 뜻이겠지. 이러면 안 될지도 모르지만 조금 기뻐졌다. 프란이 나를 사랑해주고 있다고 다시금 느꼈기 때문이다.

한 시간 후. 겨우 아스테리아의 해석이 종료된 듯했다.

이마의 땀을 닦으면서 아리스테아가 중얼거렸다.

"역시 금속 부분은 오레이칼코스인가."

"오레이칼코스?"

"신급 대장장이만 만들 수 있는 특수한 금속이다. 올바른 지식이 없는 사람은 하르모리움 계열 합금이라고밖에 생각할 수 없겠지만, 특수한 술법으로 가공하면 신검의 소재도 되는 신의 금속이지."

신의 금속! 그것만으로도 엄청 대단하게 들리는데!

『나, 나는 그 금속으로 만들어져 있는 거야?』

"그래."

"그럼 스승을 만든 사람은 신급 대장장이야?"

『아니, 신급 대장장이가 만든 오레이칼코스를 어떤 방법으로 입수한 평범한 대장장이일 가능성도 있어.』

무심코 부정하는 말을 입에 담고 말았다. 신급 대장장이가 만든 엄청난 검일지도 모른다고 기대했다가 아니었다면 대미지가 크니까 말이다.

하지만 내 부정의 말을 아리스테아가 다시 부정했다.

"아니, 오레이칼코스를 이렇게까지 완벽하게 다루는 건 신급 대장장이가 아니면 무리야. 적어도 스승의 외부는 신급 대장장이가 만들었을 거야."

『어? 그럼 나는 신검이야……?』

진짜? 내게 실은 봉인되어 숨겨진 힘이――.

"그것도 아니야. 제작자의 이름이 없어."

네, 역시 기대하지 말아야 했습니다.

그렇겠지. 신급 대장장이가 만들었다고 신검이라고는 할 수 없겠지.

『이름이 없다는 건 그건가? 신급 대장장이가 대충 만든 양산품 같은 건가?』

뭐랄까. 기뻐해야 하나 슬퍼해야 하나. 평범한 대장장이가 전력으로 만든 검보다 신급 대장장이가 대충 만든 검이 더 성능은 좋을 것이다.

그러나 나로서는 전자가 더 귀하게 느껴진다.

『으음……. 이름이 없는 건가.』

"잠깐, 이름이 없다고 했지만 처음부터 없던 건 아니라고 생각한다."

『무슨 뜻이야?』

"아마 이름이 지워진 거겠지."

"지워져?"

『원래 뭔가 이름이 있었지만 지워졌다는 거야?』

"그래, 맞아. 실은 스승의 출처에 대해 조금 짐작 가는 게 있어."

놀랍게도 아스테리아는 나에 관해 뭔가를 알고 있는 듯했다.

그러나 그 얼굴에 자신은 없어 보였다. 가능성이 희박하다. 그 정도일지도 모른다.

"나도 확증이 있는 건 아니지만……."

"무슨 소리야?"

"잠깐만──창검(創劍)의 진리 기동."

아리스테아가 눈을 감고 집중했다. 그리고 뭔가 스킬을 기동했다.

직후 그 눈앞에 투명하고 얇은 판 같은 물체가 떠올랐다. 거기에 글자나 그림 등이 표시되어 있었다.

"그건?"

"신급 대장장이의 고유 스킬, '창검의 진리'의 기능 중 일부야. 뭐, 대략적으로 말하자면 신검이나 검에 관한 지식이 담긴 도감 같은 거지. 신급 대장장이는 거기에서 정보를 꺼낼 수 있어. 정보를 이렇게 외부에 표시하는 것도 가능해."

지식 계열 스킬인가? 하지만 그 정보를 표시할 수도 있는 듯했다. 정말 고성능 도감 같은 것일지도 모른다.

마치 홀로그래피 같은 정보 표시 기능을 보니 마법이나 스킬이라기보다 SF 같은 냄새마저 났다.

"뭐, 남에게 보여줄 수 없는 정보도 많지만……. 어때? 읽을 수 있겠나?"

읽을 수 있느냐고 묻는데, 그야 눈앞에 표시되어 있으니까──.

『응? 뭐야 이건.』

"못 읽겠어."

표시되어 있는 문자가 엉망진창이었다. 암호화된 건 아니지만 완전히 글자가 깨진 상태다. 하나 아리스테아는 그것을 예상한 모양이다. 당황하지 않고 고개를 끄덕였다.

"역시로군. 그럼 그림 쪽은 어떻지?"

『검이 보이는데.』

문자에는 버그가 생겼지만 일러스트는 문제없었다.

검 한 자루가 표시되어 있었다.

어디서 본 적이 있는 것 같은데……?

"응. 스승하고 조금 닮았어."

『그래? 듣고 보니 그런가.』

프란의 말을 듣고 기시감의 정체를 알았다. 확실히 나와 닮았다.

가장 눈에 띄는 엠블럼 부분의 형태는 전혀 다르지만 자루나 도신은 똑같았다.

"그림은 문제없는 것 같군."

그림에는 아리스테아가 보여주고 싶었던 것이 확실하게 표시되어 있는 듯했다. 아니, 자격이 없는 자가 보면 글자가 깨질 뿐 아리스테아에게는 제대로 글자 정보가 보이는 모양이다.

『일부러 그걸 보여줬다는 건 그 검이 나와 관계가 있다는 뜻이야?』

"그래, 프란도 말했지만, 스승과 공통점이 너무 많아."

그렇게 말하고 아리스테아가 이 그림과 내 유사점을 꼽아갔다.

우선 자루. 형태도 크기도 끈의 색이나 끈을 짠 방식도 완전히 일치한다고 한다. 그야말로 흉내 내기만으로 이렇게까지 비슷하기는 어렵다고 할 만큼.

이어서 도신. 푸른 모양이나 그 이외의 세세한 장식도 비슷하다. 칼날의 길이도 완전히 일치한다고 한다.

다만 가장 눈길을 끄는 날밑 부분이 전혀 달랐다.

내 코등이 부분에는 늑대를 본뜬 용맹한 엠블럼이 있다. 하지만 이 그림에는 사람의 얼굴 같은 물체 네 개가 나란히 그려져 있었다. 눈을 감은 아름다운 네 여성과 두 쌍씩 네 장인 천사의 날개 같은 의장의 엠블럼이다.

『확실히 엠블럼 말고 다른 부분은 비슷할지도 모르겠어…….』

"그렇지? 자세히 설명하려면 시간이 걸려. 수복을 하면서 하지. 잠시 기다려."

아리스테아가 일단 이야기를 중단하고 아이템 주머니에서 농구공 크기의 금속 구체를 꺼냈다. 주문을 살짝 외우고 금속 구를 만지자 단숨에 그 형상이 변화했다.

가느다란 강철 실이 뒤엉켜 마치 금속으로 만들어진 솜사탕 같은 이상한 모양이었다.

아리스테아가 그 금속 솜을 내 도신에 눌렀다. 그러자 솜이 의사를 가진 듯이 꿈틀거리며 내게 휘감기듯이 변화했다.

그 위로 아리스테아가 어떤 마법약을 똑똑 뿌렸다. 흑자색이라 조금 불안해지는 액체. 그러나 아리스테아를 믿고 참았다.

동시에 아리스테아가 뭔가 주문을 영창해 솜 위에 마력을 흘렸다.

직후 내 온몸을 따듯한 무언가가 감쌌다. 그 따듯함을 느끼는 것만으로 묘하게 안심할 수 있었다.

역시 신급 대장장이는 대단하군.

"——휴우. 이로써 이 오레이칼코스가 스승의 도신에 흡수돼 자동적으로 수복이 시작될 거야."

『이게 오레이칼코스야?』

"그래, 맞아. 오레이칼코스를 내 능력으로 실 형태로 변형시킨 거지."

전설의 금속인데 이렇게 많이 썼다는 거지?

"신급 대장장이는 간단히 입수하는 물건이야. 신경 쓰지 않아도 돼."

"고마워."

"이게 일이니까. 그보다 아까 하던 얘기를 계속하지."

아리스테아가 연구실 구석에서 파이프 의자와 비슷한 생김새의 의자를 끌어와 앉았다. 프란에게도 같은 의자를 권했다.

"우선 내 소견으로 말하자면 스승은 여러 인간이 만든 것 같아."

『여럿? 제작자가 몇 명이나 있다는 소리야?』

"뭐, 거기에 가깝지. 겉모습이 되는 검을 만든 녀석과 안을 조정한 녀석은 다를 거야."

"안?"

"검의 안에 인간의 영혼을 봉인하거나 마석을 흡수하는 능력을 만든 녀석 말이야. 살짝 보기만 해도 일의 성질이 너무 달라. 그걸 전제로 이야기를 진행하지."

"알았어."

『알았어.』

의외로 충격이랄까, 놀라운 감정은 적었다. 애초에 아무것도 몰랐던 상태여서 '실은 여러 인간이 만든 검이었습니다! 짜잔!'이라고 말해봐야 '흐음, 그래서?'라는 느낌이다.

인간이라면 부모가 여럿이라 복잡한 사정이 있는 상태인 건가?

우리가 일단 이해한 것을 확인하자 아리스테아는 아직 표시되어 있는 검의 그림을 프란의 앞으로 이동시켰다.

"이 검 말인데, 이름은 지혜검 케루빔. 지금은 잃어버린 신검이지."

"신검 케루빔?"

『신검? 이게 신검이라고? 어? 나와 닮은 이 검이?』

제작자의 정보와 달리 이쪽의 정보는 무시할 수 없다. 신검을 가까이서 본 적이 있는 만큼 실감이 달랐다.

그도 그럴 게, 신검이란 말이지. 세계 최고의 검과 내가 닮았다고?

"무슨 소리야?"

"뭐, 몇 가지 가능성을 생각할 수 있는데……. 스승은 폐기 신검이라고 생각해."

『폐기 신검? 또 처음 듣는 단어로군.』

"몰라."

"음, 그런가. 확실히 널리 알려진 이야기도 아니니. 우선 그쪽 설명부터 하지."

폐기 신검이란 말 그대로 폐기된 신검이라고 한다.

웬만해서는 폐기되는 일이 없는 신검이 폐기되어 폐기 신검이 생겨나는 이유는 크게 세 가지가 있다고 한다.

"하나가 어떤 이유로 크게 손상돼 수복이 불가능한 경우. 유감이지만 폐기돼."

『그런 일이 가능해? 신검이잖아?』

"세상에는 사신이나 신수처럼 규격 밖의 존재가 있어. 신검이라 해도 절대적인 존재에는 못 당하지."

신과 나란히 하는 검이라 해도 마찬가지로 신에 준하는 마수들을 앞에 두면 지는 일도 있는 모양이다. 아무리 강해도 항상 이기거나 절대 무적인 경우는 있을 수 없는 것이다.

"두 번째가 여러 가지 이유로 제작에 실패한 경우. 신검에 준하는 힘을 가졌지만 능력이 어중간해 폭주할 위험성도 있기 때문에 대개는 폐기돼."

신검이 되지 못한 실패작이란 거군. 폐기하기는 아깝지만 폭주할 가능성을 확실히 간과할 수 없을 것이다.

능력만큼은 신검에 준하기 때문이다. 폭주할 가능성이 있는 대량 파괴 병기는 무서워서 보관할 수도 없을 것이다. 그것과 같은 이유다.

"마지막이 완성된 신검이 너무 위험해서 폐기를 명령받는 경우."

"명령받아? 누구한테?"

"신이야. 과거에 신이 폐기하라고 명령한 신검은 세 자루 있어. 어느 것이나 너무 위험해서 능력을 거의 발동시키지 않고 신급 대장장이 본인이 폐기했지."

그렇군, 만드는 데 성공했지만 예상 이상으로 위험한 능력이어서 폐기할 수밖에 없었던 경우인가. 신이 폐기를 명령할 정도로 위험한 능력이라니, 상상이 안 가네.

"신검이라 하면 우리에게 자식이나 마찬가지야. 그 폐기를 명령받은 과거의 신급 대장장이들이 느꼈을 마음의 고통은 어느 정도였을지……."

아리스테아가 얌전한 얼굴로 중얼거렸다.

"하지만 세상에 대항하는 검을 세상에 내놓아서는 안 되는 것도 확실해. 어쩔 수 없는 일이겠지. 그러니 지금 건재한 신검은 그대로 남아 있기를 바라. 어떠한 이유로 파괴를 면한 폐기 신검이라 해도."

그것이 아리스테아가 우리에게 호의적인 이유인가? 단순히 검 오타쿠인 줄 알았는데.

"그 세 개는 어떤 검이었어?"

"세 자루 중 하나는 핵격검 멜트다운. 자세한 이유는 창검의 진리에도 적혀 있지 않지만, 엄청난 힘과 독을 뿜어내는 무시무시한 신검이었다고 해. 내버려두면 세계에서 생물이 사라질 우려가 있어서 폐기를 명령받았어."

힘과 독……. 핵에너지와 방사능인가? 이름도 멜트다운이고. 위력이 어느 정도인지는 모르지만 세계 각지에서 마구 쓰이면 그야 위험하겠지. 신이 위험하게 볼 정도의 위력은 있었겠어.

"두 번째는 단죄검 저지먼트. 신벌을 유사하게 재현할 수 있는 신검이었다고 해. 하지만 이것도 세계의 이치를 왜곡할 가능성이 있어서 폐기됐어."

이쪽은 전혀 상상이 가지 않는다. 다만 신의 직분을 침범할 가능성이 있다면 확실히 위험시될 만하다.

"그리고 마지막 하나가 지혜검 케루빔이다. 신의 영역에 축적

된 모든 지식을 열람하고, 거기에 간섭하며 수정하는 것조차 가능했다고 해. 문제시된 건 지식의 열람 능력이었던 것 같지만. 사람이 알아서는 안 되고 몰라야 하는 지식조차 열람할 수 있었다는 모양이야."

위험한 지식을 세상에 퍼트릴 우려가 있다는 건가? 핵융합처럼? 그런데 그 케루빔이 나와 뭔가 관련이 있을지도 모른다는 거지?

좀 무서운데.

"폐기 신검에 대해서는 어느 정도 알았나?"

"응."

『그래.』

"그럼 이 케루빔과 스승의 관계에 대해서 말하지."

드디어인가. 조금 긴장되는군.

"내 나름대로 생각해봤어. 신검을 폐기할 때 어떻게 폐기할까."

"응? 버리는 거야?"

『아니, 그렇게만 하면 안 되지. 존재해서는 안 되니 녹여서 주괴로 만드는 게 아닐까 싶은데…….』

내가 녹는 장면을 상상하고 몸서리를 쳤다. 사람이었다면 엽기적으로 죽는 호러 신을 상상한 듯한 느낌이다. 으음, 내가 상상 이상으로 검에 적응해서 조금 놀랐다.

"물론 화로에 넣어 오레이칼코스 덩어리로 되돌리는 경우도 있겠지. 하지만 그건 그것대로 아깝다고 생각하지 않나?"

『듣고 보니 그러네.』

신검은 만드는 데 막대한 시간과 노력이 들어갈 테다. 그것을 완전히 파괴해 없었던 것으로 되돌릴 수 있을까?

나라면 못 한다. 오히려 안 된다고 지적받은 부분을 어떻게든 고쳐서 다시 쓰자고 생각할 것이다.

"그렇지? 이러니저러니 해도 신검으로 만들어진 일급품 검이 잖아? 그렇다면 안의 능력만 없애고 겉은 다르게 돌려쓰면 돼."

『즉 내가 그거라는 소리야?』

"그렇게 짐작하는 거지. 신검으로서의 기능은 잃어도 그 그릇의 크기는 다른 마검과 비교가 안 돼. 새로 다른 능력을 추가할 수 있을 거야."

하지만 엠블럼 부분이 다른 건 왜지? 그림대로 천사 엠블럼이 아니면 이상하지 않나?

"그것만이라면 바꿀 수 있어. 새 검으로 바꿀 때 엠블럼만 새로 만드는 건 이상한 일이 아니잖아?"

"응. 확실히."

"그리고 내가 지금 한 얘기가 확실한 것도 아니야. 다른 가능성으로는 케루빔을 만들 때 나온 시제품이나 실패작이었을 가능성도 있어. 그리고 같은 계통의 자매품이었다는 것도 생각할 수 있겠군."

"스승은 실패작이 아냐."

실패작이라는 말에 반응한 프란이 목소리를 높였다. 참 착한 애야!

『고마워, 프란.』

"스승은 대단한 검이야."

"미안하다, 미안해. 딱히 험담을 한 건 아냐."

"응."

35

"확실하게 말할 수 있는 건 스승과 신검 케루빔은 뭔가 연관이 있다는 거다. 경우에 따라서는 어떤 능력을 계승했을 가능성도 있어."

케루빔의 능력이라…….

여기까지 이야기를 듣고 나는 어떤 존재를 떠올리고 있었다. 폐기 신검 이야기를 듣기 시작한 무렵부터 어쩌면, 하고 생각했던 것이다. 들으면 들을수록 그것은 확신이 되어갔다.

언제나 내 옆에 있어주는 믿음직한 존재, 알림.

지금도 내게 레벨업이나 칭호를 기계적으로 알려주는 알림이지만, 한 번 대화가 가능해진 적이 있었다.

처음 잠재 능력 해방을 사용한 리치와의 싸움 때다. 그리고 알림은 헤어질 때 신경 쓰이는 말을 남겼다.

〈개체명 스승에게 감사를. 신이 존재를 허락하지 않아서 제작자에게 존재를 말소당해 형태로만 존재가 허용된 제가 일시적이라고는 하나 마지막에 주인을 위해 힘을 행사할 수 있었습니다. 당신들의 여행에 지혜의 신의 가호가 있기를——〉

그야말로 아리스테아에게 들은 이야기 그대로이지 않을까? 게다가 알림은 잠재 능력 해방 중 신의 영역이라는 말을 했을 것이다.

〈——신의 영역에 접속을 시도합니다——성공. 라이브러리를 참조. 접속 능력의 소실과 교환해 천안의 정보를 입수. 천안 스킬을 구축——〉

그렇게 말했다. 이것도 아리스테아가 이야기했던 신의 영역의 지식을 열람해 간섭하는 능력이지 않은가. 아리스테아에게 알림에 대한 추측을 이야기했다.

"흥미롭군. 그건 확실히 케루빔의 잔재라고 할 수 있는 존재일지도 몰라. 그렇다면 정말로 케루빔을 다시 이용해 만들었을 가능성이 높아지는군."

『그 말도 누군가가 했는데······.』

그렇다. 그 수수께끼의 목소리다. 내가 눈을 떴을 때 들린 누군가의 목소리. 그것도 몇 번인가 조언 비슷한 것을 주었지만 결국 그 정체는 모른다.

『그 목소리가 알림은 '이미 사라진 존재의 잔재. 그게 잠재 능력 해방으로 기적적으로 밖으로 나왔을 뿐이야. 한계 이상 힘을 행사한 대가로 그 잔재마저 사라졌어'라고 말했을 거야.』

그 목소리도 의문이지. 적이라기보다는 아군 같았고, 생각해서 어떻게 될 일도 아닌 것 같아서 애써 신경 쓰지 않았지만······.

현 상황에서는 무시할 수 없다. 나는 아리스테아에게 수수께끼의 목소리에 대해서도 물어보기로 했다.

『실은 내 안에는 알림과는 따로 또 한 사람? 누군가가 있는 것 같아.』

"뭐라고? 그건 어떤 상대지?"

『으음······.』

어떠냐고 물어봐도 말이야. 성격이 좀 나쁜 듯한 남성이고 내 안에 있다. 월연제가 다가오면 힘을 되찾을 수 있는 것 같지만 매번 이런저런 방해가 들어와서 제대로 대화한 적은 없다.

다만 내 사정에 대해서 이것저것 아는 것 같기는 했다.

"그것만으로는 예상조차 할 수 없군."

『그야 이름도 모습도 몰라. 할 수 없──아니, 모습은 한 번 봤다.』

바르보라의 숙소에서 환상 같은 느낌으로 모습을 보였다. 분명 내가 잠재 능력 해방을 쓴 탓에 그 남성도 왠지 힘을 소모해서 한동안 말을 걸 수 없게 됐다는 사실을 제스처로 사과하러 왔었다.

『그게, 장년 남성이었어. 올백으로 넘긴 은발에 로브 같은 넉넉한 옷을 입고 있었을 거야.』

"아무리 그래도 그것만으로는 힌트가 될 것 같지 않군."

『역시 그런가?』

은발 남성이라면 얼마든지 있을 것이다. 역시 그 정도 특징으로는 도움이 되지 않는 듯했다.

『그리고…… 그렇지! 내 안에 있는 뭔가의 봉인을 감시하고 있는 것 같았어.』

"뭔가의 봉인?"

『응, 시드런에서 있었던 일인데──.』

시드런 해국에서 체험한 봉인의 균열에서 시작된 폭주와, 그것을 수수께끼의 목소리가 억제해준 경험을 들려줬다.

마침 소울 드레인 때문에 거무죽죽한 마력을 방출하는 무언가의 봉인이 약해져서 밖으로 나올 뻔했다. 그것을 수수께끼의 목소리가 봉인을 다시 강화해 도와줬다.

"그렇군, 위험했어. 뭐, 그것도 나중에 조사해보면 뭔가 알 수 있을지도 몰라. 도신의 수복이 끝나면 내부의 해석과 수복에 착수할 거니까. 신중하게 해야겠어."

그보다 그 남성과 대화를 나누면 모두 해결될 것도 같은데. 아리스테아의 힘으로 이야기를 할 수는 없을까?

"그렇군. 그럼 그 수수께끼의 목소리와 접촉하기 위해 애써볼까."

『할 수 있어?!』

내가 말해놓고도 놀라고 말았다. 역시 신급 대장장이. 내 상상을 뛰어넘는다.

"뭐, 기다려 봐. 할 수 있을지 없을지는 몰라. 시험해볼 뿐이야. 너무 기대하지 말고 기다려."

『그래도 가능성이 있다면 부탁해.』

"맡겨둬."

『그리고 뭔가 도움이 될 만한 정보는──맞다, 난 아무래도 혼돈의 신의 권속인 것 같아.』

"뭐라고? 혼돈의 신? 지혜의 신이 아니라?"

『응.』

"흐음……, 신검은 그 이름대로 신의 힘을 가진 검이다. 각각의 신검이 힘을 준 신에 속하는 권속인데……. 케루빔은 지혜의 신의 권속이었을 거야. 그런데 혼돈의 신? 그렇군, 조사해볼 가치는 있겠어."

오오, 다행이다. 조금은 도움이 됐을지도 모르겠군.

그 밖에 전하지 않은 정보는 없나?

『아, 내가 꽂혀 있던 장소의 자세한 정보가 뭔가 힌트가 되지 않을까?』

"마랑의 평원이었나? 솔직히 말해서 직접 제단을 조사하지 않으면 의미는 없어.”

『그래?』

“나도 간 적이 없거든. 요 백 년 동안 대륙은 전부 다녔지만 마랑의 평원은 가지 않았어.”

“백 년?”

『어? 지금 몇 살이야?』

모든 대륙을 갔다는 정보보다 나이 이야기 쪽이 놀라운데?

외모를 보고 완전히 인간이라고 생각했지만 백 살 이상에 이 젊음. 확실히 장수종이겠지.

“나는 하프 엘프다.”

『하프 엘프?』

“귀는? 아만다는 뾰족했어.”

그렇다. 랭크 A 모험가이자 채찍을 다루는 아만다는 귀가 엘프처럼 뾰족했다. 그녀는 하프 엘프일 테다. 그에 비해 아리스테아의 귀는 인간처럼 둥글었다.

“하하, 나 외에 하프 엘프 지인이 있는 건가?”

“응.”

“뭐, 내 경우에는 인간이었던 아버지의 피가 진하게 드러난 것 같아. 외모는 인간과 비슷하지.”

그야 그런가. 하프이니 꼭 엘프의 외모를 잇는 건 아닐 테고 말이다.

“뭐, 수명이 긴 건 종족적인 특성뿐만 아니라 직업적인 이유도 있지만.”

『직업이 수명에 영향을 주는 건가?』

"직업이 그렇다기보다는 직업 고유 스킬에 육체최성(肉體最盛)이라는 스킬이 있어. 그 이름대로 육체를 최전성기로 유지하는 스킬인데, 오랫동안 젊은 육체가 유지돼서 수명도 늘어나는 것 같아."

젊음을 유지하는 스킬? 너무나도 대장장이에게 어울리지 않는 스킬이었다.

아니, 오랫동안 대장장이로 최전성기를 유지한다고 생각하면 되나? 그리고 육체 최성의 효과는 젊음뿐만 아니라 그녀의 미모에도 영향을 미치는 듯했다.

명백하게 피부나 머리를 손질하는 타입이 아닌데 이렇게 아름다운 건 말도 안 된다. 아마 생명력이 강화됨으로써 피부의 탄력이나 머리의 윤기에도 플러스 효과가 나타나고 있는 게 틀림없다.

게다가 고유 스킬이 몇 개 있다고 했다. 역시 신급 대장장이쯤 되면 다수의 고유 스킬이 있는 듯했다.

"뭐, 나는 그렇다 치고 지금은 수복이 먼저야. 슬슬 외부 수복이 끝난다. 다음은 내부야."

『내부는 어떻게 하는데?』

좀 무서운데.

『호, 혹시 분해해서 정비하는 거야?』

"그건 최종 수단이야. 뭐지? 무서운가?"

『그야 당연하지. 인간으로 치면 여러 곳을 열어 수술하는 감각이라고 해야 하나? 아무튼 가만히 있을 수 없는 건 확실해.』

"호오? 재미있군."

『어, 어디가.』

"아아, 미안하다. 나로서도 말하는 검을 정비하는 건 처음 경험하는 거라서. 직접 감상을 들으니 공부가 된다는 의미야."

수의사가 동물의 이야기를 들으면 이런 반응일까?

아리스테아의 눈은 호기심으로 빛나고 있었다.

『부, 부탁이야. 분해는 되도록 하지 말아줘.』

"신급 대장장이의 실력을 보여줄 차례로군. 맡겨둬. 다만 해석과 수복에는 상당히 시간이 걸리니 그건 각오해둬."

『알았어.』

"프란은 어쩔 거지? 솔직히 보고 있어봤자 할 일은 아무것도 없을 것 같은데?"

"괜찮아. 보고 있을래."

프란은 아까와 마찬가지로 대답하고 아리스테아를 바라봤다. 그 자리에서 꼼짝도 하지 않을 거라는 결의에 찬 표정이다.

"웡!"

울시도 그 옆에 예의 바르게 앉아 아리스테아를 향해 가볍게 짖었다.

둘의 표정을 보고 어떻게 해도 결심이 바뀌지 않는다는 것을 이해했겠지.

"마음대로 해."

아리스테아도 가볍게 어깨를 으쓱거리며 중얼거리고 그 이상은 아무 말도 하지 않았다.

"후우우우……."

아리스테아는 깊이 숨을 내쉬고 프란과 울시에게 등을 돌려 나와 마주 보았다.

"시작한다. 뭐, 스승이 할 일은 없어. 가만히 있는 게 일이지."

『알았어.』

"후후."

『왜 그래?』

"설마 검을 수복할 때 검에게 움직이지 말라고 하는 날이 올 줄은 몰랐어."

그렇게 말하고 살짝 웃은 후 아리스테아는 진지한 표정으로 내게 손을 뻗었다.

"해석안……!"

만났을 때 썼던 감정 계열 스킬이다. 마력이 담긴 눈으로 나를 빤히 관찰하기 시작했다. 그 눈은 처음 봤을 때보다 훨씬 진지하고 날카로웠다.

"……."

"……."

아리스테아도 프란도 울시도 말을 전혀 하지 않았다. 아리스테아는 집중하고 있기 때문에. 프란과 울시는 그 집중을 흐트러뜨리지 않기 위해서. 다만 진지한 표정만은 똑같았다.

은색으로 빛나는 방 안에는 두 사람과 짐승 한 마리의 호흡 소리만이 희미하게 울리고 있었다.

"……."

"……."

"…………."

"…………."

얼마나 이러고 있었을까. 아리스테아의 이마에는 구슬 같은 땀이 맺혀 있었다.

오랜 시간 힘을 집중시켜 해석 작업을 계속하고 있다. 그 체력 소모는 보통 사람은 상상도 할 수 없을 만큼 클 것이다.

프란은 여전히 미동도 하지 않고 그 작업을 지켜보고 있었다.

"후우우우~──."

해석을 마쳤는지 아리스테아가 천천히 얼굴을 들고 숨을 토했다. 그 얼굴에는 심한 피로의 빛이 보였다.

『끝난 거야?』

"일단은. 미안하군."

갑자기 아리스테아가 사과했다.

어? 왜 그러지? 왜 사과하는 거지?

『호, 혹시 수복할 수 없는 거야?』

"아니, 수복은 할 수 있어. 그건 분명히 말해두지."

뭐, 뭐야. 깜짝 놀랐잖아 진짜!

"다만 이만한 시간을 들여놓고도 완전한 해석은 하지 못했어. 그걸 먼저 사과하자고 생각한 거야."

『뭐야. 그런 거였어? 하지만 아무것도 못 알아낸 건 아니잖아?』

"뭐, 그렇지. 수복에 필요한 정보는 문제없이 모였어."

그럼 상관없다. 뭔가 알아냈다면 기뻤겠지만 가장 우선할 일은 나 자신의 수복이니까.

거 참. 초조했었다고.

"일단 수복을 하면서 해석 결과를 설명하지."

『부탁해.』

아리스테아가 다시 마법약 같은 것을 여러 개 꺼내 내 옆에서 조합하기 시작했다.

검에 맞춰 마법약 조합까지 하는 모양이다. 대장장이뿐만 아니라 연금술사의 실력까지 일류라는 뜻이겠지.

재빨리 조합을 마친 아리스테아가 시험관을 가볍게 흔들었다. 내부의 약이 섞여 반응하자 시험관에서 강한 마력이 흘러나왔다.

"약을 뿌린다. 변화가 조금 있겠지만 놀라지 마."

『알았어.』

아리스테아가 신중한 손놀림으로 마법약을 내 도신에 뿌렸다. 그러자 몸 안에서 뭔가가 솟아오르는 듯한 감각이 있었다.

하지만 나쁜 느낌은 아니었다.

광귀화에 지배됐을 때처럼 격렬하고 어두운 것이 아니라, 더 따듯하고 다정한 감각이다. 그 부드러운 게 천천히 온몸에 퍼지는 것을 알 수 있었다.

"좋아, 마법 회로의 수복이 시작됐어. 어때?"

『왠지 기분 좋아. 따듯한 물에 잠긴 것 같아.』

"역시 전직 인간. 재미있는 표현이야. 하지만 검에게 직접 감상을 들을 수 있는 기회는 앞으로도 없을 테니 아주 흥미로워!"

웃음을 띠며 흥분한 듯이 중얼거리는 모습에 고비를 넘겼다고 생각했는지 프란이 기대가 담긴 눈으로 아리스테아에게 물었다.

"이제 스승은 낫는 거야?"

"아니, 아직이다. 이 약은 마법 회로의 큰 흠집을 막는 것뿐이니까. 다음은 자잘한 흠집이나 깊은 곳에 난 흠집을 막을 거야. 이만큼 어려운 작업은 전에 신검을 완성했을 때 이후로 처음일지도 몰라! 후후후, 가만히 있을 수가 없군!"

방법은 알 수 없지만 상당히 정밀한 작업이 될 것을 예상할 수 있었다. 아리스테아가 의욕 가득한 것은 기쁘지만 시간은 상당히 걸릴 듯했다.

그건 그렇고 신검을 만든 적이 있는 건가. 신급 대장장이니까 당연하겠지만 새삼 듣고 놀랐다. 나, 대단한 대장장이가 고쳐주고 있구나.

하지만 내 수복이 아직 멀었다는 것을 이해한 프란은 낙담한 기색으로 다시 의자에 앉았다.

"그래?"

"뭐, 그렇게 어두운 얼굴 하지 마. 시간은 걸리지만 스승은 확실하게 원래대로 돌아올 거다."

"진짜?"

"신검을 걸지!"

확실히 성공한다는 말을 하고 싶은 거겠지만, 신검을 걸다니……. 내 수복에 실패하면 신검을 받을 수 있는 건가? 이거 프란에게는 실패하는 편이 좋은 검을 받을 수 있다는 뜻이지 않을까…….

"필요 없어. 그보다 스승을 원래대로 돌려줘."

『프란!』

착한 애야! 역시 프란!

"알고 있어. 반드시 원래대로 고치지. 뭐, 그 원래대로가 문제이기도 한데."

『뭐라고?』

"아니, 신경 쓰지 마. 지금은 수복에 전력을 기울이자."

『? 알았어.』

"하지만 약품으로 인한 수복이 끝날 때까지 시간이 조금 걸려.

그걸 기다리는 동안 알아낸 것을 가르쳐주지."

"응!"

『부탁해.』

수복이 최우선이기는 하지만 알고 싶지 않은 것은 아니니까!

"아, 스승은 이미 자력으로 염화 정도라면 쓸 수 있을 거야."

뭐? 진짜인가?

『아— 아—, 테스트 테스트. 프란, 들려?』

"응! 들려!"

오, 진짜 쓸 수 있어! 랙이라고 해야 하나, 쓸 때 미묘하게 발동이 느린 것 같기는 하지만 대화를 나누기에는 문제없을 것이다.

정말 낫고 있는 모양이다. 새삼 그것을 느끼고 감동하고 말았다.

"스승은 자신의 안에 두 존재가 있다고 했지?"

『알림과 의문의 목소리지.』

"우선 알림부터 말하지."

『그래.』

"응."

프란은 반응이 조금 약하다. 알림의 존재는 알지만 직접 이야기한 적은 없기 때문일 것이다. 그래도 나에 관한 일이다. 그 얼굴은 진지했다.

"파손이 상당히 심하지만 확실히 검과 깊이 이어진 영역이 있어. 검 내부 전체로 가지를 뻗은 신경 같은 이미지야. 정보의 해석 등에 특화되어 있어서 본래라면 숙주——이 경우에는 스승이지. 숙주를 보조하는 능력이 있었을 거야."

『보조? 레벨업의 통지 설정 같은 건 지금도 있는데?』

잠재 능력 해방으로 알림이 활약한 사건 이전에도 이후에도 그렇게까지 큰 차이는 없는 것 같다. 그러나 그것은 표면적인 부분에만 해당했던 모양이다.

"아니, 그것만이 아냐. 본래는 스킬의 발동을 보조하거나 연산을 보조하는 역할이 있었을 거야."

『즉 스킬이나 마술의 발동을 도와주는 능력이 있었다는 거야?』

"그래. 하지만 그 혜택을 보기 전에 그 부분이 파손되고 말았어. 본래는 스승이 더 성장하고 나서 필요해질 능력이었는데."

아리스테아가 말하기로는 내가──이 경우에는 검의 능력적인 의미로──성장했을 때를 위해 일부러 남겨둔 능력이 아닐까 짐작한다고 한다. 만약 알림이 완벽한 상태였고 그 서포트가 있었다면 이번처럼 능력을 지나치게 써서 통증을 느낄 일도 없었을지도 모른다.

그뿐 아니라 한계를 넘었을 때 주의를 줬을 가능성도 있다.

하지만 그녀의 활약과 특성이 없었다면 우리는 부유도에서 리치에게 쓰러졌을 테다. 후회한다는 말은 하지 않을 것이다.

『그래서 알림은 고칠 수 있어?』

가장 중요한 건 그것이다.

그러나 아리스테아는 심각한 얼굴로 고개를 저었다.

"아쉽지만 무리야. 케루빔의 잔해가 지금도 조금이나마 남아 있는 것마저 기적이다. 이렇게까지 부서지면 손쓸 방법이 없어."

유감이지만 아리스테아가 할 수 없다고 하면 정말 할 수 없을 것이다.

『그래…….』

"케루빔의 잔해에 대해서는 이 이상 악화하지 않도록 보강하는 정도밖에 할 일이 없어."

『알았어. 그거면 돼.』

생각해보면 초기에는 알림이 이것저것 돌봐줬다.

쓸쓸함도 잊고 지식도 다양하게 얻을 수 있었다. 사라지는 것을 피할 수 있는 것만으로도 충분히 고마웠다.

『알림을 부탁해.』

"알았어."

진지한 얼굴로 고개를 끄덕인 아리스테아가 내 도신에 손을 대고 마력을 흘리기 시작했다.

아까 이상으로 기분 좋은 따듯함이 나를 감쌌다. 그뿐 아니라 안쪽까지 따끈따끈해지기 시작했다.

정말 욕조에 들어가 있는 듯했다.

나도 프란도 울시도. 아리스테아의 작업을 말없이 계속 지켜봤다.

아주 조금이라도 그녀를 방해하지 않도록.

수십 분 후.

겨우 아리스테아가 입을 열었다.

"가장 어려운 작업은 끝났어. 알림은 무리하지 않으면 이 이상 망가지는 일은 없을 거야."

『그래?! 고마워!』

아리스테아가 고개를 끄덕이며 단언했다. 그것을 듣고 프란도 울시도 안심한 듯이 가슴을 쓸어내렸다.

『다행이다.』

"응. 다행이야."

"윙!"

"다음은 의문의 목소리에 대해서야."

아리스테아는 내게 마력을 흘려 넣으면서 다시 입을 열었다.

『오오, 드디어.』

해석 결과는 어땠지? 혹시 의문의 목소리의 정체를 알 수 있거나 불러낼 수 있는 건가?

"하지만 이쪽은 케루빔의 잔해 이상으로 알아낸 게 적어."

『아, 그래?』

"그래. 다만 검의 상당히 깊은 부분에서 약해지기는 했지만 스승과는 다른 영혼을 확실하게 감지할 수 있었어."

그렇다면 알림 같은 폐기 신검의 일부가 아니라 나처럼 검 안에 봉인되어 있다는 뜻인가?

"마석에서 스킬을 얻는 능력은 원래 이 영혼이 가지고 있던 능력일 거야."

『마석에서 스킬이나 마력을 흡수하는 힘을 가진 존재라는 거야? 왜 그런 정체를 알 수 없는 영혼의 능력을 내가 쓰는 거지? 애초에 왜 검 안에 봉인돼 있는 거지?』

"그게 까다로워. 스승의 내부는 너 자신이 상상하는 이상으로 복잡기괴한 상태야."

어? 뭐야 그거. 복잡기괴라니…… 듣기가 좀 무서운데.

하지만 이제 와서 뒤로 물러날 수도 없다. 남자는 배짱, 검은 돌격!

『자세히 들려줘.』

"그 전에 우선 스승이 마석을 흡수하는 모습을 보고 싶은데, 보여줄 수 있을까?"

과연, 확실히 직접 보여주는 편이 더 자세히 알 수 있을지도 모른다.

"그럼 이거."

"이 마석을 어떻게 하면 되지?"

"이렇게 자르듯이 해."

"그렇군."

프란이 건넨 마석을 프란의 지시대로 내 도신에 대는 아리스테아.

그러자 평소처럼 흡수가 일어났다.

약한 마석이라 충족되는 느낌은 거의 없었지만 틀림없이 흡수했을 것이다.

『어때?』

"흐음, 흥미로운 마력의 흐름이야. 하지만 역시 내 해석은 틀리지 않았어. 결론부터 말하지. 스승이 마석을 흡수해도 거기서 직접 힘을 얻는 건 아니야."

『뭐? 무슨 소리야?』

"스승이 아니라 정체를 알 수 없는 영혼 쪽으로 마력이 흘러갔어."

아리스테아의 설명을 정리하면 이렇다.

내가 마석을 흡수하면 내 안에 봉인되어 있는 정체를 알 수 없는 영혼이 그 힘을 받아들인다. 아무래도 이 혼은 상당히 손상되어서 아직도 존재하는 것이 이상할 정도라고 한다. 말하자면 신검 안에 봉인됨으로써 반대로 존재가 보호받고 있는 것이라는 뜻이었다.

그리고 마석을 먹어 힘을 되찾은 이 정체를 알 수 없는 영혼으로부터 나에게로 힘이 흘러들어 온다. 그런 흐름이 설정되어 있는 듯했다.

"아마 이 정체를 알 수 없는 영혼이 의문의 목소리의 정체일 거야. 평범한 존재가 아냐. 나도 해석할 수 없는 수준의, 말하자면 격이 높은 영혼이니까."

『정체는 몰라?』

"미안하다. 다만 사악한 의사 같은 건 느껴지지 않았어. 오히려 협력하고 있는 인상이야."

뭐, 이 정체를 알 수 없는 영혼이 의문의 목소리의 정체라면 적은 아닐 것이다. 오히려 나로서는 아군이라고 생각하고 있다.

게다가 더 성가시게도 자기 진화 포인트로 나를 강화하는 능력은 이 정체를 알 수 없는 영혼과는 다른 무언가가 담당하고 있는 듯했다.

『다른 무언가라니……. 정체를 알 수 없는 영혼 이상으로 애매한 표현이네.』

"그건 나도 알아. 하지만 그렇게밖에 말할 방법이 없어."

내 내부에는 케루빔의 잔해와 정체를 알 수 없는 영혼이 복잡하게 엉킨 상태가 되어 있는 듯한데, 그 안에 제3의 수수께끼가 존재하고 있는 모양이다.

이 부분에는 영혼이나 의사가 느껴지지 않고, 군이 따지자면 마도구의 내부에 구축된 마술 프로그램이나 시스템과 비슷하다나.

"수수께끼라고 했지만 그건 제작자나 제작 방법을 알 수 없다는 의미지 그 기능에 대해서는 어느 정도 알아. 뭐, 대단히 수준이 높아서 해석을 완전히 하지는 못했지만."

『신급 대장장이인 아리스테아라도 해석할 수 없는 건가?』

"솔직히 말해서 이 시스템을 만든 녀석은 괴물이야. 나는 그런 직업이 있는지는 모르겠는데, 신급 마도구사나 신급 연금술사 같은 수준의 녀석이 있다고 가정하지 않으면 구축이 불가능한 수준이지. 적어도 대장장이인 내가 새로 만들어내는 건 불가능해."

『그, 그 정도야?』

"그래. 전에 본 적 있는 던전 코어와도 비슷할지도 몰라. 복제도 모조도 불가능해서 내가 패배감을 느꼈다는 점은 똑같아."

그렇게 말하고 쓴웃음을 짓는 아리스테아. 신급 대장장이인 아리스테아가 패배감을 느끼는 수준? 그거 엄청 대단한 거 아닌가?

살짝 흥분되는데, 대체 어떤 엄청난 능력이 있는 거지?

『오오, 그럼 이 의문의 시스템은 어떤 기능을 가지고 있지?』

"아아, 그건——."

시스템의 최대 목적은 정체를 알 수 없는 영혼의 힘을 관리하는 것이라고 한다. 아리스테아는 정체를 알 수 없는 영혼에게서 내게 힘이 흐르고 있다고 했는데, 그 사이를 이 시스템이 이어주고 있는 듯했다.

힘을 되찾은 정체를 알 수 없는 영혼에게서 힘을 꺼내 나도 쓸 수 있는 형태로 변환하는 게 이 의문의 시스템인 것이다. 뭐, 정체를 알 수 없는 영혼이 협력해주기 때문에 그 힘을 꺼낼 수 있는 듯하지만.

정체를 알 수 없는 영혼의 힘은 상당히 대단한지, 그저 힘을 흘린다고 해서 그것을 내가 자력으로 이용하기는 어렵다고 한다.

스킬의 습득도 그렇다. 정체를 알 수 없는 영혼은 마석에서 스킬을 얻는 힘이 있는 듯하지만, 그것을 내가 그대로 쓰기는 대충 생각해도 어렵다. 내 안에 봉인되었고 나와 이어져 있다 해도 원래는 다른 영혼이니 말이다.

정체를 알 수 없는 영혼이 마석에서 흡수한 스킬을 의문의 시스템이 나도 쓸 수 있도록 변환해 넘겨준다는 것이 진상인 듯했다. 나와 프란 사이에 있는 스킬 공유의 힘은 이 의문의 시스템의 혜택이다.

즉, 이 의문의 시스템이 정체를 알 수 없는 영혼의 힘을 나도 쓸 수 있는 형태로 조정한 것이 랭크업이자 자기 진화 포인트인 모양이다.

"다만 어째서 마석치라는 것을 설정했는지…… 솔직히 모르겠어. 그런 설정을 하지 않아도 더 편하게 스승을 강화시킬 수 있도록 시스템을 구축할 수 있었다고 생각하는데."

『마석을 흡수하면 할수록 그 자리에서 강화되는 느낌으로 말이야?』

듣고 보니 그렇다.

"그래, 바로 그런 식이야. 굳이 마석치라는 장애물을 설정할 필요가 있을까?"

『단계를 밟게 만들 필요가 있는 거 아닐까? 예를 들어 급격하게 너무 강해져서 검에 부담이 생기지 않도록 하기 위해서라든가.』

"그럴지도 몰라. 뭐, 이 의문의 시스템을 만든 사람은 솔직히 말해서 상당히 별나다고 해야 할까, 장난기가 많은 사람처럼 느껴져."

"그런 걸 알 수 있어?"

"내가 해석한 인상일 뿐이지만. 그 인상으로 보면 이런 성가신 시스템은 단순히 취향일 가능성도 있어."

"취향……."

취향이라니……. 마석치 때문에 이래저래 고생했는데……. 정말로 취향이라면 분명 성격이 엄청나게 뒤틀린 녀석일 게 틀림없다.

"아아, 그리고 또 하나. 강력한 사인의 마석에서는 마석치를 얻을 수 없었다고 했지? 짐작이지만 정체를 알 수 없는 영혼이 사기를 흡수하지 못하기 때문일 거야."

즉 사기가 너무 강력한 마석으로는 정체를 알 수 없는 영혼이 회복되지 않는다. 그래서 내게 힘이 넘어가지 않고 마석치도 쌓이지 않는다는 것.

사술 스킬을 얻을 수 없었던 것도 정체를 알 수 없는 영혼이 사술을 흡수할 수 없었기 때문인 듯했다.

고블린 등의 하급 사인은 사기뿐만 아니라 일반 마력도 포함하고 있어서 어느 정도는 힘을 흡수할 수 있었던 모양이다.

『으음, 정말 성가시네. 좀 정리해볼게.』

우선 내 안에 있는 것은 케루빔의 잔해인 알림, 정체를 알 수 없는 영혼, 의문의 시스템.

알림은 외부에서 얻은 정보를 처리하는 능력과 내 내부에서 일어난 현상을 내게 알리는 역할을 담당하고 있다. 이른바 방송 능력인데, 내가 검이면서 시각이나 감각을 가지고 있는 것도 알림 덕분인 듯했다.

정말 도움받고 있군. 감사합니다.

그뿐 아니라 염화 등도 알림의 능력인가 보다. 뭐랄까 비서 같은 느낌? 비서 알림 양, 어감이 괜찮군.

정체를 알 수 없는 영혼은 내 안에 봉인된 무언가. 그 이상의 내력은 아리스테아도 모른다.

다만 심하게 다쳤고, 마석을 흡수해 회복을 하고 있다고 한다. 그리고 회복해 얻은 힘의 일부를 내게 넘겨주고 있다. 내가 마석을 흡수할 때 쾌감을 느끼는 건 이 정체를 알 수 없는 영혼의 기쁨을 감지했기 때문인 모양이다.

즉 마석을 먹어 기분이 좋아지는 건 내가 아니었어! 변태적인 성벽인 건 정체를 알 수 없는 영혼 쪽이었던 거야! 그러니 마석을 먹고 "오홋!"이라고 말하는 건 내 책임이 아니야!

그 정체를 알 수 없는 영혼에게서 받은 힘을 나도 쓸 수 있도록 조정해주는 게 의문의 시스템.

이것이 없으면 정체를 알 수 없는 영혼에게서 나오는 엄청난 힘에 오히려 내가 먹힐지도 모른다고 한다. 무섭네! 자기 진화 포인트도 이 의문의 시스템의 관할인 듯했다.

제작자가 누구인지 알 수 없지만 성격이 나쁘다는 의혹이 있다.

『으음, 알아낸 것도 있지만 제작자에 관한 의문이 더 깊어진 것도 같네.』

"내가 이해하기에 스승의 제작에는 적어도 네 명 이상이 관여했을 거야. 확실한 것이 케루빔을 제작했다고 하는 신급 대장장이 에르메라다."

『에르메라…….』

이건 내 내력을 조사하는 데 있어 큰 정보다. 다음에 에르메라의 족적을 쫓으면 뭔가 알아낼 수 있을지도 모른다.

"그리고 정체를 알 수 없는 영혼 본인. 아마 인간이 아니라 마수 종류라고 생각하는데, 자신의 의사로 시스템에 들어가는 것을 승낙하지 않으면 이만큼 세밀한 시스템은 만들 수 없을 거야."

『마수가 스스로 협력했다는 거야?』

"마수 중에는 사람 이상의 지성을 가진 존재도 있어. 그야말로 신수 클래스가 되면 사람의 힘을 아득히 초월하지. 사정이 있다면 이상한 일은 아니야."

철석같이 인간이라고 생각하고 있었다. 바르보라에서 나타났을 때는 사람의 모습을 하고 있었고, 제스처로 사과하는 코믹한 모습에선 사람 냄새가 물씬 났기 때문이다.

하지만 생각해보면 울시도 사람 냄새가 날 때가 있다. 고위 마수가 되면 내면은 인간과 다르지 않을지도 모른다.

"그리고 의문의 시스템을 만든 인물. 에르메라의 짓이라면 같은 신급 대장장이인 나도 알았을 거야. 분명 다른 녀석이야."

아리스테아가 그렇다면 그럴 것이다. 에르메라의 협력자란 말이지. 신급 대장장이라도 만들지 못하는 엄청난 마술 시스템을 만든 인물이 있는 건가.

『나머지는 뭐야?』

케루빔의 제작자. 정체를 알 수 없는 영혼. 시스템의 구축자. 그리고 애초에 나를 이쪽 세계로 데려온 녀석이 있을 텐데.

즉 최종 수수께끼는 내 영혼 자체다.

『나인가? 내 혼을 검에 봉인한 녀석이 있다는 거야?』

"그래. 가장 이상한 부분이 스승 본인이야. 애초에 스승을 검에 봉인한 존재를 모르겠어. 적어도 에르메라에겐 무리야. 이렇게 손상된 정체를 알 수 없는 영혼에게도 무리겠지."

『시스템을 만든 녀석은?』

"그건 가능성이 있어. 다만——."

『다만?』

"이건 정말 애매한, 신급 대장장이의 감 같은 건데, 일하는 습관이 다르게 느껴져."

『일하는 습관?』

"그래. 의문의 시스템의 마법 회로와 스승과 검을 연결하는 마법 회로의 제작자가 동일하게 보이지 않아."

이건 뭐 신급 대장장이의 말이니 믿을 수밖에 없다. 아마추어는 전혀 알 수 없을 아주 사소한 차이를 간파하는 장인은 지구에도 있었을 터다.

"스승과 정체를 알 수 없는 영혼을 검에 봉인하는 방법이 짐작도 가지가 않아. 의문이야⋯⋯. 의문투성이라는 소리만 해서 미안하군. 혼돈의 신의 권속이 된 이유도 알 수 없었고, 해석도 하지 못했어. 신급 대장장이다 뭐다 으스대면서 이런 꼴이야. 한심해."

아리스테아는 그렇게 말하고 자조적으로 웃었다.

가볍게 행동하고 있지만 정말 분할 것이다. 진심으로 낙담한 것처럼 보였다. 그래도 설명 도중이라는 것을 떠올렸나 보다.

아리스테아가 마음을 다잡은 얼굴로 다시 입을 열었다.

"애초에 스승이 검에 봉인된 이유도 모르겠어."

『내가 봉인된 이유?』

"그래. 시간의 순서대로 생각하면 처음에 폐기 신검 케루빔의 잔해에 정체를 알 수 없는 영혼이 보호의 의미로 봉인됐어. 그 후 누군가가 의문의 시스템을 구축해 정체를 알 수 없는 영혼의 힘을 검의 주 인격──즉 스승이 쓸 수 있도록 조정했지."

『그래.』

"그렇게 한 이유는 추측이지만 정체를 알 수 없는 영혼을 위해서라고 생각해. 마석을 흡수하면 할수록 강해질 수 있다면 장비자는 자주적으로 마석을 흡수할 거야. 그렇게 함으로써 정체를 알 수 없는 영혼의 회복은 빨라져."

그렇군. 즉 우리는 검의 제작자들의 생각대로 행동하고 있다는 건가. 아니, 나는 제작자 쪽인가? 그렇다면 프란이 그들의 생각대로 움직이고 있다고 해야 하나?

그래도 그게 프란을 위한 일이기도 하니 불만은 없다. 오히려 그런 시스템을 만들어준 덕분에 나도 프란을 만날 수 있었고.

다만 다음에 아리스테아가 한 말로 나는 찬물을 뒤집어쓴 듯한 기분을 느꼈다.

"하지만 스승의 존재가 정말 필요할까?"

『어?』

"아마 스승의 영혼이 검에 봉인된 것도 의문의 시스템이 구축된 것과 같은 시기일 거야. 한 쌍이 되니까 말이야. 하지만 이 시스템에 스승은 정말 필요할까?"

"스승은 필요해!"

지금까지 거의 말을 하지 않고 우리의 이야기를 가만히 듣고 있던 프란이 오랜만에 입을 열었다.

우리를 방해하지 않도록 조용히 있었던 것이리라. 어려운 이야기라도 졸지 않고 제대로 듣게 되다니, 성장했구나 프란! 조금 감동했다.

프란은 흘려들을 수 없는 말이 귀에 들어와 무심코 목소리를 높인 듯했다.

"그렇게 노려보지 마. 딱히 욕을 한 게 아냐. 다만 신경 쓰였을 뿐이야. 굳이 스승을 사이에 끼우지 않아도 검의 장비자가 직접 검의 힘을 휘두를 수 있게 하면 되지 않겠어?"

듣고 보니…….

스킬 공유 능력이 있고 알림도 있다. 내가 없어도 장비자가 스킬을 자신의 의사로 선택해 힘을 꺼내는 사용법도 가능하지 않을까?

어라, 나는 필요 없나……?

"스승은 필요해! 스승이 있으면 믿음직스럽다고!"

『프란…….』

"응!"

역시 나는 프란의 검이어서 다행이야! 진심으로 그렇게 생각했다.

"뭐, 나 역시 필요 없다고 하지는 않아. 스승을 보고 있으면 검이 의사를 가진 게 큰 장점도 있다는 것을 알 수 있고 말이야. 그리고 이만한 검을 만드는 녀석들이 아무런 의미도 없이 인간의 혼을 검에 봉인하는 짓을 할 리가 없어. 반드시 스승을 검의 주인격으로 삼은 이유가 있을 거야. 뭐, 내 해석으로 거기까지 탐지하지는 못했지만……."

『아니, 여러 가지를 판명했어. 나로서는 상당히 유의미했어. 정말이야.』

내 힘이 어떤 것이었는지 이해할 수 있었고 에르메라라는 이름도 알 수 있었다. 내가 신검을 이용해 만든 존재라는 것도 판명됐다. 이건 큰 진전일 것이다.

"그 스승의 역할이랑 관계가 있는지는 알 수 없지만 검 안에 내 해석이 전혀 미치지 않는 장소가 한 곳 있어. 최심부라고 해도 되려나? 검의 가장 깊은 부분에 말이야."

『전혀?』

"그래, 전혀. 완벽하게. 이 부분만은 다른 곳과 달리 해석이나 감정을 막기 위한 장치가 되어 있어. 그것도 신급 대장장이 수준의 해석을 미리 상정한 듯이 단단해."

『어떤 역할을 하는지 상상도 안 가?』

"정보가 너무 적어. 그 역할도 효과도 전혀 알 수 없어……. 다만 스승의 이야기대로라면 여기에 그 거무죽죽한 마력을 내는 무언가가 봉인되어 있지 않을까 해."

『수수께끼의 목소리가 감시하고 있고 시드런에서 폭주할 뻔했던 그 녀석인가.』

"그래. 하지만 그것도 가설에 불과해. 해석할 수 없는 이상 추론의 영역을 넘어서지 못해. 모르는 것투성이라서 미안하군."

다시 자조적으로 웃었지만 아리스테아는 정말 잘해주었다고 생각한다. 그녀가 아니라면 이렇게까지 정보를 얻지 못했을 것이다.

그리고 아무것도 알아내지 못한 게 아니다. 나는 여기까지 아리스테아의 해석 결과를 듣고 어느 가능성에 생각이 미쳤다.

『정체를 알 수 없는 영혼의 정체에 대해 가설——이라기보다 망상에 가까울지도 모르지만 짐작 가는 게 있어.』

"호오? 어떤 거지?"

『뭐, 어디까지나 가능성의 이야기인데——』

내가 생각한 정체를 알 수 없는 영혼의 정체.

그것은 펜리르다. 뭐, 전설의 대마수가 내 안에 봉인되어 있다니, 자기 평가가 지나치게 높다고 생각하지만.

내 날밑에 있는 늑대 엠블럼. 내가 꽂혀 있던 대좌가 있던 장소의 이름은 마랑의 평원. 그 평원에 남은 펜리르의 전설. 울시가 가지고 있는 신랑의 권속이라는 칭호. 정체를 알 수 없는 영혼이 마수라는 사실.

가능성은 몇 가지라도 들 수 있다. 이만한 정보가 모이면 나라도 역시 그 가능성에 생각이 미칠 정도로…….

"과연. 펜리르인가."

『어때?』

"가능성이 없지는 않아. 신검 중에는 그런 마수 등을 검에 넣어 힘을 빌리는 것도 있으니까. 마검 중에도 마수를 봉인해 사역하는 마수 무기라는 종류의 것도 있어."

『그건 혼을 조종하는 거 아냐?』

확실히 영혼은 신의 영역에 해당한다고 했을 터다. 전에 만난 사령술사 장이 그런 말을 했다.

신급 대장장이나 그 이상의 존재라면 혼에 간섭하는 수단이 있겠지만.

그렇지 않고서는 나를 검에 봉인할 수 없으니 말이다. 내 존재가 역설적으로 영혼을 조작하는 방법이 실제로 있다는 것을 뒷받침하고 있다.

마수 무기는 그렇게까지 어렵지 않은 듯하지만.

"혼만 조종하기가 어려울 뿐이야. 밀접하게 이어진 육체와 함께 검에 봉인하는 건 불가능하시 않아."

『그렇게 단순해?』

"그래. 신검 역시 이치는 같아."

"흐음. 저기, 다른 신검은 어떤 게 있어?"

『그건 나도 흥미가 있어.』

"마수를 봉인한 것으로 마왕검 디아볼로스, 폭룡검 린드부름, 사제검 요르문간드. 이미 파괴됐지만 과거에는 금룡검 엘도라도도 있었지."

아리스테아가 손가락을 꼽으면서 이름을 댔다. 다만 프란은 다른 게 신경 쓰인 모양이다.

"신검인데 그렇게 간단히 부서져?"

그건 나도 신경 쓰였다.

폐기 신검이 생기는 이유 중 하나가 수복할 수 없는 파손이라고도 했다.

『그리고 전에 본 신검 목록 중에도 이미 파괴됐다고 한 검의 이름이 있었을 거야.』

전에 울무토의 던전 마스터인 루미나가 신검의 일부가 실린 목록을 보여준 적이 있다.

그 목록에는 파괴된 것으로 보이는 신검의 이름도 몇 개 실려 있었다.

케루빔, 저지먼트, 멜트다운. 확실히 이것들의 이름도 있었겠지만, 그 외에도 파괴된 신검으로 파나틱스, 홀리오더라는 이름이 실려 있었다.

거기에 이번엔 엘도라도라는 이름도 나왔다.

신검인데 의외로 잘 부서지나?

"아까도 말했지만, 신검 역시 무적은 아니야. 동격 이상의 상대라면 파괴되는 경우도 있어. 그리고 신검의 소유주가 적이 되면 신검끼리 싸우는 경우도 있지. 그 경우엔 한쪽이 파괴돼도 이상하지 않잖아?"

『신검끼리 싸우다니…….』

주위의 피해가 터무니없을 것 같다.

"파나틱스와 홀리오더의 경우 사정이 조금 특수하지만 말이야."

"특수해?"

"그래. 파나틱스는 사정이 상당히 복잡한 신검이었어. 그 검을 만든 신급 대장장이 디오니스는 성격 있는 검을 만드는 대장장이야."

"성격? 어떤 검이 있어?"

"사용자를 무적의 전사로 바꾸는 대신 폭주시키는 광신검 베르세르크. 완성하는 데 성녀를 제물로 바쳤다는 사연이 있고 악마를 사역하는 능력을 가진 마왕검 디아볼로스. 다른 사람을 세뇌해 꼭두각시로 만드는 위선검 파시피스트. 어딘가 사람의 욕망이나 더러운 부분을 반영하는 신검이 많아."

확실히 지독한 검뿐이다. 그런 신검만 만드는 녀석이 만든 파나틱스도 평범한 검이 아닐 듯했다.

"파나틱스는 말하자면 사람과 사람을 정신으로 연결하는 검이야."

"? 그게 뭐가 나빠?"

『염화 같은 능력이 있는 건가?』

사람과 사람이 정신으로 연결된다……. 서로 생각하는 것이 전부 전해져서 싸움이 나는 건가? 하지만 아리스테아의 설명은 더 무서운 것이었다.

"말을 잘못했군. 파나틱스는 지배한 상대의 정신을 강제적으로 자신에게 통합하는 능력이 있다."

『통합? 두 사람이 하나가 되는 건가?』

"그래, 정신만이지만. 베인 쪽의 정신이 벤 쪽에게 먹히지."

『그렇다면 먹힌 쪽의 육체는?』

"이게 꽤 지독해."

파나틱스는 다른 사람의 정신을 자신에게 통합하면서도 원래 육체와의 연결도 유지할 수 있다. 그 결과 육체는 각각 움직이는 별개의 생물처럼 보여도 안에 든 정신은 파나틱스의 소유자의 분신인 상태가 된다.

파나틱스의 소유자가 정신적으로 이어진 여러 육체를 동시에 움직이고 있는 상태라고 하면 될까. 다만 파나틱스에는 원래 그 육체의 소유주가 통합되어 있기 때문에 겉으로는 지금까지와 마찬가지로 행동하는 것도 가능하다고 한다.

"정신째로 타인을 집어삼켜 융합을 마친다. 그 결과 상대의 기억이나 경험, 감정을 모두 자신의 것으로 삼을 수 있지. 하지만 몇십 명, 몇백 명의 기억을 거둔 사람이 과연 멀쩡하게 있을 수 있을까?"

『무리겠지.』

"그래. 그 검을 계속 사용한 소유자의 정신은 크게 비대해져서 어느새 그 누구도 아니게 돼. 그리고 마지막에는 폭주를 시작하지. 그 파나틱스를 위험하게 본 신급 대장장이 울머가 만든 게 성령검 홀리오더. 대 파나틱스용 특화 신검이었던 모양이야. 그 결과 둘 다 부서져 함께 파괴되고 말았지."

신급 대장장이에도 이런저런 녀석이 있고 그 안에는 다양한 사정이 있는 것이다.

『울머는 분명 최초로 신검을 만든 녀석 아니었어? 시작의 신검, 시신검 알파의 제작자였을 텐데.』

"잘 아는군. 그래. 신의 계시를 받아 사상 최초로 신급 대장장이가 된 전설적인 남자지."

『그 울머와 디오니스는 같은 시대에 살았던 건가?』

"둘은 형제였어. 디오니스는 울머의 맞메질을 해주는 역할이었지."

맞메질은 대장일을 할 때 파트너가 해주는 역할이었지. 제자가 담당하는 경우도 많을 터였다.

"하지만 디오니스는 형을 심하게 질투했어. 신에게 인정받아 최고의 대장장이로 추앙받은 형을 용납할 수 없었던 모양이야. 그 결과 형의 작업을 보고 신급 대장장이의 기법을 훔쳐 자력으로 신급 대장장이에 도달했어."

『그거 대단한데?』

보고 배울 수 있는 수준이 아니다. 단순한 대장장이가 아니라 신급 대장장이다. 자력으로 그 수준에 도달하다니, 보통이 아니다.

"천재였겠지. 울머가 남긴 서적에도 '동생이야말로 진짜 천재다. 그래서 위험하다'라고 적혀 있었으니까. 그 결과 같은 시대에 신급 대장장이 두 명이 나타나 많은 신검이 만들어졌어."

방금 들은 설명으로 알았다. 디오니스라는 녀석이 이상한 검만 만든 이유는 형에 대한 대항심이나 빈정거림일 것이다. 정통파 검을 만드는 형을 넘어서기 위해서 특이한 능력의 특화형 신검을 많이 만들었을 게 틀림없다.

"이야기가 조금 엇나갔군. 마수를 봉인한 신검 이야기로 돌아가지."

『이런, 그러고 보니 그 얘기를 하고 있었지.』

신급 대장장이에게 신검에 대해 들을 기회는 앞으로 없을지도 모른다. 무심코 이야기가 주제를 벗어나고 말았다.

"스승 안에 펜리르가 봉인되어 있을 가능성. 절대로 없지는 않다고 생각해."

『그렇다면 정체를 알 수 없는 영혼, 그러니까 펜리르를 돕고 싶은 누군가가 나를 만들었다는 거지?』

"정체를 알 수 없는 영혼이 펜리르라면 말이야."

하지만 앞으로 펜리르에 대해 조사할 가치가 생겼다. 뭐, 정체를 알 수 없는 영혼이 펜리르가 아닐 경우에는 쓸데없는 노력이 되지만……. 그때는 그때다.

『역시 마랑의 평원에 한번 돌아가 볼까.』

"응."

"흐음…… 시간을 더 들이면 상세한 해석을 할 수 있을 텐데……."

"시간을 들여?"

"뭐, 정체를 알 수 없는 영혼의 정체를 알아내려면 연 단위가 필요해."

『그건 무리야.』

"응. 무리야."

프란의 귀중한 10대 초반을 이 자리에서 낭비할 수는 없다.

물론 아리스테아의 밑에서 다양한 공부를 하는 건 좋은 경험이 될지도 모르지만 역시 사랑하는 자식에게는 여행을 시켜야지.

그리고 크란젤 왕국으로 돌아가 경매에 참가해야 한다. 가르스와 약속했다.

"알아. 무리하게 강요하지는 않아."

조금 아쉬워 보이는 건 기분 탓이 아닐 것이다. 역시 해석이 제대로 되지 않은 게 분한 듯했다.

"그럼 서론은 이쯤 하고 본격적인 수복과 개수에 들어가지."

"개수?"

『수복만 하는 거 아니었어?』

나로서는 원래대로 돌아가는 것만으로도 충분한데.

"그래, 케루빔의 잔해가 기능하지 않는 이상 그것만으로는 충분하지 않다고 판단했어."

『충분하지 않아?』

"본래라면 케루빔의 잔해가 스승이 가진 막대한 스킬의 관리나 사용 시의 보조를 하고 있었을 거야. 그런데 지금은 그게 없어. 이번에 스승의 상태가 이상해진 것도 그게 원인일 거야. 처리 능력이 전혀 따라가지 못하는 거지."

본래는 케루빔이 처리를 떠맡을 부분을 나 자신이 억지로 하는 형태가 되었다고 한다.

"원래대로 돌아가면 바로 똑같은 일이 일어나. 그러니까 개수할 필요가 있어."

『개수는 구체적으로 뭘 하는 거야? 처리 능력을 올릴 수 있는 거야?』

"무리다. 능력 면에서 내가 할 수 있는 일은 없어. 애초에 스승은 준 신검 급──아니, 거의 신검이라 해도 좋을 정도로 복잡한 구조를 갖추고 있어. 나라도 그리 간단히 손을 댈 수 없어."

하드웨어 부분에서는 어쩔 방법이 없는 모양이다.

그렇다면 소프트웨어 부분이로군. 아니, 그것도 꽤나 어려울 것 같다. 말하자면 엄청난 용량의 소프트가 몇 개나 있으면서 메모리를 압박하고 있는 상황이다. 그 소프트를 삭제할 수 없는 이상 더 세세한 부분에서 용량을 확보할 수밖에 없을 것이다.

이 부분은 지구인으로서 가진 지식 덕분인지 스스로도 놀랄 만큼 이야기를 이해할 수 있었다. 옆에서 듣는 프란은 계속 고개를 갸웃거리고 있었다.

『어떻게든 내 내부의 불필요한 부분을 없앤다는 건가?』

"이야기가 빠르군. 그래. 덧붙이자면, 스킬의 수를 줄일 거다. 케루빔의 잔해가 있었다면 무한하게 스킬을 늘려도 관리에 문제가 없었을 거야. 하지만 지금 이대로는 스킬을 대량으로 소지하고 있는 것만으로도 스승에게 부담이 가는 상황이야."

즉 마석을 흡수해 스킬을 늘리면 늘릴수록 내 한계에 가까워지고 있었다는 뜻이다.

특히 이번 싸움에서는 막대한 양의 스킬을 얻었다.

비주류 스킬이나 생활 스킬을 중심으로, 새로 얻은 스킬이 50개를 훨씬 넘었을 것이다.

어느새 연주나 무용처럼 나도 모르는 스킬이 잔뜩 생겼다. 지능 높은 마수들은 사람처럼 취미를 가지는 걸지도 모른다. 그것들을 빼앗아서 쓸데없는 스킬도 늘어난 것이다.

그리고 비늘 강화나 체모 극화(棘化) 등 우리로서는 사용 불가능한 스킬들의 수도 대단했다.

자칫하면 새 스킬은 100개에 달할 수도 있다.

스킬의 총 개수는 150을 넘었다.

그렇게 설명하자 아리스테아가 질린 표정으로 중얼거렸다.

"이봐, 그 정도였어?"

"응, 스승은 스킬이 잔뜩 있어."

"하아……. 잘 들어. 대부분의 신검조차 부여된 스킬은 많아야 30개 정도야. 그게 한도지. 50을 넘으면 동작 불량, 100을 넘으면 폭주해도 이상하지 않아. 그게 150을 넘어? 게다가 반이 통합 스킬이나 상위 스킬? 그야 이상해지겠지! 보통은 진즉에 망가졌다고!"

『우와…….』

"통증을 느껴? 오히려 용케 그 정도에 그쳤어."

내가 얼마나 무리를 했는지 아리스테아의 말을 듣고 잘 알 수 있었다. 용케 폭주하지 않았구나.

이번 만남은 정말 운이 좋았다. 여기서 아리스테아를 만나지 않았다면 수복할 수 있었을지도 알 수 없고, 적이 나오면 반파된 상태로 무리를 거듭했을 것이다.

그 앞에 기다리고 있는 건 밝은 미래가 절대 아니다.

키아라를 잃고 나까지 잃으면 프란은 어떻게 될까…….

나는 절대로 망가져서는 안 된다.

남몰래 그런 결심을 하고 있는데 프란이 고개를 갸웃거리며 의문을 입에 담았다.

"저기, 스승은 어째서 통증을 느껴?"

『응? 그야 아리스테아가 말한 대로 부담이 됐기 때문이겠지?』

"아니, 프란이 하고 싶은 말은 그런 게 아니지 않을까? 생물적인 육체가 없어서 본래는 통증을 느낄 일도 없는 스승이 어째서 통증이라는 감각을 느끼느냐는 뜻이겠지?"

아, 그런 건가. 확실히 그건 나도 신경 쓰인다. 다만 아리스테아는 아무래도 예상이 가는 모양이다.

"스승이 인조 혼백이라면 통증을 느끼지 않을 거야. 애초에 통증이라는 감각을 모르니까. 다만 스승의 경우에는 인간이었던 시절의 감각이 희미하게 남아 있어. 그 탓에 무리를 하면 아프다는 인식이 활성화돼서 있을 수 없는 통증을 재현하는 걸 거야."

『그, 그렇구나.』

"검 부분이 파괴돼도 통증을 느끼지 않는 건 인간의 육체와 너무 동떨어져 있어서 고통이라는 감각이 활동하지 않거나, 검이니까 아플 리가 없다는 확신이 강하거나 둘 중 하나가 아닐까 해."

즉 사실은 정신 부분 역시 아프지 않은데 아프다는 확신이 고통을 느끼게 하고 있다는 소리인가.

"뭐, 성가시지만 지금의 스승에게는 나쁘지 않아. 통증을 느낌으로써 케루빔의 잔해가 없어도 자신의 한계를 알 수 있으니까."

듣고 보니 그럴지도 모르겠다. 통증이 없었다면 한계를 알아차리지 못하고 뮤렐리아나 제로스리드와의 싸움에서 자멸했을지도 몰랐기 때문이다.

"그럼 개수 얘기를 하지. 그 통증을 느끼는 횟수를 줄이기 위해서라도 불필요한 스킬은 삭제해야 해. 하지만 하나 말해두지. 한두 개라면 몰라도 이 막대한 양의 스킬을 골라 남기거나 지우지는 못해. 그랬다가는 몇 년이나 걸릴 거야."

『어? 잠깐만, 그건 곤란해!』

기껏 입수한 유용한 스킬이 사라지면 단숨에 전력이 떨어진다고.
특히 검왕술이나 뇌명 마술은 반드시 남겨야 해!

"그렇다고 대충 지우는 건 아냐. 그건 안심해."

『무슨 소린지 모르겠는데?』

선별해 지우지는 못한다고 했는데…….

"아, 뭐라고 말하면 좋을까. 의문의 시스템의 능력을 이용해 스승 안에서 스킬을 선별해 최적화한다고 하면 좋을까?"

『의문의 시스템에 간섭할 수 있어?』

"그 기능을 변화시키는 게 아니라 조금 이용하기만 할 뿐이라면.

예를 들어 같은 계통 스킬을 하나로 모아 상위 스킬로 진화시키는 건 가능하지."

스킬을 불필요하게 잔뜩 가지고 있는 게 문제이니까 그것을 한데 모은다는 건가. 아니면 필요 없는 스킬을 삭제한다.

전에 알림이 한 것과 기본은 같을 것이다. 아니, 내 의문의 시스템을 이용한다고 하니 완전히 똑같은 작업일지도 모른다.

그렇다면 나쁘지는 않은 건가?

"다만 세세한 제어는 할 수 없으니까 고르는 건 시스템에 맡기게 될 거야."

『그런 거구나…….』

알림이 주도하지 않는 이상 신뢰도는 크게 낮아질 것 같다.

"수가 줄면 쓸데없는 스킬을 관리하느라 처리가 압박받을 일은 적어져. 지금보다 훨씬 나아지겠지. 뭐, 유용한 스킬을 반드시 남긴다고 단언할 수는 없지만. 처음 하는 경험이니까 말이야."

『……프란, 어떻게 생각해?』

'스승을 위해서라면 뭐든 상관없어.'

『하지만 검술도 최악의 경우에는 없어질지도 몰라.』

'없어지면 다시 얻으면 돼. 스승이 무사한 게 제일 중요해.'

『프란…….』

프란의 그런 태연한 말을 듣고 나도 결심했다.

그렇다, 만약 약해진다 해도 다시 강해지면 된다. 잃는 것이 있으면 다시 얻으면 된다.

무사하기만 하면 회복은 할 수 있다.

"하지만 하나 묻고 싶어."

"뭐지?"

"이번에 아리스테아가 스킬을 줄여줘도 다시 늘어나면 어떻게 돼?"

확실히 그렇다. 프란의 말대로 이건 임시방편밖에 안 되는 거 아닐까?

"그러니까 정기적으로 내게 보이러 와. 그때 스승에 대해 뭔가 알아낸 게 있으면 내게도 알려주지 않겠어? 힘이 될 수도 있을 거야."

『……선심으로 하는 소리야?』

"뭐, 스승의 내력에 흥미가 없다고는 말 못 하지."

그렇겠지. 눈에 완전히 호기심이 가득하니까. 하지만 나도 신급 대장장이와의 인연은 끊고 싶지 않다. 여차할 때 수복을 부탁할 수 있는 상대가 있으면 정말 든든하기 때문이다.

사람으로 말하자면 엄청난 명의에게 언제라도 보일 수 있는 안심감에 가까우려나?

아무튼 이로써 다시 프란과 함께 싸울 수 있다.

"알았어, 또 올게."

『그러니까 개수를 잘 부탁해.』

"그래, 맡겨줘."

제2장 변화와 진화

아리스테아가 개수 작업에 들어간 지 몇 시간.

내 안에 있는 시스템을 이용한다 해도 그렇게 간단히는 되지 않는 모양이다.

준비를 시작한다고 말하고 눈을 감은 채 미동도 하지 않았다.

오랜 시간 집중할 수 있는 그 집중력은 인간을 넘어섰다 해도 좋을 것이다.

그런 아리스테아를 지켜보고 있는데 갑자기 눈을 뜨고 얼굴을 들었다.

"좋아, 준비가 끝났다. 이로써 언제든 개수 작업을 할 수 있어."

아리스테아는 그렇게 말하고 이마의 땀을 닦았다.

몇 시간이나 먹고 마시지 않고 가만히 있었다. 힘을 상당히 소모했다고 생각하지만 그 얼굴에 큰 피로는 보이지 않았다.

『이봐, 쉬지 않아도 돼? 벌써 밤이야.』

이 방에 고작 하나 난 작은 창문으로는 햇빛이 전혀 비치지 않게 됐다. 방이 지나치게 밝아서 전혀 눈치채지 못했지만 이미 밤이 찾아왔다.

"나는 괜찮아. 피로도 느끼기 힘든 몸이야."

『대단하네.』

거짓말을 하는 기색은 없다. 진짜 피로를 느끼지 않는 거겠지.

"하지만 아직 멀었어. 잠시 쉬어둘까……."

『프란도 피곤하지?』

"괜찮아."

그렇게 대답하는 프란이었지만 그 얼굴에는 상당한 피로가 보였다.

그만한 격전을 벌이고 아직 하루도 지나지 않았다.

조금 쉬었다고는 하나 정신적으로도 육체적으로도 피로는 상당히 남아 있을 것이다.

"……내가 피곤하니까 같이 쉬지."

방금 막 지치지 않는 몸이라고 했으면서.

명백하게 프란을 배려하고 있다. 다만 프란도 그 배려를 무시할 만큼 분위기 파악을 하지 못하는 아이는 아니어서 아리스테아의 말에 고개를 끄덕였다.

"알았어."

"그럼 위로 가지."

"여기는 안 돼?"

"작업장에서 밥은 안 먹는다."

그 부분은 장인으로서 고집이 있는 듯했다. 다행이다. 해석 도중에 배가 고파진 프란이 요리를 꺼내 먹기 시작하지 않아서. 아리스테아의 집중력이 완전히 흐트러졌을 것이다.

아니, 해석 작업이 중단됐을지도 모른다.

"하지만 그건……."

프란이 나를 힐끗 봤다. 여기에 나를 두고 가는 게 걱정될 것이다.

『프란, 괜찮아. 더 이상 아프지 않으니 걱정하지 마.』

"그래도……."

『나와 달리 프란은 피곤해지니까 휴식이 필요해. 내가 나아도 프란이 쓰러지면 의미 없잖아?』

그런 이야기를 하는데 아리스테아가 아무렇지 않게 나를 들었다.

"딱히 상관없어, 응급 처치는 끝났으니까 심한 전투를 하지 않으면 움직여도 돼."

더 빨리 말해! 괜히 숙연하게 대화했잖아!

"자, 프란."

"응."

프란이 나를 받아 등의 칼집에 꽂았다.

오오, 프란의 등은 최고로 진정되는군. 가르스 영감 특제 칼집도 내게 딱 맞고, 둘러싸이는 느낌이라고 해야 하나? 아니면 집에 돌아온 느낌? 아무튼 안심감이 장난 아니다.

『역시 여기가 좋아. 안심할 수 있어.』

"응. 나도 스승이 여기 있으면 진정돼."

프란이 그렇게 말하고 부끄러워했다.

그래그래, 역시 내가 있을 곳은 여기야.

"후후후. 이쪽이다."

"응."

따스한 표정으로 안내해주는 아리스테아를 따라 계단을 올랐다.

그곳은 의외로 평범한 저택이었다. 뭐, 꽤 호화롭긴 하지만.

차분한 분위기의 가구가 배치된 산뜻한 별장풍 인테리어였다. 벽은 돌이지만 잘 연마되어서 대리석처럼 보였다.

여기는 식당이려나. 열 명 정도가 앉을 수 있을 듯하고 길쭉한 금속제 식탁 세트가 놓여 있었다. 식탁보 사이로 보이는 건 혹시 미스릴인가? 역시 신급 대장장이의 저택이다. 식탁까지 마법 금속으로 만들었을 줄이야…….

그런 식당에는 먼저 온 사람이 있었다.

거대한 몸을 작은 의자에 얹고 과일을 먹는 모습은 왠지 유머러스했다.

"끝났나?"

"아직이야. 휴식 중일 뿐이다."

"그런가…….'

"이봐, 더 들어가, 바보 귀신."

"아, 그래. 미안하군."

역시 아스라스는 아리스테아에게 약하다고 해야 할까, 꺼리는 느낌이 드는군. 친분은 있지만 그 이상으로 아스라스가 한 걸음 물러난 느낌이다.

그 키아라에게조차 명령조로 말했던 아스라스의 그런 모습은 위화감이 심하게 느껴졌다. 같은 인물이라고 생각할 수 없었다. 프란도 마찬가지로 느꼈는지 고개를 갸웃거리며 의문을 입에 담았다.

"저기, 두 사람은 사이 나빠?"

돌직구 같은 질문이다. 프란의 사전에 완곡함이라는 글자는 없다.

아리스테아는 미간을 찌푸렸고 아스라스는 곤란한 얼굴을 했다.

물어서는 안 될 일이었나?

아리스테아가 어딘가 거북한 얼굴로 입을 열었다.

"사이가 나쁜 게 아냐."

"뭐, 그렇지……."

"그럼 왜 그래?"

역시 말이 애매하군. 질문받고 싶지 않다는 느낌이 엄청나다. 그래도 분위기를 신경 쓰지 않는 프란은 쭉쭉 나아갔다.

나도 흥미가 있으니까 여기서는 말리지 말자.

"하아, 이 녀석이 처음 여기 왔을 때 그 바보 같은 모습에 질려서 설교를 좀 해줬거든. 그 이후로 바보 귀신이라고 부르고 있는 것뿐이야."

"설교?"

"그래, 이 녀석이 처음 만났을 때 뭐라고 했는지 알아?"

아리스테아가 험악한 시선을 아스라스에게 보냈다. 꽤나 지독한 첫 만남인 듯하다. 그때를 떠올리기만 해도 아직도 분노가 솟구치는 듯했다.

"이 녀석은 나를 찾아왔을 때 입을 열자마자 '신급 대장장이라면 신검을 파괴할 수 있지? 이 녀석을 부숴줘'라고 지껄였어!"

"그, 그건 미안하다."

"당연하지! 우리 신급 대장장이에게 신검은 자식이나 마찬가지야! 다른 신급 대장장이가 만든 것도 특별한 존재인 건 변함없어! 그걸 부술 수 있겠어? 머리통을 쪼개도 할 말 없겠지?"

"……."

아스라스는 말없이 이마를 어루만졌다. 정말 머리가 쪼개진 듯했다.

게다가 그 후 피를 철철 흘리는 아스라스를 정좌시키고 그대로 반나절 동안 설교를 한 모양이다. 그야 아스라스도 아리스테아를 꺼리는 마음을 가질 만하다.

"신검 가이아는 한번 소유주를 정하면 그 사람밖에 쓸 수 없어. 게다가 버려도 돌아와. 자유의사가 있는 건 아닌 듯하지만……."

순간 가이아에게도 의사가 나 했지만 그런 건 아닌 모양이다. 알림을 더 기계적으로 바꾼 타입의 인조 영혼이 들어가 있을지도 몰랐다.

아무튼 의사가 없어도 멋대로 돌아오는 정도의 자율 행동은 가능한 듯했다.

"왜 내가 선택됐는지는 알 수 없지만——최악이라고 생각했어."

아스라스의 마음은 이해한다. 안 그래도 재앙귀로 변이해 광귀화를 얻어서 고민하고 있는데 신검이 생겼다.

버려도 돌아온다는 건 광귀화가 발동해 폭주했을 때 확실하게 손에 있다는 뜻이다.

솔직하게 말해서 대규모 파괴를 벌이는 최악의 귀신의 탄생이다. 광귀화를 봉인할 수 없다면 적어도 신검을 어떻게든 하자고 생각했을 게 틀림없다.

"때로는 용에게 일부러 먹히고, 때로는 분화구에 버렸는데…….
그래도 신검은 어느샌가 돌아왔어."

거기까지 가면 신검이 아니라 저주받은 마검 아닌가?

그런 아스라스가 마지막으로 의지한 것이 아리스테아였다고 한다.

다만 거기서 머리가 쪼개지고 설교를 들었지만.

"지금은 이제 받아들였지."

"흥."

"그래서 남에게 폐를 끼치지 않도록 변경의 마수를 사냥하고 있지."

아스라스도 지금은 신검을 받아들인 듯했다. 그래서 아리스테아도 불평을 하면서도 쫓아내지는 않는 거겠지. 다만 이제 와서 부드럽게 대할 수도 없는 게 틀림없다.

"……결국 너희에게는 폐를 끼쳤다."

"……키아라는 당신에게 죽은 게 아냐."

"알아. 그 여자가 내게 죽을 사람이 아니라는 건. 이야기를 들어도…… 될까?"

"응."

"내가 이야기하지."

"괜찮아. 내가 할게. 얘기하고 싶어."

아리스테아가 마음을 써줬지만 프란은 스스로 그것을 거절했다.

함께했던 건 잠시뿐이지만 존경하는 키아라의 최후다. 자신의 입으로 이야기하고 싶을 것이다. 그것이 마지막을 지켜봤던 자신의 역할이라고도 생각하는 듯했다.

나쁘지는 않다고 생각한다. 혼자서 끌어안는 것보다 정리를 하기 쉬우니 말이다.

그리고 프란이 이야기하는 키아라의 최후는 비극이 아니다.

프란은 내게 들은 이야기와 자신이 본 모습을 그대로 이야기했다. 그것은 강적과 싸우고 만족스럽게 스러져간 전사의 최후였다.

그 이야기를 들은 아스라스의 얼굴에도 역시 비통한 표정은 없었다.

오히려 웃음마저 짓고 있었다.

"그런가, 웃으며 갔나……. 자신의 모든 것을 부딪쳐도 이길 수 없는 강적과 싸우고 서로의 생명을 깎으며 웃는다. 키아라다운 최후야. 그리고…… 부럽군."

전투광들의 생각을 완전히 이해할 수는 없지만 그래도 그 중얼거림의 무게는 이해가 간다.

최후에 만족스러운 싸움을 하고 전장에서 죽는다. 단지 그뿐인 일이 아스라스에게는 정말 부러운 일일 것이다.

아마 지금의 아스라스에게는 무리일 것이다. 죽는 싸움이 되면 광귀화가 발동된다. 그렇게 되면 아무것도 모르는 채 날뛰어 상대를 죽이거나 모르는 사이에 자신이 죽는다.

거기에 아스라스의 의사는 없다.

"나는 너희의 마음을 이해 못 하겠어……. 다만 그 녀석이 왕궁 침대에서 제자에게 둘러싸여 평온하게 죽는 모습을 상상하지 못했던 건 확실해."

아스테리아도 키아라와 아는 사이였나. 그녀의 중얼거림에는 나도 동의하지 않을 수 없었다. 아스라스도 그럴 것이다. 작게 고개를 끄덕였다.

"그렇지. 그 말대로야."

"검은 전장에 있어야 해. 무인도 마찬가지일 거야. 선반에 장식되는 것보다 전장에서 썩는 편이 행복하다고 느끼는 녀석이 있었다고…… 이해하고 싶어."

이해한다고 말하지 않는 면이 정직한 아리스테아다웠다.

그리고 제각기 생전의 키아라에 대해 추억을 이야기해갔다.

그들은 결코 말을 잘하지 못했지만, 각각이 키아라의 모습을 정확하게 포착하고 있었기에 그녀의 생전 모습이 눈에 선했다.

　각각의 에피소드가 모두 나왔을 무렵 아리스테아가 겨우 늦은 시간인 것을 깨달은 듯했다.

　"……좀 진정됐군. 식사를 준비시키지."

　"나도 먹어도 될까?"

　"흥, 특별히 주마."

　"나도 먹고 싶어."

　"좋아."

　일어서는 아리스테아가 일부러 밝은 목소리를 냈다. 아스라스와 프란이 뒤를 따랐다. 각각 분위기를 파악해 움직이는 느낌이다.

　"누가 준비해?"

　"골렘이다. 요리도 할 수 있는 타입을 준비했으니까."

　골렘이 만드는 요리? 그거 참신하군.

　"맛있어?"

　"……뭐, 나름대로는."

　프란이 아스라스에게 시선을 보내자 그런 대답이 돌아왔다. 나름대로라고 말은 했지만 아스라스의 얼굴을 보면 그다지 맛있지 않은 듯했다. 프란도 민감하게 감지한 모양이다.

　"지금부터 준비하면 힘들어. 이걸 먹으면 돼."

　프란이 꺼낸 것은 카레 냄비다.

　"호오. 만들어둔 것을 시공 마술로 수납한 건가? 좋은 방식이야."

　"응. 언제든지 최고의 요리를 갓 만든 상태로 먹을 수 있어."

　"그건 그렇고 이건 맛있어 보이는군."

　"이건 카레, 최강의 요리야."

밥이 든 흙냄비와 카레용 오목한 접시도 함께 식탁에 놓았다.

"이 접시에 이걸 이렇게 해서 이렇게."

"색은 둘째 치고 냄새가 좋군. 나도 먹어도 될까?"

"물론. 그리고 이것과 이것과 이걸 얹으면 완성."

프란이 추가로 꺼낸 것은 최근 마음에 든 토핑.

바르보라에서 발견해 산 후쿠진즈케(무, 가지, 작두콩 등을 조미액에 절인 절임)와 똑같은 절임에 아삭하게 튀긴 양파 튀김, 삶은 달걀이다.

아리스테아와 아스라스도 프란을 따라 카레를 담고 주뼛대며 입에 머금었다.

맛있다는 말은 들을 수 없었지만 맛이 있는지는 그 급히 먹는 모습을 보면 알 수 있었다. 오히려 카레를 먹는 데 너무 빠져서 말을 할 수 없는 듯했다.

프란도, 카레를 엄청나게 많이 받은 울시도 말없이 카레를 먹기 시작했다. 잠시 동안 방에는 카레를 씹는 소리나 식기와 스푼이 부딪쳐 달그락거리는 소리만이 울렸다.

고작 5분 만에 초특대 카레 냄비가 텅 비고 말았군.

그런데 마수 고기를 듬뿍 넣은 이 특제 고기 카레를 아낌없이 줄 줄이야……. 프란은 이 두 사람이 썩 마음에 든 듯했다.

배가 찬 아스라스가 자신의 배를 두드리며 트림을 했다. 으음, 천박하군. 프란의 교육에 나쁘겠어. 아, 야 울시! 트림 흉내 내지 마!

"휴우. 맛있었어. 이렇게 맛있는 건 오랜만에 먹는 것 같군."

"나도야. 어디서 산 거지?"

아아, 어딘가 레스토랑에서 산 것을 차원 수납에 넣었다고 생각한 건가.

"스승이 만들었어."

"호오."

"스승은 누구지? 프란 아가씨의 스승인가?"

'스승, 괜찮아?'

프란이 나를 힐끗 봤다. 아스라스에게 나를 밝히고 싶은 듯했다. 역시 이 녀석이 마음에 든 모양이다.

뭐, 할 수 없군.

『아까도 말했지만 프란이 가르쳐주고 싶어 하니 할 수 없군.』

"응. 스승."

"……엉? 그 검이 어떻다는 거지?"

갑자기 검을 뽑은 프란을 보고 아스라스가 고개를 갸웃거렸다. 살기는 없어서 전투태세는 취하지 않았지만 상당히 수상스러워하는 얼굴이다.

『안녕. 인텔리전스 웨폰인 스승이라는 존재야. 잘 부탁해.』

"어, 켁, 검이 말한 건가?"

아스라스가 의자에서 미끄러질 뻔하면서 놀라는 소리를 냈다. 신검의 소유주가 이제 와서 무슨 짓을 하는 건가 싶었는데, 말하는 검을 보면 그야 놀랄 만도 하려나?

그 뒤로는 프란과 아리스테아가 나에 대해 아스라스에게 설명했다.

항상 나오는 이름에 대한 태클도 끝나고 아스라스는 흥미롭게 나를 바라봤다.

그건 그렇고 상상했던 것 이상으로 나를 빨리 받아들였다. 역시 신검의 사용자답게 신기한 검에 대한 내성이 있는 건가.

"그런가…… 내 광귀화를 없애준 게 스승인가."

『아마 일시적이겠지만.』

"아니, 프란 아가씨도 말했지만 난 큰 은혜를 느끼고 있어. 무슨 일이 있으면 손을 빌려주지. 기억해줘."

광귀화는 우리가 생각했던 것 이상으로 아스라스에게 부담이 됐던 모양이다. 진심으로 기뻐하는 게 전해져왔다.

『이봐, 신검을 보여주지 않겠어?』

"가이아를 말인가? 딱히 상관은 없는데."

아스라스가 옆에 기대 세운 대검을 들어 테이블 위에 놓았다. 이름은 지검 가이아. 본래의 힘을 발휘하기 위해 봉인을 풀면 대지검 가이아라는 본래의 이름과 능력을 되찾는다고 한다.

보기에는 투박한 대검이다. 두꺼운 가죽에 둘러싸였으며 두 손으로 잡기에 충분한 긴 자루. 특별히 조각도 새겨지지 않은 수수한 직사각형의 날밑.

칼날은 굽은 곳 없이 곧은, 이른바 서양검이라고 불리는 형태를 하고 있었다. 가장 두꺼운 부분이 30센티미터는 될 것 같군. 베기보다는 때려 부수는 데 중점을 둔 금속 덩어리다.

장식 하나 없이 둔탁하게 거무스름한 검신이 무시무시한 위압감을 내고 있었다.

겉모습은 평범한 대검. 그러나 이렇게 보니 그 위압감은 압도적이었다. 결코 단순한 대검이 아니라는 걸 누구든 이해할 수 있을 것이다.

나도 보는 것만으로 왠지 패배감이 샘솟았다. 검으로서의 본능인가? 나보다 훨씬 수준 높다는 것을 자연스레 이해한 듯했다. 분하지만 나는 준 신검. 뭐, 그렇게 자칭하는 정도는 허용되겠지.
그리고 저쪽은 정규 신검. 그 차이는 크다.

"······언젠가 스승은 이걸 뛰어넘을 거야."

『프란?』

"조만간 보여줄게!"

프란은 분하면서도 의욕 가득한 얼굴을 하고 있었다. 나는 묘
하게 기뻐지고 말았다. 프란이 나를 믿어주는 게 괜히 기쁘다.

『그래!』

"그럼 우선 상태를 완벽하게 원래대로 되돌려야지."

"응! 부탁해."

『부탁합니다.』

의욕이 생기기 시작했다. 스킬이 어떻게 될지 불안하기는 하지
만 이렇게 하지 않으면 앞으로 싸울 수 없으니 말이다.

그런 우리의 대화를 들은 아리스테아는 부드러운 눈으로 프란
을 보고 있었다.

"그럼 휴식도 충분히 취했으니 작업장으로 돌아간다."

"응!"

10분 후.

다시 마법약 등의 준비를 마친 아리스테아가 대에 놓인 내게 가
만히 손을 댔다.

"그럼 개시한다. 준비는 됐나?"

『응. 부탁해.』

"응."

아리스테아는 그렇게 선언한 뒤 내게 마력을 흘려 넣기 시작했다. 천천히 나를 감싸듯이 마력이 흘러갔다.

그것이 마중물이 되어 작업대 위 마법진이 빛나기 시작했다.

마법진에서 나오는 마력이 내 안에 스며들었다. 동시에 몸 안에서 뭔가가 용솟음치는 감각이 느껴졌다.

그리고, 미세한 통증이 퍼졌다.

『큭……』

몸이 뜨겁다. 몸 안쪽에서 강하게 열기가 솟아오르는 것을 알 수 있었다.

주륵.

나를 구성하는 강철의 안쪽을 불쾌한 무언가가 기어가는 듯한 감각이다. 그리고 내 안에서 거대한 무언가가 꿈틀거리기 시작하는 것을 이해할 수 있었다.

『커헉!』

"스승!"

『……!』

틀렸다, 프란에게 대답하려 해도 아무 말도 할 수 없다.

무시무시한 고통.

그와 함께 내 안에서 엄청난 힘의 분류가 일어나 마력이 날뛰기 시작했다.

내 안의 무언가가 변화해 바뀌어가는 것을 알 수 있었다. 내가 내가 아니게 된다──아니, 내가 나를 유지한 채 다른 무언가로 바뀌어간다.

진화.

자연히 그런 단어가 머리에 떠올랐다.

그래서일까? 이상하게 무섭지는 않았다. 오히려 고양감과 기대감이 나를 지배하고 있었다.

온몸이 조각날 것 같은 이 엄청난 고통도 그러기 위해 필요한 것이라고 생각하면 참을 수 있었다.

『크아아아아아악!』

그래도 되도록 빨리 끝내주면 좋겠는데!

"아아아아아아아아아아아아아!"

"———."

"————."

"—————."

여기는 어디지?

아니, 난 뭘 하고 있었지?

생각이 안 나네…….

온몸이 왠지 떨린다.

수많은, 그야말로 따뜻한 물로 이뤄진 바닷속에 떠 있는 듯한 기분도 들고 높은 곳에서 끊임없이 떨어지는 듯한 기분도 든다.

떠 있어? 떨어지고 있어? 둘 다인가?

신기한 부유감이 온몸을 감싸고 있다.

애초에 나는 어떤 모습이지?

검? 사람?

검이라고 생각하면 검이다. 사람이라고 생각하면 사람이다.

영문을 모른 채 어둑하고 신기한 공간에서 흔들거리는 나.

갑자기 무슨 소리가 들렸다.

"————……——."

무슨 소리지?

땅속에서 울리는 듯한 중저음이 이 이상한 공간 전체를 흔들었다.

낙뢰? 짐승의 포효?

"——————……."

아니, 목소리인가?

말을 이루지 못하는 어떠한 목소리다.

아래…….

이 장소에 위아래가 있는지도 알 수 없지만 어째선지 아래쪽에서 들린다고 생각했다.

의식을 아래쪽이라고 짐작되는 방향으로 기울였다.

그러자 검은 무언가가 보였다.

방금까지는 없었던 것 같은데…….

"——————!"

소리를 내고 있는 건 그 검은 것이었다.

거대하고, 끝없이 깊으며, 나락 같은 존재.

저것이 목소리를 내고 있다. 그것이 신기하다는 것을 이해할 수 있었다.

생물? 아니, 생물로는 보이지 않는다. 그러나 소리를 내니 단순한 자연물이나 의사 없는 힘의 덩어리는 아닐 테다.

이성이 있는지는 알 수 없지만 자아는 있을 것이다.

그러나 아무리 응시해도 검은 물체의 정체를 알 수 없었다.

애초에 물질로 존재하는지도 제대로 알 수 없었다. 그렇다고 영적인 존재로도 보이지 않는다.

다만 그곳에 있는 것만을 이해할 수 있었다. 커다란 무언가가 그곳에 있었다.

"————!"

혹시 내가 보고 있는 것을 눈치챈 건가?

검은 물체가 나를 향해 소리를 냈다.

무심코 얼굴을 찌푸리고 말았다.

분노, 원한, 기아, 증오, 혐오, 질투, 타기(唾棄)————.

뭐라고 말하는지는 알 수 없어도 그 목소리에 담긴 감정은 읽을 수 있었다.

온갖 부정적인 감정.

간사하지만 그러면서도 겁쟁이다. 참회하면서 저주하고, 울면서 모든 것을 증오하고 있다.

내가 검은 물체에 품은 인상은 그런 느낌이었다.

아무래도 녀석은 움직일 수 없는 모양이다.

이 깊고 넓은 공간의 바닥에서 그저 소리밖에 낼 수 없는 듯했다.

"————……."

더 가까이서 보고 싶다.

그렇게 생각하고 나는 검은 물체를 향해 내려가려 했지만…….

"그 이상은 가지 마."

응?

"기다려!"

어? 누구지?

갑자기 기다리라 해도…….

그리고 왠지 하강을 멈출 수가 없는데.

천천히, 하지만 확실하게.

나는 검은 물체로 다가갔다.

"자기 등을 봐! 유대를 의식해!"

등이라니…….

아니, 듣고 보니 내 등에 뭔가가 있다.

파랗게 빛나는 끈 같은데──.

그렇게 생각한 직후 내 하강이 멈췄다.

"저건 신경 쓰지 않아도 돼. 이대로라면 나쁜 짓은 못 해."

다시 귓가에서 목소리가 들렸다.

명백하게 검은 물체가 내는 목소리가 아니다.

안심감 있고 이성적인 목소리다.

누구지? 어디서 들은 적이 있는 것 같은데.

"아무튼 저것한테는 가까이 가지 마."

그것뿐이었다.

아무리 불러도 목소리는 들리지 않았다.

어디서 들었더라? 분명 처음이 아닌데.

틀렸다. 멍한 탓에 생각이 정리되지 않는다.

으음, 누구였더라?

그리고 이 끈이다.

아니, 끈인가?

처음에는 파랗게 빛나는 줄 알았는데 빛 그 자체였다.

만지려 하자 빠져나갔다.

이 푸른빛도 어디선가 본 기억이 있는데…….

부드럽고 온기가 있는 신비한 빛.

보고 있기만 해도 마음이 편안해진다.

뭐지? 이건?

끈 끝을 보니 검은 물체와는 정반대 쪽으로 끝없이 이어져 있었다.

어디로 이어져 있는 거지?

그런 생각을 한 순간 내 머릿속에 프란의 얼굴이 그려졌다.

아아, 프란이다.

그런가, 이 끝에는 프란이 있는 건가.

그러면 괜찮다.

뭐가 괜찮지? 왜 이렇게 안심한 거지?

스스로도 잘 알 수 없지만 프란과 이어져 있다고 이해한 순간 막연하게 품고 있던 불안감이 모조리 날아간 것 같다.

어라?

묘하게 의식이……. 졸리는——.

《지금은 주무세요.》

어?

《눈을 떴을 땐, 분명 전부 좋아져 있을 거예요.》

혹시 알림——.

"————."

"──────."

문득 어떤 소리도 들리지 않는다는 것을 깨달았다.

정숙.

내가 지르고 있던 절규가 사라졌다는 것을 이해하는 데 몇 초가 걸렸다.

『끝났나……?』

그로부터──개수가 시작되고 시간이 얼마나 지났을까. 온몸을 괴롭히는 격통이 완전히 나아 사라졌다.

『끝난 건가?』

다시 스스로 물었다.

고통은 없다. 권태감도 없다. 위화감도 없다. 오히려 상쾌한 느낌마저 있다.

다만 시간 감각만 묘하게 애매했다.

나는 얼마나 고통에 신음하고 있었을까. 창문으로 보이는 바깥은 어둡다. 날은 밝지 않은 것 같군. 그로부터 몇 시간 정도 지난 느낌인데?

왠지 꿈 같은 것을 꾼 느낌도 들지만 아무것도 떠오르지 않는다.

『이거 참, 마치 하룻밤이 지난 것 같네.』

기억은 솔직히 애매하지만 그만큼 길게 느꼈다는 뜻이다.

이러다 몇 분밖에 지나지 않았다는 말을 들으면 내 시간 감각을 믿을 수 없게 될 것 같았다.

『프란은──.』

있다. 내가 놓은 작업대 아래서 자고 있었다.

많이 걱정시킨 모양이다. 자는 그 얼굴은 마치 괴로워하는 표정 같았다.

눈 아래에는 심한 다크서클이 생겼고 머리는 며칠 목욕을 하지 않은 듯이 부스스했다. 내가 기절하기 시작했을 때 꽤나 당황했으니 말이다.

귀에 들어오는 귀여운 숨소리를 듣고 있으니 이대로 자도록 두고 싶은 마음도 생겼지만, 역시 일어난 것을 알려줘 안심시키는 편이 나을 것이다.

나는 염동을 사용해 프란의 머리를 쓰다듬어봤다.

조금 불안했지만 통증도 랙도 없이 부드럽게 발동했다. 오히려 전보다 부드러운 느낌도 드는데, 단순히 기분이 산뜻하고 상쾌해서 그렇게 느낄 뿐인 건가?

『프란. 프란.』

염화도 문제없다. 개수는 잘 된 모양이다.

말을 걸며 프란을 가볍게 흔들었다.

『프란, 못 일어나겠어?』

"으음."

더 흔들자 프란의 눈이 살짝 열렸다. 그리고 내가 떠 있는 모습을 확인하자 프란은 눈을 크게 떴다.

"스승……!"

『우왓!』

힘차게 일어난 프란이 덮듯이 날 껴안았다.

즉시 형태 변형으로 칼날을 없앴는데, 이쪽도 문제없이 발동하는군. 평소라면 의식하지 않지만 이번에는 쓸 수 있을지 없을지 알 수 없어서 순간 가슴이 철렁했다.

"스승, 꿈, 아니지……?"

『그래. 진짜 나야.』

"응……. 응!"

이봐, 너무 꽉 껴안잖아.

하지만 프란은 그대로 나를 가슴에 품고 어깨를 떨기 시작했다.

"……다행이다…….."

어깨뿐만이 아니다. 목소리도 떨리고 있었다.

『걱정시킨 것 같네.』

"……응. 걱정했어."

『그랬구나. 미안해.』

"응."

눈물을 뚝뚝 흘리며 나를 떼어놓지 않는 프란.

프란이 안심할 수 있도록 나는 그 머리와 등을 천천히 쓰다듬
었다.

잠시 있자 겨우 진정한 모양이다. 나를 안은 힘이 느슨해졌다.
하지만 프란은 대신 내게 체중을 실어 기대기 시작했다.

머리를 내게 비비며 새끼 고양이처럼 코 먹은 소리를 낸다.

『왜 그래? 어리광쟁이가 됐네.』

"……응."

『프란?』

"쿨, 쿨."

어? 다시 잠들었네…….

잠이 잘 안 깨는 건 알지만 이 상황에서 잔다고? 프란의 엄청
난 마이페이스를 다시금 실감하는군…….

『프란? 저기요, 프란 씨.』

"자게 둬."

내가 프란을 다시 깨우려 하자 프란의 반대편에 서 있던 아리스테아가 말을 걸었다.

프란과 마찬가지로 머리카락이 부스스하고 눈 밑에는 다크서클이 생겼다. 밤을 샜나?

"상태는 어때?"

『아주 좋아. 염화도 염동도 지금은 문제없어. 기분도 상쾌하고!』

"그런가, 그럼 다행이야…… 하암."

『아리스테아도 졸린 것 같군.』

프란 정도는 아니지만 눈을 깜빡이며 당장이라도 잠들 것 같다.

"그야 내 이 몸으로도 5일 동안 밤새는 건 힘드니까."

『뭐? 지금 뭐라고 했어? 5일?』

"그래, 몰랐나 보군. 맞아. 오늘은 개수 의식을 개시하고 나서 정확히 5일째 밤이야. 긴급 사태가 일어났을 때를 위해서라도 내가 자서는 안 되지."

『말도 안 돼……. 그렇게나 시간이 지난 거야?』

완전히 그날 밤인 줄 알았는데…….

"뭐, 그 상태로는 시간을 알 수 없게 돼도 어쩔 수 없을 거야."

『그럼 프란이 잠든 것도…….』

"5일 동안 한숨도 안 자고 네 옆에서 지켜봤거든. 나중에 칭찬해 줘. 뭐, 세 시간 전에 힘이 다해 잠들었지만."

그랬구나. 원래는 오히려 잠꾸러기인 프란이 5일 동안 잠을 안 자? 그야 이렇게 될 것이다.

한동안 일어나지 않겠지.

그래도 내게 두른 손을 떼려 하지 않는 프란의 머리를 쓰다듬으며 나는 그 몸을 가만히 바닥에 누였다. 물론 나는 프란에게 안긴 상태다. 이만큼 걱정을 끼쳤으니까 온몸 베개가 되는 정도는 해야겠다.

방금까지 짓던 괴로운 표정과는 달리 안심한 얼굴로 자는 프란. 정말 걱정을 끼친 모양이다. 좋은 꿈 꿔.

『그런데 개수는 이걸로 끝난 거야?』

"글쎄?"

『그, 글쎄라니…….』

잠깐, 불안해지는 말은 하지 마!

그러나 아리스테아의 말은 농담이 아닌 듯했다. 진지한 표정으로 나를 관찰하고 있었다.

"나 역시 처음 하는 경험이야. 오히려 이쪽이 이것저것 묻고 싶을 정도야."

『그, 그렇군…….』

"이제 통증은 없는 건가?"

『괜찮아. 아까도 말했지만 상쾌할 정도야.』

"그거 부럽군. 나도 빨리 침대에 들어가고 싶어."

『왠지 미안하네.』

"하하, 농담이야. 신검을 만들 때는 열흘 이상 자지도 않고 쉬지도 않게 돼. 이 정도라면 아직 문제없어."

우와, 신검을 만드는 게 힘들다고는 생각했지만 열흘 동안 자지도 않고 쉬지도 않아? 육체 최성 스킬은 그걸 위해 있는 건가?

"겉모습은 내가 보기에 전과 다르지 않군."

『어? 그래?』

몸이 다시 만들어지는 감각이 있어서 멋대로 겉모습도 바뀌었을지도 모른다고 생각했는데……. 아리스테아가 말하기를 전혀 바뀌지 않았다고 한다.

『개수된 거 맞지?』

"그러니까 나도 그걸 알고 싶어. 스킬 쪽은 어때? 통폐합은 잘 됐나? 성능 변화도 있으면 알고 싶군."

『미안. 아직 보지 않았어.』

좀 무섭지만 보지 않을 수도 없다.

조심스레 불안과 희망과 기대가 뒤섞인 이상한 감각을 억누르면서 나는 나를 감정해봤다.

검왕술과 검왕기, 뇌명 마술과 시공 마술은 남아 있어줘.

『어?』

나는 스스로도 어이가 없을 만큼 얼빠진 목소리를 냈다. 아무리 나라도 내 스테이터스는 똑똑히 기억하고 있다.

『이, 이렇게나 바뀌는 건가……?』

겉모습은 바뀌지 않았다고 했는데, 종족이 바뀌어 있었다.

이름 : 스승

장비자 : 프란(고정)

종족 : 인텔리전스 유니크 웨폰

공격력 : 1182 보유 마력 : 9500/9500 내구도 : 9500/9500

마력 전도율 : S+

자기 진화 〈랭크 15 마석치 0/12000 메모리 50 포인트 0〉

스킬 : 감정 10, 감정 차단, 형태 변형, 고속 자기 수복, 염동, 염화, 시공 마술 10, 스킬 공유, 장비자 스테이터스 상승(중), 장비자 회복 상승(소), 천안, 봉인 무효, 마수 지식, 마법사, 진화 은폐, 혼돈의 신의 가호, 지혜의 신의 가호

유니크 스킬 : 허언의 이치 5, 차원 마술 4, 파사현정

슈피리어 스킬 : 스킬 테이커 SP, 복수 분신 창조 SP

인텔리전스 웨폰에서 인텔리전스 유니크 웨폰으로 바뀌었다.

유니크란 말이지……. 괴짜라는 의미일까, 유일무이하다는 의미일까……. 고민된다. 종족이 바뀐 효과인지 능력도 올라갔다.

공격력이 300, 보유 마력, 내구도가 3000 정도 상승하고 마력 전도율이 S-에서 S+로 두 단계나 상승했다. 물리와 마력 모두 놀랄 만큼 성장했다.

다음은 자기 진화 계열인데……. 이쪽은 반대로 파멸적이다.

마석치도 자기 진화 포인트도 0이다.

마석치 0은 예상했다. 폭주 중 잠재 능력 해방을 한계까지 계속 사용한 듯하니 말이다.

다만 자기 진화 포인트는 늘어나지 않았을까 짐작했다. 알림이 스킬을 통폐합했을 때는 사라진 스킬이 자기 진화 포인트로 통합되어 있었다.

뭐, 뭐든 그때와 똑같지는 않을 것이다. 아쉽지만 어쩔 수 없다.

하지만 나를 진짜로 경악하게 만든 건 이후에 본 스킬 목록이다.

몇 가지 스킬이 사라졌다. 염동 소 상승, 공격력 소 상승, 보유

마력 소 상승, 메모리 중 증가다. 다만 그것들이 없어져도 능력이 올라간 건 오히려 그것들이 스테이터스에 흡수돼 스킬이 없어도 능력이 강화됐다는 뜻일지도 모른다.

스킬 테이커로 최근 입수한 광귀화도 사라졌다. 이건 기쁘기만 하다. 폭주해 분별없이 달려드는 스킬은 쓸 데가 없으니까.

더 놀란 건 메모리 항목이 대폭 줄어든 것이다. 50은 절반 이하다. 즉 장비할 수 있는 스킬의 수가 대폭 줄어들었다는 뜻이었다.

아쉽지만 처리 능력을 생각하면 당연할지도 모른다. 쓰지 않는 대량의 스킬들은 그저 장비하고 있기만 해도 처리 능력을 압박할 것이다.

문제는 그 메모리에 장비할 수 있는 스킬이 남아 있느냐 아니냐였다.

나는 메모리 스킬 항목을 확인해봤다.

조심스레 목록을 봤더니 스킬이 전부 사라지지는 않았다.

『다행이다…….』

무술이나 마술에 큰 변화는 없다.

메인 스킬인 검왕술, 검왕기는 남아 있고 마술 스킬의 수도 전혀 변하지 않았다.

작은 변화로는 창왕술 땅이나 궁왕술 땅 등의 무술 스킬, 무기 스킬의 레벨이 올라간 것이다.

하지만 이유가 무엇인지는 알 수 없었다.

활을 썼던 사인이나 마수를 쓰러뜨린 건 확실하지만 그때는 레벨업하지 않았다. 그게 이제 와서……?

『으음.』

"뭔가 문제가 있나?"

『문제랄까, 의문이 있어.』

나는 스킬의 레벨업에 대해서 살짝 설명했다.

그러자 아리스테아가 납득한 듯이 고개를 끄덕였다.

"아마 처리 능력 오버 탓에 약해져 있던 건 스승만이 아니었을 거야. 정체를 알 수 없는 영혼도 케루빔의 잔해의 도움을 받지 못해 약해져 있었어. 그 탓에 스승에게 보내는 힘도 적어졌던 거지."

그게 개축으로 개선돼 숨어 있던 힘의 양도가 이 단계에서 실시된 듯했다.

아무래도 개수로 회복된 건 내 처리 속도 부분만이 아닌 모양이다. 더 깊은 부분에도 이런저런 변화가 있을 것이다.

그리고 전투와 상관없는 스킬은 상당히 모습을 감췄다. 회화나 연주 같은 예술 계열 스킬과 털 고르기나 비늘 강화 등 가지고 있어도 사용이 불가능한 스킬도 전부 사라졌다. 이것도 부유도에서 알림이 한 스킬 통폐합과 비슷했다.

『흐음, 흐음.』

"스승, 스킬 해석도 좋지만 쓸 수 있는지에 대해서도 알아보겠어?"

『이런, 그랬지…… 잠깐만.』

나는 이전처럼 메모리 스킬을 세트하듯이 생각해봤다. 문제없이 불 마술을 세트할 수 있었다.

『——좋아, 사용할 수 있어.』

무영창으로 토치 술법을 사용하자 작은 등불이 눈앞에 떠올랐다. 마술은 개수 전과 거의 변화가 없을 것이다.

다만 다른 스킬의 정밀도가 이상했다.

염동을 써보니 이미지와 어긋나는 것이 살짝 느껴졌기 때문이다.

아무래도 상승한 마력 탓에 출력도 올라간 모양이다. 더욱이 마력의 흐름이 좋아진 만큼 약간의 힘으로도 큰 효과가 났다. 너무나도 민감했다. 익숙해지면 이점이 되지만 그때까지는 고생할 것이다.

"어때?"

『정밀하게 다루려면 연습이 좀 필요할 것 같아.』

감지 계열 스킬 등도 얻을 수 있는 정보량이 지금까지 이상으로 늘어나 제어하기가 더 어려워졌다.

"급격하게 능력이 변화했으니 바로 구사하기는 어려울 거야."

『그렇다 해도 쓸 수 있도록 해야 해. 약간만 어긋나도 전투에서는 목숨을 잃을 수 있으니 어쩔 수 없지.』

성장한 건 확실하지만 당장은 전투력이 내려갈 가능성도 있었다. 중대한 사태로군.

"지금의 스펙을 제대로 구사하기는 상당히 어렵겠어."

『나도 그렇게 생각해.』

그리고 잊지 말아야 할 것은 왠지 내게 생긴 혼돈의 신의 가호와 지혜의 신의 가호일 것이다. 신의 가호가 단숨에 두 개라니…….

뭐, 혼돈의 신의 가호는 왠지 알 것 같다. 나는 그 여신의 권속인 것 같으니까.

효과는 혼돈의 힘을 얻음으로써 혼돈에 대한 높은 내성이 생긴다는 아주 대략적인 설명이 적혀 있었다. 혼돈의 힘은 뭐지? 혼돈 마술 같은 술법이 있는 건가?

하지만 아리스테아도 혼돈 마술이라는 이름의 마술 스킬은 알지 못했다.

『의문스러운 스킬이야.』

"혼돈의 신 밑에 있는 던전에서 힘을 발휘할지도 모르겠군."

『그리고 또 하나, 지혜의 신의 가호도 왜 생겼는지는 모르겠어.』

어쩌면 알림 덕분일지도 모르지만……. 다만 마술 등의 숙련도가 올라가기 쉬워지는 스킬 같아서 앞으로는 마술의 레벨업이 빨라질 가능성이 있었다. 이쪽은 불만 없이 고마운 가호다.

아니, 혼돈의 신의 가호가 필요 없다는 건 아닙니다. 진짜로요. 그러니 화내지 마세요.

"왜 그러지, 스승?"

『아, 아니, 아무것도 아냐. 잠깐 변명 좀 하느라고.』

"?"

그건 그렇고 전체적으로 통폐합이 진행되어 불필요한 스킬이 싹 사라졌다. 시원하다고 하면 시원하지만 확실히 조금 쓸쓸하기도 했다. 계속 열심히 얻어왔으니 말이다. 다만 대체로 만족한다.

"이거 성공했다 해도 좋을지 알 수가 없군……."

『무슨 소리야? 자, 잘 됐잖아?』

"그렇다고 할 수 없어. 스킬의 수가 생각보다 줄지 않았어."

아, 그러고 보니……. 성장 부분에만 눈길이 갔지만 가장 큰 목적은 쓸데없는 스킬을 줄여서 처리 용량을 확보하는 것이었다.

"아직 백 개 이상 남아 있어. 스승, 통증이나 위화감은 없나?"

『으, 응. 지금은…….』

스킬 사용에 고심하고 있기는 하지만 사용할 때 통증이 퍼지거나 하지는 않는다.

"한번 제대로 해석해보지."

『부탁해.』

깊이 잠든 프란에게 안긴 나를 아리스테아가 해석했다.

시간이 걸릴 줄 알았는데 한번 자세하게 해석한 적이 있어서 재해석에는 그렇게까지 시간이 걸리지 않는 듯했다.

몇 분 후, 아리스테아가 경악한 상태로 눈을 크게 떴다.

『왜, 왜 그래?』

"설마 이 정도일 줄이야. 스승, 넌 역시 흥미롭군."

아리스테아가 말하기로는 내 내부 구조에 상당한 변화가 일어났다고 한다.

"정체를 알 수 없는 영혼과 의문의 시스템이 케루빔의 잔해의 영역에 연결되어 있어. 아마 부족한 처리 능력을 보충하고 있는 거겠지."

즉 파손된 알림이 담당했던 부분을 다른 부분이 보충하듯이 변화했다는 건가?

"그리고 또 하나. 스승에 대한 힘의 흐름이 바뀌었을지도 몰라."

『무슨 소리야?』

흐름이 바뀌어?

"뭐, 대강 말하자면 스승 자신의 성장률이 대폭 저하되고 그만큼이 처리 쪽으로 돌아갔을 가능성이 있어. 앞으로 마석치가 쌓여서 랭크가 올라가도 공격력 등의 성장이 거의 없을지도 몰라."

『어? 진짜야?』

모처럼 능력이 올라갔다고 기뻐했는데⋯⋯. 동경하던 공격력

천 대가 됐다고. 당연히 흥분되잖아? 그런데 이 이상의 성장은 기
대할 수 없을지도 모른다니······.

"그 대신 스킬의 운용은 지금까지 이상으로 효율이 올라갈 거
야. 말하자면 검 본체의 능력을 희생해 스킬 특화형으로 다시 태
어난 거지."

『으음······. 그래도 프란을 위해서는 스킬이 강화되는 편이 나
은가······.』

내 강점은 검으로서의 공격력이 아니라 스킬의 풍부함이다. 성
장률이 떨어진 건 진심으로 아쉽지만 스킬의 운용 가능성이 넓어
진 건 솔직히 기뻤다.

게다가 완전히 성장할 수 없게 되는 건 아닌 듯하니 희망은 아
직 있고.

"스승의 내부 구조는 내가 생각했던 것 이상으로 유연했던 것
같아. 정체를 알 수 없는 영혼과 시스템이 설마 이 정도 변화를
보일 줄은 몰랐어."

『이봐, 그거 괜찮겠어? 이번에는 정체를 알 수 없는 영혼과 의
문의 시스템에 부담이 실리는 거 아닐까?』

"으음. 그건 뭐라 말할 수가 없군. 하지만 부담이 전혀 없지는
않을 거야. 그게 앞으로 어떻게 영향을 끼칠지는 말 못 하겠어."

『아리스테아도 모르겠어?』

"모르겠어."

뭐, 내 몸은 이래저래 알 수 없는 것투성이니 말이다. 당면한
위기는 사라졌으니 납득할 수밖에 없나.

『완전히 안심은 할 수 없지만 전보다 나아진 거지?』

"그건 보증하지. 스승에 대한 부하는 크게 줄었을 거야."

『그럼 당분간은 상태를 지켜볼 수밖에 없다.』

수준이 올라간 건 틀림없고 내 처리 능력도 확보했으니 개수는 대성공이라고 할 수 있을 것이다.

지금은 무사히 프란에게 돌아온 것을 기뻐하기로 하자. 오히려 그게 가장 중요하다.

"휴우우……. 아무리 나라도 조금 피곤하군. 일단 위로 이동하지 않겠나? 배도 고픈데."

『프란, 일어나. 프란?』

"음냐……."

『안 되겠어. 안 일어나.』

나를 위해 자지도 쉬지도 않고 지켜봐 줬다고 하니 한동안은 일어나지 않을지도 모른다.

할 수 없다. 우리가 옮기자.

『울시. 일어나 있어?』

"웡!"

『넌 기운이 넘친다?』

"워, 워후?"

아무래도 울시는 수면을 제대로 취한 모양이다. 생기발랄하다. 이 자식.

『……프란을 위로 옮기자. 등에 태운다?』

"웡!"

프란을 염동으로 띄워서 그대로 울시의 등에 태웠다. 이 상태로도 전혀 일어나지 않는다. 오히려 푹 잠들었다. 상상 이상으로 깊이 잠이 들었나 보다.

프란을 염동으로 부축하며 우리는 그대로 2층 식당으로 이동했다.

계단을 오를 때 흔들리기도 했지만 프란은 진동이 나도 가만히 있기만 했다.

식당에는 아스라스의 모습도 있었다. 아스라스가 프란의 모습을 보고 조금 놀랐다. 뭐, 잠든 상태로 늑대 로데오를 하고 있는 것처럼 보이니 말이다.

"끝난 건가?"

"응, 조금 전에. 그 음식을 넘겨."

"뭐, 원래 여기 있던 거니 상관없는데……."

아리스테아는 아스라스가 쥐고 있던 견과류를 가로채 오득오득 먹기 시작했지만 그 정도로는 만족할 수 없을 것이다. 배를 쓸면서 달리 먹을 것이 있는지 식당을 둘러봤다.

"할 수 없군, 골렘에게 뭔가 만들게 할까……. 아니, 잠깐만……."

『뭐, 뭔데?』

"그 카레라는 음식. 맛있었어."

『…….』

"5일 동안이나 잠도 못 자고 쉬지도 못한 채 애쓴 나를 위로해 줘도 되지 않을까?"

『……알았어, 알았어. 카레면 되지?』

애써준 건 사실이고 감사도 하고 있다. 카레 정도는 얼마든지 먹여주자.

『자.』

"카아! 좋은 냄새야! 빈속에 울린다는 건 이런 거로군!"

"……."

아리스테아가 카레를 허겁지겁 먹자 이번에는 아스라스가 이쪽을 빤히 보기 시작했다.

그 시선으로 말하자면 구멍이 뚫렸나 싶을 만큼 강렬했다. 심지어 프란이 공복을 호소할 때와 같은 눈이었다.

결국 아스라스에게도 먹여주게 됐다.

"역시 맛있군, 이건."

"그래. 매일이라도 먹고 싶어."

"웡!"

아아, 울시가 카레 냄새에 버티지 못하고 같이 먹고 있군.

입 주위를 더럽히며 카레를 아주 만끽하고 있다. 프란은 잠도 안 자고 쉬지도 않고 지켜봤는데, 이 똥개 녀석……. 맛있게 카레나 먹고. 이렇게 해주자.

『흥.』

"깨앵!"

꼬리를 잡아당겼다.

그건 그렇고 카레가 엄청난 속도로 줄고 있군. 나중에 프란에게 혼나지 않겠지? 카레를 게걸스럽게 먹는 아리스테아와 아스라스를 보고 있으니 살짝 걱정이 됐다.

나를 안은 채 식당 구석 소파에 누운 프란을 슬쩍 봤다. 그러자 프란의 코가 씰룩씰룩 움직이였다.

직후 프란의 눈이 천천히 뜨였다.

"……음냐…… 카레 냄새……."

『모, 모두에게 대접하고 있어.』

"……머글래……."

혀가 제대로 움직이지 않았다. 하지만 그것도 어쩔 수 없었다. 잠든 지 아직 한 시간도 지나지 않았으니까. 분명 졸릴 테다.

그래도 카레에 반응할 줄이야……. 수면욕보다 식욕이 앞서는 모양이다.

나는 카레 접시를 꺼냈다. 다만 프란이 일어나지 않았다.

"음냐……."

『프란?』

"……카레."

너무 졸려서 몸이 움직이지 않는 듯했다. 더 자라고 말하고 싶지만 카레를 먹을 때까지는 기분 좋게 잘 수 없을 것이다.

『할 수 없군.』

"응——?"

『자.』

나는 염동으로 프란의 몸을 일으켰다.

그리고 카레를 스푼으로 떠서 입으로 가져갔다.

"우물우물…… 아앙."

『자.』

"우물우물…… 아."

『그래그래.』

어미에게 먹이를 조르는 아기 새처럼 입안의 카레가 없어지면 입을 벌리는 프란. 나는 그 입안에 카레를 조금씩 넣어줬다.

프란이 졸린 눈으로 카레를 먹는 모습이 귀여워서 살짝 즐거워지기 시작했다. 결국 카레를 세 그릇이나 먹이고 말았다.

"오오, 저렇게 능숙하게 염동을 쓸 수 있는 건가."

"그렇군. 저렇다면 요리도 만들 수 있겠어."

왠지 아스라스와 아스테리아가 감탄했다.

아무래도 내가 어떻게 요리를 만들었는지 의문스럽게 생각한 모양이다. 우리는 이미 당연해졌지만 그야 나에 대해 잘 모르는 사람 입장에서 보면 궁금하겠지.

"오늘……. 맛있었다."

"나도 나흘 만에 제대로 된 식사였어. 감사한다."

『별말씀을.』

식후에 느긋하게 아리스테아, 아스라스와 이야기를 나눴다.

『내가 힘들어하는 동안에 무슨 일이 있었지?』

"무슨 일이 있었느냐고 물어도 말이야. 스승이 신경 쓰는 건 전쟁의 행방이겠지?"

『뭐, 제일 신경 쓰는 건 그거지. 수인국이 지면 프란도 슬퍼할 테니.』

"미안하군. 나도 몰라. 여기는 외부 정보가 들어오지 않거든."

그야 그런가. 나라의 변두리 중에서도 변두리라서 누군가가 정보를 전해줄 만한 장소도 아니다. 게다가 아리스테아는 내게 무슨 일이 있었을 때를 위해 대기하고 있었고 말이다.

아스라스는──국가끼리 벌이는 싸움에 신경 쓸 타입이 아닐 것 같다. 아니, 아직 남아 있는 것이 놀랍다.

『아스라스는 아리스테아에게 볼일이 있는 거야?』

"무슨 소리지?"

『아니, 5일 동안이나 여기 있는 거잖아?』

그렇게 말하자 아스라스가 쓴웃음을 지었다. 놀랍게도 마지막으로 내게 감사 인사를 하고 떠날 생각이었다고 한다. 섭섭한 질문을 했군. 그건 그렇고 성실한 녀석이다.

"전에도 말했지만, 은혜를 느끼고 있다. 아무 말 없이 떠나서는 안 되지."

『그러고 보니 광귀화는 어떻게 됐지?』

"벌써 부활했어. 하지만 전투를 하지 않는 상태니까. 한동안은 안심할 수 있지."

역시 며칠 만에 부활한 모양이다. 내가 스킬 테이커로 빼앗고 개수로 스킬 자체가 소멸했으니까 아스라스에게 부활하지 않을 수도 있다고 생각했는데…….

아스라스가 재앙귀인 한 멋대로 스킬이 생겨나 부활한다고 한다.

"아아, 그리고 프란의 장비 말인데."

『그건 나도 신경 쓰였어.』

실은 프란은 평소의 흑묘 장비가 아니었다.

지금은 마치 파자마 같은 헐렁한 천제 옷과 바지를 걸치고 있었다.

사이즈가 전혀 맞지 않아서 옷자락이나 소매를 크게 접어 입고 있다. 접지 않았다면 손등에 내려오는 정도가 아닐 것이다.

아리스테아에게 빌린 건가? 성능은 상당히 높았다.

흑묘 장비에는 미치지 못하지만 웬만한 가죽 갑옷보다는 훨씬 강력하다. 도적의 나이프 정도라면 간단히 막을 것이다.

『흑묘 시리즈는 어떻게 됐지?』

"그건 상당히 좋은 방어구더군. 하지만 거듭되는 격전으로 상당히 안 좋아지기 시작했어. 자동 수복 기능도 꽤나 저하됐을 텐데, 눈치 못 챘나?"

『진짜야?』

이번 싸움은 격전이었다. 프란의 방어구도 파손되었다 자동 수복되는 사이에 다시 파손되는 식이었다. 그 탓에 방어구의 자동 수복 기능이 저하된 것도 전혀 눈치채지 못했다.

나도 내가 검인 몸이라서 알지만, 마도구의 기능은 약해진다. 오랜 시간에 걸쳐 내 처리 능력이 압박을 받았듯이 마도구는 쓰면 쓸수록 스펙이 저하되어간다.

"수복……이 아니지. 그것도 개조 중이야. 솔직히 너희가 강해져서 그 격투에 견딜 수 없게 된 것 같기도 하고."

분명히 흑묘 시리즈를 입수했을 때에 비해 싸우는 상대도 강해지고 전투의 규모도 커진 것은 확실하다.

신급 대장장이인 아리스테아의 입장에서 보면 그런 강적과 싸우기에는 흑묘 시리즈도 부족하다고 느낄지도 몰랐다.

"프란과 의논했는데, 내가 손을 보기로 했어. 제작자에게 말없이 개조하게 됐지만……. 너희의 목숨과는 비교할 수 없지. 이 뒤에 만나지? 내가 사과한다고 전해줘."

으음. 가르스에게는 미안하지만 신급 대장장이인 아리스테아가 강화를 해주는 건 고맙다.

의리에 어긋나지만 아리스테아의 제안을 받아들여야 할 것이다. 프란도 그렇게 판단했을 게 틀림없다.

『알았어. 가르스에게는 내가 사과할게.』

"부탁해. 그 방어구는 이미 사전 준비를 마쳤어. 오늘부터 개조를 시작하면 모레에는 끝날 거야."

『이미 작업을 시작한 건 기쁘지만, 괜찮겠어? 5일이나 안 잤잖아?』

"괜찮아. 열흘 동안 안 자도 괜찮아. 7일 정도는 늘 새."

기운 넘치는 것 같았다. 그렇다면 부탁하자.

『잘 부탁해.』

"그래. 최고의 방어구로 바꿔줄 테니까 기대하고 있어."

아리스테아는 정말 좋은 녀석이다. 프란도 그렇겠지만 나도 그녀가 상당히 마음에 든다. 그야말로 우정 같은 것을 느낄 정도다.

다만 나는 아직 아리스테아에게 중대한 비밀을 숨기고 있다. 그것은 내가 이세계 사람이었다는 사실이다. 해석을 잔뜩 받았는데 중요한 비밀을 밝히지 않는 건 의리에 어긋나지 않을까? 그렇게 생각하기 시작하자 죄책감이 엄청났다.

하지만 프란에게 예고 없이 비밀을 밝혀서는 안 된다.

프란이 눈을 뜨면 의논해보자.

나는 작업으로 돌아가려는 아리스테아의 등을 보면서 그렇게 생각했다.

그리고 몇 시간 후.

"응. 괜찮아."

『아무렇지 않네!』

눈을 뜬 프란에게 설명하자 즉시 허가를 내렸다.

"그야 스승은 아리스테아에게 가르쳐주고 싶어 하니까."

『뭐, 그렇지.』

"그럼 괜찮아."

『엄청 큰 비밀인데…….』

내 비밀이니까 내가 이야기하고 싶은 상대에게 이야기하면 된다는 태도인 것 같다. 뭐, 나도 프란에게는 항상 그렇게 말하니 말이다.

『하지만 내 비밀은 프란의 비밀이기도 한데?』

"괜찮아. 그리고 나도 아리스테아에게 비밀로 하고 싶지 않아."

프란도 나와 같은 마음이었던 건가.

『진짜 괜찮지?』

"응."

『알았어. 그럼 바로 아리스테아한테 가자.』

작업장으로 내려가 보니 아리스테아는 마침 휴식 중인 듯했다. 의자에 앉아 땀을 닦고 있었다.

"아리스테아, 할 얘기가 있어."

"오? 뭐지? 혹시 스승에게 뭔가 변화가 있었나?"

『뭐, 변화라고 해야 할까, 아직 얘기하지 않은 게 있어서. 들어 주지 않겠어?』

우리의 진지한 분위기가 전해졌는지 아리스테아는 그 자리에서 자세를 바로 했다.

"스승에 대해서는 해석이 끝났지만 아직 비밀이 있다는 건가? 어떤 의미에서 신검 이상으로 특이한 존재인 스승의 비밀이라니 꽤 설레는군."

기대가 담긴 눈으로 나를 응시했다.

『아, 그…… 머리가 이상하다고 생각할지도 모르겠는데…….
그게, 말이야……. 내가 원래 인간이었던 건 얘기했지?』

"그래."

『하지만 단순히 인간이었던 게 아냐. 실은 난 이곳과는 다른 세계에서 살고 있었어.』

"응? 다른 세계? 이세계라는 건가? 즉 스승은 전 이세계인?"

『뭐, 그렇게 되지.』

"그, 그건 혹시 신탄(神誕) 세계라는 건가? 진짜 있었을 줄이야!"

아리스테아가 경악했지만 내가 생각했던 반응과는 조금 달랐다. 꽤나 순순히 내가 이세계인이었다는 것을 믿은 듯했다. 그건 그렇고 신탄 세계? 그건 뭐지?

아리스테아에게 물어보자 내 말을 끊고 설명해줬다.

아무래도 이 세계의 신들은 다른 세계에서 이 세계로 찾아와 대지나 생물을 만든 모양이다.

뭐, 명확하게 이야기하는 게 아니라 일부 신화에서 넌지시 언급되고 있는 것 같지만. 그 신들이 태어나 원래 있던 세계를 신탄 세계라고 부른다고 한다.

『아니, 글쎄? 애초에 내가 나고 자란 세계는 마법도 스킬도 없는 세계여서 잘 모르겠어.』

"뭐라? 그럼 어떻게 물건을 만들지?"

나는 한동안 지구의 문화나 기술에 대해 아리스테아가 원하는 대로 설명을 계속했다. 뭐, 나는 원래는 보잘것없는 샐러리맨. 전문적인 것에는 거의 대답하지 못했지만 말이다.

그녀는 호기심이 아주 강한지 신경 쓰이는 것은 모두 질문했다.

스킬 등의 혜택 없이도 높은 기술력을 얻은 지구에 강한 흥미가 있는 듯했다.

"이거 흥미롭군! 계속 듣고 싶어!"

『나로서는 쉽게 믿어줘서 허탈해.』

"신탄 세계의 일화를 몰랐다면 이렇게 못 했겠지."

『그 신탄 세계 얘기가 진실인지 아닌지 모르잖아?』

"나는 진짜라고 믿고 있다. 신급 대장장이니까."

"응? 무슨 뜻이야?"

"신급 대장장이의 내력이 신탄 세계 신화에 나오거든."

그건 사신과의 싸움을 칭송한 구절에 나온다.

베여도 베여도 부활하는 사신. 그 사신의 숨통을 끊기 위해 검의 신은 자신의 분신을 신탄 세계에서 불렀다고 한다.

최종적으로 신들에게 쓰러진 사신은 검의 신의 검에 잘려 세계 각지에 봉인된다.

신검의 제작 방법은 그 사신의 파편들에 대항할 수 있도록 신들이 사람에게 준 것이다.

그리고 최초의 신급 대장장이는 검의 신의 검을 바탕으로 최초의 신검을 완성했다.

즉 최초의 신검인 시신검 알파는 검의 신의 검을 모방해 만들어진 것이다.

그런 전승이 남아 있는 이상 신급 대장장이에게 신탄 세계는 있는 것이 당연한 존재였다.

"뭐, 지금은 신의 검의 이름도 모르지만."

아무래도 오랜 세월이 흐르는 동안 전승의 일부가 사라진 모양이다.

"이런, 이야기가 좀 벗어났군. 아무튼 나는 이세계의 존재를 믿고 있고 그곳에서 이 세계로 찾아오는 존재가 있을 수도 있다고 생각해. 뭐, 스승이 정말 신탄 세계에서 왔는지는 알 수 없지만."

『확실히 세계가 잔뜩 있어도 이상하지는 않네.』

신이 있던 세계냐고 묻는다면 지구는 미묘한 것 같기도 하다. 마술도 스킬도 존재하지 않는 세계다.

"그래. 하지만 스승이 검에 봉인된 이유는 혹시 거기에 있을지도 몰라. 짐작 가는 건 없나?"

『전혀. 이세계인이라고 해서 특수한 힘이 있는 건 아냐. 저쪽 세계에서 지극히 평범한 일반인이었으니까. 이세계인이라는 점이 특별할지도 모르지만.』

"그런가……. 그거 아쉽군. 뭐, 뭔가 알아내면 가르쳐줘."

『물론이지.』

오히려 이래저래 상담을 받아야 할 것이다.

그때는 꼭 부탁하고 싶다.

제3장 **새로운 자신**

『프란, 간다!』

"응!"

내가 눈을 뜬 다음 날.

나는 프란과 함께 강화된 내 힘을 사용하는 감각을 확인하고 있었다.

"하압!"

『좋아! 좋은 움직임이야!』

"핫!"

『그거야!』

내가 대지 마술로 생성한 바윗덩이를 나를 사용해 가르는 프란. 5미터 정도 되는 바위가 깔끔하게 두 동강이 났다.

하지만 프란은 진심으로 불만스러운 표정을 띠고 있었다.

"······틀렸어."

『역시?』

"응. 전혀 안 돼."

『그렇겠지.』

프란은 내게 마력을 흘리거나 끄집어내려고 시도했다. 그러나 지금까지에 비해 제어가 어려운 모양이다. 마력을 지나치게 끌어내거나 쓸데없이 소모했고, 억누르려 하자 이번에는 필요한 양을 뽑아낼 수 없었던 듯했다.

119

그 탓에 스킬의 제어가 허술해져 버렸을 것이다.

아까 한 공중 도약은 지독했다. 프란은 하늘을 달려 바윗덩이를 위에서 벨 생각이었을 것이다. 하지만 자신의 이미지만큼 두 번째 발동이 제대로 되지 않아서 바닥에 구멍이 뚫린 것처럼 균형이 무너지고 말았다.

어떻게든 세 번째 공중 도약에 마력을 많이 주입해 도약은 했지만 자칫하면 그대로 낙하해 바윗덩이에 깔리게 돼도 이상하지 않았다.

공기 압축을 쓴 발도술은 발동조차 되지 않았다. 공중 도약의 제어가 너무 어려워서 다른 스킬을 제대로 쓸 수 없었던 것이다.

이 느낌은 익숙했다. 알림이 스킬을 통합해 상위 스킬을 대량으로 입수했을 때와 똑같다. 스킬을 제어하느라 악전고투하고 한동안은 전투에서도 고생했다.

하지만 그때 역시 프란은 바로 익숙해져서 스킬도 마술도 구사했다. 이번에도 분명 괜찮을 것이다.

문제는 나 자신이다.

프란의 행동에 맞춰 속성검을 제어하며 보조 마술 등을 사용해 봤는데 대부분 효과가 지나치게 올라갔다. 내 성능이 급격하게 올라간 탓에 지금까지와는 비교도 되지 않을 만큼 능력을 제어하기가 어려워졌다.

마술의 발동에도 시간이 너무 걸리고 스킬의 효과 시간도 제각각이었다.

더욱이 대지 마술로 생성한 바윗덩이의 모양도 일그러졌고, 납득이 가는 완성도가 아니었다. 얼른 익숙해져야 했다.

『꽤 심각하네…….』

"응."

뭐든 감각으로 구사하는 프란과 달리 나는 평범한 사람이다. 한동안 연습해야 할 것이다.

하지만 당연하지만 성장한 부분도 있었다.

마력이 상승하고 내부의 파손이 수복되어 마술의 동시 발동 부담이 큰 폭으로 줄어들었다. 그리고 마술 한 방에 담을 수 있는 마력량도 큰 폭으로 늘어났다. 전력을 낼 때 위력이 지금까지 이상인 것은 틀림없다.

뭐, 일단 병석에서 일어난 것 같은 상태이니 좀 더 상황을 지켜보고 시험해볼 생각이다.

이 힘을 완벽하게 제어할 수 있게 되면 뮤렐리아가 했던 것 같은 칸나카무이의 변형도 할 수 있을지도 모른다. 아니, 분명 할 수 있을 것이다.

"스승, 한 번 더."

『그래!』

그 후 우리는 각종 스킬을 구사하며 확인과 훈련을 실시했다.

프란은 마술이나 스킬로 가속하며 내가 날리는 마술을 피하고 베어 날렸다. 때로는 내가 스킬로 생성한 벽 등의 장애물을 돌파하며 프란은 필사적으로 나를 휘둘렀다.

실력은 올라갔다. 하지만 만족할 수준에 도달하려면 아직 멀었다.

그렇게 오랜 시간 훈련을 하고 있자 아리스테아의 집에서 아스라스가 나왔다.

"고생하고 있는 것 같군."

"……응."

프란이 아스라스의 말에 동의했다. 그 직후였다.

"흠."

"……!"

『아니!』

갑자기 아스라스가 메고 있던 지검 가이아를 뽑아 프란을 향해 내리쳤다. 살기마저 담긴 일격이었다.

프란이 피한 가이아는 지면에 깊숙이 박혔다. 즉시 피하지 않았다면 큰 부상을 입었을 것이다.

『뭐 하는 거야!』

"크크. 잘 피했군. 지금 건 스킬을 제대로 쓰지 않으면 피할 수 없는 공격이었을 거다."

웃, 확실히 듣고 보니……. 프란도 아스라스의 말을 듣고 과연 그렇다는 기색으로 손뼉을 쳤다.

즉 본능적으로 위험을 감지하고 무의식적으로 스킬을 썼다는 뜻인가. 마음대로 쓰게 된 건 아니지만 머리로 생각하고 썼을 때보다 자연스럽게 사용할 수 있었던 것은 확실하다.

"마음대로 쓰기 위해 오로지 훈련을 반복하는 것도 좋아. 하지만 실전도 마찬가지로 중요해."

뭐, 이해는 간다. 그래도 말로 해주면 좋았을 텐데.

그러나 감각파인 프란은 아스라스의 행동에 납득한 모양이다. 고개를 몇 번이고 끄덕이고 있다.

"응. 알았어."

"그럼 됐다. 스승이 있으면 최악의 경우에도 죽지는 않겠지?"

아스라스의 투기에 이끌리듯이 프란이 나를 잡았다.

『잠깐만!』

"하아압!"

"흐으읍!"

내가 무슨 말을 하기도 전에 프란과 아스라스가 모의전을 시작하고 말았다. 하여간에! 이러니까 전투광들은! 멋대로 싸우고 말이야!

"우오오오오!"

"음!"

"지금 건 좋은 움직임이었어!"

기본은 아스라스의 공격을 프란이 피하는 형태다.

둘 다 마술은 쓰지 않았다. 초반에는 근접전일 것이다. 말로 확인하지 않아도 서로 그것을 이해하고 있는 듯했다.

아스라스의 검은 아주 거칠어 보였다. 하지만 힘만 믿고 검을 휘두르는 것은 아니었다.

확실한 이치가 존재하는, 생각하는 검이었다.

아주 예리한 참격 속에 때로 느긋하고 느린 공격이 섞였다.

하지만 이것은 함정이다.

섣불리 피하면 아스라스가 유도하는 방향으로 도망치게 되고, 막아내면 불리한 완력 승부로 내몰린다. 흘려내려 해도 그 엄청난 위력을 흘려내기는 어렵다. 무시하고 거리를 벌리려 해도 물러서는 이쪽과 쫓는 아스라스를 비교하면 저쪽이 압도적으로 유리해질 것이다.

그런 공방에 서서히 불리한 상황으로 내몰리다 균형이 무너지면 신검의 일격이 날아오는 것이다.

"하하하! 지금 걸 흘리는 건가! 제법이군!"

"아슬아슬해. 스승, 괜찮아?"

『내구도가 상당히 깎였지만 아직 할 수 있어!』

역시 신검이다. 가이아와 맞부딪치기만 해도 내 내구도가 쭉쭉 떨어졌다.

상대의 표면에 눈에 띄는 흠집이 없는 것이 격차를 알려주는 것 같아서 솔직히 울적했다.

그래도 프란이 아스라스를 상대로 싸울 수 있는 것은 민첩성과 검술 스킬의 레벨이 위이기 때문이었다.

경험과 완력, 무기의 차이를 속도와 기량으로 커버하고 있는 것이다. 아니, 미처 커버를 다 못 해서 방어로 내몰리는 장면도 많지만……

그래도 괴물을 상대로 순식간에 당하지 않고 계속 싸우고 있다.

상대가 랭크 S 모험가라는 것을 생각하면 충분하다고도 할 수 있었다.

"하아압!"

"크하! 좋다 좋아! 그 기세야!"

"흐으읍!"

아스라스는 약간의 상처는 즉시 재생했는데, 그 이상으로 성가신 게 동요하지 않는 모습일 것이다.

깊은 상처를 입어도 감각 무효 탓에 아파하지 않았다. 게다가 약간의 충격 정도로는 움직임을 멈추지도 않았다. 격투 게임을 좋

아하는 사람이라면 항상 슈퍼 아머 상태라고 하면 알아들으려나?

아무튼 아스라스는 어떤 공격을 받아도 멈추지 않고 오로지 공격을 계속했다.

그로부터 잠시 동안 두 사람은 격렬한 근접전을 벌였다.

이게 모의전의 범주에 들어가나? 서로 강한 회복 방법이 있어서 조심성이 없다. 죽지만 않으면 된다는 안이한 생각으로 위력 높은 공격을 펼치고 있었다.

실제로 도중에 몇 번인가 치유 마술을 쓰는 장면이 나왔다.

다만 이 싸움 동안에 프란의 움직임이 눈에 띄게 좋아진 것도 분명하다.

역시 아스라스의 말대로 실전보다 좋은 것은 없으리라. 나도 프란이 위험하다고 생각하며 초조해하는 편이 치유 마술의 정밀도가 올라가니 참 신기하다. 치유 마술로 마력 운용의 감각을 파악하자 다른 마술이나 스킬의 취급도 향상되어갔다. 신기한 감각이었다.

그러나 이것은 아직 전초전이다.

"그럼 슬슬 몸 좀 데워졌나?"

"확실하게."

"그런가! 그럼 이제부터 진짜다!"

"응!'

그 말대로 프란과 아스라스의 움직임이 변했다. 더 빠르고, 더 강하게, 모의전은 격렬함을 더해갔다.

게다가 마법도 풀렸다.

"으랴압! 그래비티 스탬프!"

"!"

위험을 느낀 프란이 칼싸움을 멈추고 뒤로 뛰었다.

직후 아스라스의 주위가 몇 미터에 걸쳐 몇 센티미터 깊이로 함몰됐다.

마치 위에서 둥글고 투명한 판으로 누른 듯한 광경이다.

아스라스 자신에게는 아무런 영향도 없는 모양이다. 멀쩡한 얼굴이다. 신검이 가진 대지 마술 무효의 힘일 것이다.

말려드는 것은 어떻게든 피했지만 아직 위험은 끝나지 않았다.

"그럼 이건 어떻지?"

"윽!"

아스라스가 바로 달려들었다. 수평으로 휘둘러진 신검을 나로 튕겨 내려 한 프란이었지만──.

"어?"

『뭐야 이건!』

신검을 받아낸 프란의 몸이 공중으로 둥실 떠올랐다.

프란은 당황했지만 나는 그 구조를 알 수 있었다. 이쪽의 중력을 줄인 것이다. 그 탓에 버티지 못했을 것이다.

마술을 쓴 기척은 없으니 신검의 효력일지도 모른다.

"스톤 스피어!"

튕겨 나간 곳에 돌로 된 창 몇 개가 생성됐다. 지면에서 비스듬히 튀어나온 돌 창이 마력으로 강화되어 있는 것을 알 수 있었다. 아스라스는 뇌가 근육일 것 같으면서도 마법을 아주 능숙하게 사용했다. 제어뿐만 아니라 사용 방식도 아주 효과적이었다.

"어?"

프란은 즉시 공중 도약을 써서 진로를 바꾸려 했다. 하지만 예상 이상으로 크게 뛰는 바람에 놀란 목소리를 냈다.

아직 몸이 가벼운 것이다. 마치 달에 있는 것처럼 높이 점프하고 말았다.

공중으로 난 아스라스가 그곳을 향해 일직선으로 돌진해왔다. 중력을 무시하듯이 공중을 가뿐히 올라오는 움직임이다. 이것도 중력 조작의 응용일 것이다.

"으랴압!"

『또 당할 것 같아?!』

아스라스의 신검이 대지 속성의 마력을 강하게 두르고 있는 것처럼 보였다. 저걸 받아내는 건 위험하다. 위험 감지 스킬이 그렇게 호소하고 있다. 짐작이지만 가볍게 만들 수 있다면 무겁게 만들 수도 있을 테다.

안 그래도 흉악한 아스라스의 내리치기에 중력의 하중이 더해지면 상상을 초월하는 위력이 될 것이다.

나는 즉시 단거리 전이를 펼쳐 아스라스의 뒤로 돌아갔다.

"하압!"

『떨어져라!』

프란도 익숙해져 있었다. 귀띔 없이 전이했음에도 불구하고 즉시 움직이기 시작했다.

프란의 참격에 내가 뇌명 마술을 합쳤다.

"으야압!"

아스라스는 초조한 기색도 없이 손에 든 신검을 휘둘렀다. 그러자 엄청난 밀도의 마력이 나와 모든 뇌명을 흩어버렸다.

그러나 프란은 그 정도로 눈 하나 까딱하지 않았다. 바람 마술을 써서 공중에 있는 자신을 지탱했다.

추가로 화염 마술 배니어와 공중 도약을 써서, 프란이 아스라스의 옆으로 재빨리 돌아 들어갔다.

그 움직임은 순간 이동했다고 생각할 만큼 빨랐지만 역시 아스라스. 멋지게 반응했다. 그러나 그것도 예상하고 있었다.

『받아라!』

"스승인가! 크하하!"

『튼튼하군!』

프란에게 의식을 향한 순간 뒤에서 화염 마술을 맞혔지만 전혀 통하지 않았다. 심지어 아스라스는 반격이라는 듯이 암석 탄환을 날렸다.

그 뒤로는 마술도 섞은 격렬한 전투가 이어졌다.

서로 차츰 거리낌이 없어지는 것을 알 수 있었다.

사용하는 마술의 위력이 점점 커지고 공격에도 사정이 없어져 갔다. 나 역시 칸나카무이까지 쓰고 말았다. 아니, 저쪽도 넓은 범위를 짓누르는 중력 공격을 쓰기 시작했으니 도가 지나친 건 피차 마찬가지지만.

아리스테아의 저택 앞이 순식간에 황무지가 되고 원형을 알 수 없을 정도로 파괴되어 갔다.

나무들과 잡초로 무성했던 장소가 구멍투성이의 바위 밭 상태로 바뀌었다.

아스라스는 광귀화가 한번 리셋된 덕분에 이 정도 싸움으로는 발동하지 않는 듯했다. 즐겁게 검을 휘두르고 있었다.

그에게 지도를 받다니, 지금밖에 할 수 없는 일일 것이다. 자신의 건강을 해쳐가며 프란에게 한 수 가르쳐주는 아스라스에게는 정말 감사할 따름이네.

"후하하하하하하! 움직임이 점점 좋아지고 있군!"

"핫! 아직 멀었어!"

"하하하하!"

뭐, 완전히 즐기고 있는 것 같지만 말이다.

쾅쾅거리는 파괴 소리를 숲속에 계속 울린 지 한 시간.

프란과 아스라스가 죽일 듯이 싸우는 것으로밖에 보이지 않는 모의전을 마칠 무렵에는 이미 오후가 크게 지나 있었다. 내가 꺼낸 곱빼기 주먹밥으로 조금 늦은 점심을 먹으면서 프란과 아스라스는 모의전 감상을 이야기했다.

"우물, 감도, 꽤나 돌아온 것 같군."

"응. 냠냠."

반나절에 달하는 아스라스와의 싸움으로 인해 프란도 나도 스킬의 사용이 엄청나게 숙달됐다. 아직 예전에는 미치지 못하지만 스킬을 잘못 사용해 전투 중에 위기에 빠지는 일은 그리 없을 것이다. 가능성이 있는 건 전이하는 곳이 어긋나 반대로 적에게 유리한 상태가 되는 것 정도이려나?

그것도 훈련하면 바로 좋아질 테다.

기초는 다졌다는 것이다. 남은 건 응용과 연습뿐이다.

『고마워. 살았어.』

"우물우물. 나도 즐거웠다."

내 감사에 아스라스는 가볍게 웃을 뿐이었다. 아무래도 부끄러운 모양이다. 감사를 받는 데 익숙하지 않나 보다.

"다음엔 각지에서 적극적으로 마수를 사냥해봐. 그게 가장 효율이 좋아."

주먹밥을 두 손으로 들고 입 옆에 밥풀을 붙인 아스라스가 앞으로 필요한 것을 가르쳐줬다.

마수와의 목숨을 건 훈련인가. 듣고 보니 유용할지도 모르겠지만……

솔직히 말해서 불안하다. 좀 더 스킬 쓰는 연습을 한 후 가는 게 낫지 않을까?

그렇게 생각했으나.

"스승, 마수 찾을래."

『아직 이르지 않아?』

"지금 당장 찾을래."

프란 씨가 의욕이 가득하다. 할 수 없다, 마수를 찾기로 할까요. 적어도 처음에는 약한 마수부터 시작하자. 고블린 같은 게 있으면 걱정 없이 섬멸할 수 있을 텐데.

우리가 어떤 마수를 찾을지 의논하고 있는데 아스라스가 일어섰다.

가볍게 배를 두드려 소화를 마쳤나 보다. 이 녀석 혼자서 제법 큰 주먹밥을 스무 개나 먹었으니 말이다.

"마지막으로 재미있는 걸 보여주지."

"재미있는 거?"

"그래, 스승은 언젠가 신검을 넘어서겠다고 결심했었지."

『프란이 나라면 신검을 능가할 수 있다고 믿고 있으니 말이야.』

"응. 스승은 언젠가 최강이 될 거야!"

그 말을 들은 아스라스가 사납게 미소 지었다. 그리고 느긋한 동작으로 손에 들고 있던 가이아를 하늘을 향해 치켜들었다.

"그럼 봐둬라! 너희가 목표하는 곳이 어느 정도 되는지를 말이야!"

뭘 할 생각이지?

"오오오오! 신검 개방!"

아스라스의 기백이 실린 목소리에 응해 그 거구에서 마력이 솟아오르는 것이 보였다.

눈에 보일 정도로 강렬한 마력이 아스라스에게서 가이아로 흘러들어 갔다.

그리고 그 마력을 마중물 삼아, 가이아가 진짜 힘을 해방했다.

"오오!"

『우오오오오오!』

즉시 장벽을 치지 않았다면 날아갔을 것이다. 10미터 이상 떨어져 있는데도 불구하고 말이다.

게다가 아스라스의 주위로 불어 닥친 폭풍은 위력이 더욱 강해져 가는 듯했다.

우리라면 괜찮다고 생각했겠지만 좀 더 신경을 써줬으면 좋겠는데!

프란은 눈을 빛내며 보고 있지만!

폭풍 같은 마력이 잦아들었을 때 가이아의 모습은 크게 변해 있었다. 던전에서 봤던, 파성추와 대검을 섞어 장비 과잉이 된 듯한 그 모습이다.

그저 거기에 있는 것만으로 왕위 스킬 이상의 무시무시한 위압감이 주위를 덮쳤다. 적의가 없는 것을 안다 해도 프란이 무심코 뒤로 물러나는 수준이다.

대지가, 공기가, 마력이 대지검 가이아가 내는 힘에 호응하듯이 떨고 있다.

『역시 감정은 거의 안 되나…….』

상대의 수준이 한참 높아서 능력 대부분이 보이지 않는다.

하지만 개수로 성장한 덕분인지 전보다는 조금 나아졌다.

이름 : 대지검 가이아

공격력 : 4700 보유 마력: 20000 내구도 : 30000

마력 전도율 : SS+

스킬

보유 마력과 내구도가 새로 보이게 됐을 뿐이지만 말이다. 그래도 진보는 진보다.

역시 괴물이로군. 공격력도 마력도 내구도도 모두 나를 웃돈다. 아니, 승부가 되지 않을 정도의 차이가 있다.

이것이 신검이다.

이것이 내가 목표하는 정상이다.

더 이상 힘의 차이에 절망해 우는소리는 하지 않는다.

프란이 내가 신검을 능가한다고 믿어주고 있다. 그렇다면 내가 해야 할 일은 우는소리를 늘어놓는 것이 아니다.

새겨라. 내 눈에 신검의 힘을. 언젠가 따라잡아 앞지를 상대의 힘을 잊지 마라.

내가 응시하고 있자 아스라스가 가이아를 등에 짊어지듯이 잡았다.

"지금부터 보이는 건 가이아가 지닌 힘의 일부다. 눈에 새겨둬!"

가이아에서는 다갈색 오라가 이글이글 피어올랐다. 흉악하고 위압적인 마력이 확연하게 느껴졌다.

"하아아아아아아압!"

이제 진동이니 하는 수준이 아니다. 아스라스를 중심으로 일어나는 마치 지진 같은 흔들림이 주위를 뒤흔들었다.

"똑똑히 봐라! 으랴아아아압!"

아스라스가 도약했다. 중력을 조작해서 급가속해 하늘로 올라갔다. 몇 번 봐도 이상한 움직임이다.

아스라스는 그대로 30미터 정도 높이로 올라가더니, 이번에는 부자연스러운 타이밍과 속도로 급강하하기 시작했다. 자기 자신의 무게도 자유롭게 늘리거나 줄일 수 있는 것이리라.

"그래비티 블로!"

그리고 소용돌이치는 듯한 맹렬한 마력을 두른 가이아가 대지에 내리쳐졌다.

그 순간 30미터 사방의 대지가 동시에 함몰됐다. 깊이는 20미터 이상은 될 것이다.

정말 한순간이었다. 눈을 깜빡이면 놓칠 만큼 짧은 시간이었다. 저만한 질량의 대지가 그 한순간에 압축되고 말았다.

"대단해……!"

『으, 으응.』

만약 우리가 저 공격의 범위 안에 있었다면? 꼼짝없이 압살당했을 것이다. 적어도 차원 도약으로 도망치는 것 이외에 살 방법은 없었을 테다.

"어때? 아무리 그래도 전력으로 날릴 수는 없지만 말이야. 50퍼센트 정도 될까."

이게 위력을 절반 줄였다는 거야?

다시금 신검이라는 존재의 엄청난 위력을 뼈저리게 느꼈다. 동시에 아스라스가 폭주한 장소가 전력을 낼 수 없는 던전 안이어서 다행이었다고도 생각했다.

만약 밖에서 전력을 내는 아스라스와 싸웠다면 우리는 이 자리에 있지 못했을 것이다. 게다가 두려운 것은 저 공격을 날린 아스라스가 숨을 전혀 헐떡이지 않는다는 점이다.

자기 말대로 전력이 아니었던 거겠지. 이런 공격을 연속으로 날릴 수 있는 건가? 그야 랭크 S 모험가가 될 만하다. 정상의 대단함을 잘 알 수 있었다.

그러나 우리는 절망하지 않았다.

"이게 너희가 목표하는 곳에 있는 수준. 그 일부다."

"바라는 바야."

"호오?"

『프란이 이렇게 말하니 내가 멋대로 포기할 수는 없지.』

"스승이 있으면 언젠가 반드시 따라잡을 수 있어."

확실히 그 등은 아득히 멀어서 따라잡는 것이 언제가 될지 알 수 없다. 그러나 보인다. 어디에 있는지 알 수 없을 만큼 멀지는 않다.

그렇다면 언젠가 따라잡는다. 서로의 존재가 있기 때문에 우리는 그렇게 믿을 수 있었다.

『언제가 될지 보고 있어.』

"우리는 포기 안 해."

나와 프란이 그렇게 말한 순간이었다.

"우옷? 이봐, 프란, 스승! 왠지 빛나고 있어!"

"?"

『어? 아니, 이 빛은……!』

아스라스가 놀라는 표정으로 외쳤다. 그 덕분에 우리도 알아차
렸다.

"진짜다. 빛나고 있어."

『이건…… 늘 나던 푸른빛이야!』

강적과의 싸움에서 몇 번이고 구해준 의문의 푸른빛. 그 빛이
우리에게서 나고 있었다.

평소처럼 힘이 용솟음치고 프란과의 일체감이 늘어났다.

『어째서지? 전투 중이 아닌데.』

〈개체명 프란의 상태가 계약(검의 사용자)에서 계약(검신일체)
로 변화했습니다〉

『알림! 어, 어떻게 된 거야?』

〈……〉

틀렸나. 나 자신이 수복됐다고는 하나 알림은 그대로다. 내 질
문에 대답하지 않았다.

"……사라졌어."

『나와 프란의 상태에 변화가 있던 모양이야. 다만 무슨 일이 일
어났는지는 나도 몰라.』

"괜찮아. 지금까지도 이 빛은 우리를 구해줬어."

『응, 그렇지.』

프란의 말대로다. 나도 이 변화에 불길한 느낌을 전혀 느끼지 못했다.

오히려 프란과의 사이에 따뜻한 유대 같은 게 늘어난 것 같다. 분명 괜찮을 것이다.

"흐하하. 괜찮은가! 그래그래!"

"응."

아스라스가 웃으면서 프란의 머리를 쓱쓱 쓰다듬었다. 아주 난 폭하지만 프란은 가만히 있었다. 오히려 기뻐 보였다.

"다음에 만났을 때 또 모의전이라도 하자. 그때는 본 실력을 좀 더 내게 해달라고."

"응! 반드시 진심으로 싸우게 할게."

저기요, 프란 씨? 그렇게 의욕 가득한 눈으로 고개를 끄덕이고 있는데, 본 실력의 아스라스와 벌이는 모의전은 봐줬으면 하는데 요. 아니, 아스라스는 광귀화도 있으니 모의전을 할 수 없잖아? 그렇다면 방금 한 말은 프란을 향한 격려인 건가.

"그럼 나는 이만 간다."

아스라스는 가이아를 칼집에 넣고 우리에게 등을 돌린 채 걷기 시작했다.

그가 향하는 곳은 아리스테아의 저택이 아니었다. 오히려 정반 대 방향이었다.

꽤나 갑작스럽군.

"벌써 가는 거야?"

"그래. 한 곳에 오래 머무르는 성질이 아니거든."

저건 거짓말이다. 스킬을 쓰지 않아도 알 수 있다.

결국 광귀화를 가지고 있는 한, 언제 자신이 폭주할지 알 수 없다는 공포가 아스라스를 따라다닌다. 오히려 사이가 좋아졌기 때문에 오래 머무를 수가 없는 것이리라.

프란과의 훈련이 없었다면 이곳에 더 오래 머무를 수 있었던 거 아닌가? 하지만 그 말을 하면 자기 광귀화의 발동을 앞당기면서까지 모의전을 해준 아스라스의 마음에 찬물을 끼얹게 된다.

프란은 쓸쓸한 얼굴로 아스라스에게 손을 흔들었다.

"바이바이."

『또 봐.』

"그래. 또 보자!"

그리고 아스라스는 당당한 발걸음으로 떠나갔다.

으음, 멋진데. 좀 동경하게 되는군. 내가 좀 더 아우 체질이었다면 "형님!" 하고 불렀을지도 모르겠다.

"……가버렸어."

프란은 쓸쓸한 듯이 아스라스가 떠나간 방향을 바라보고 있었지만 바로 마음을 다잡은 모양이다.

"스승, 강해지자."

『그래.』

아스라스가 떠나간 후 나와 프란은 저택 1층에 있는 작업실 하나를 빌려 해체 작업에 힘썼다.

이번 소동으로 손에 넣은 대량의 마수 사체가 차원 수납에 넘쳐나기 때문이다. 수납공간이 가득 찰 기미는 아직 없지만 썩혀 둘 수도 없다.

그중에는 상당히 귀중한 마수 소재도 있다.

방어구의 개조에 쓸 수 있는 것도 있나 해서 아스테리아에게 제 공하려 했지만 개조는 아스테리아가 가지고 있는 소재로 충분하 다고 한다.

아니, 신급 대장장이가 꺼낸 소재가 얼마나 귀중할지 듣기도 무서웠지만……. 뭐, 그건 완성된 다음에 듣기로 하자.

다만 물건에 따라서는 아리스테아가 쓸 수 있는 소재도 있을지 도 모르기 때문에 해체가 끝나면 목록을 보여 달라고 했다.

그런 일도 있어서 일단 위협도가 높은 마수부터 해체를 시작했 다. 그야 위협도가 낮은 잔챙이 마수의 소재는 신급 대장장이에 게 필요가 없을 테니 말이다.

전부 해체하기에는 시간도 부족해서 우선순위가 높은 것부터 선별해 해체할 필요가 있었다.

가장 먼저 해체하는 건 무리의 보스 격 존재였던 마수들일 것 이다. 그래파이트 히드라, 크림슨 울프, 스틸 타이탄 베어, 아다 마스 비틀, 남작급 악마 등 다섯 종류다.

뭐, 그래파이트 히드라는 내 칸나카무이에 흔적도 없이 소멸했 지만.

우리를 가장 괴롭힌 아다마스 비틀과 환상 마수사인 악마는 이 미 해체가 끝났다.

사인 등을 닥치는 대로 쓰러뜨린 덕분인지 악마 같은 인간형 마 수를 해체하는 것도 특별히 꺼림칙하지는 않았다. 그만큼 죽였는데 이제 와서 새삼스레 뭘 그러냐는 느낌이다. 뭐, 악마의 경우에는 피의 색이나 내장 등이 사람과 전혀 달라서 사람 같지 않은 점도 크겠지만.

"스승, 이거 어떡해?"

『으음, 모피는 엉망이지만…….』

프란이 다음에 꺼낸 것은 울시와 격투를 벌인 위협도 C 마수, 크림슨 울프의 시체다. 울시의 사독 마술에 온몸이 좀이 쓸었기 때문에 모피는 벗겨지고 뼈는 부서졌으며 살은 이상한 냄새를 풍기고 있었다. 무사히 남은 부분이 거의 없다.

『그래도 일단 해체는 해보자. 쓸 만한 부분이 있을지도 모르니.』

"알았어."

『난 이쪽을 해체할까.』

내가 꺼낸 것은 스틸 타이탄 베어. 나름대로 넓은 작업실의 절반 이상이 파묻히고 말았다. 몸길이 10미터가 넘는 거대한 곰이다. 마석을 일격에 부숴서 그 외의 소재는 완벽한 상태로 남아 있었다.

『해체하기 엄청 힘들겠어.』

그래도 해야 한다.

가죽을 벗기고 살을 가르고 내장을 하나하나 차원 수납에 넣었다.

이 녀석을 해체하는 것만 해도 30분 가까이 걸렸을 것이다. 해체 스킬이 맥스라 염동으로 자유자재로 움직일 수 있는 내가 이 정도다. 평범한 모험가라면 반나절이 걸리는 중노동이 될 것이다.

드래곤 자드라는 드래곤 같은 큰 도마뱀이나 수목 마술을 사용하는 트라이어드 라이온에 하이 오우거의 특수 개체 등 나름대로 강한 마수들을 해체해갔다. 보스에게는 미치지 못하지만 위협도 라면 D 이상의 거물들이다.

프란은 도중에 잠들었지만 나는 밤을 새며 해체를 계속했다. 그런 보람도 있어선지 전부 해서 50마리는 해체했을 것이다.

고기도 대량으로 확보해서 이후 프란의 식사가 호화로워질 것은 확실하다.

다음 날 아침. 나는 아직 잠이 덜 깬 프란과 함께 아리스테아에게 필요한 소재가 있는지 물으러 가봤다.

"해체가 끝났나?"

『뭐, 중요한 건. 이게 목록이야.』

적어둔 목록을 보였지만 역시 신급 대장장이쯤 되면 그렇게까지 구미가 당기는 소재는 없는 듯했다. 목록을 보는 얼굴은 평소처럼 냉정했다.

다만 우리의 해체 속도에 놀란 모양이다.

"정말 이 양을 하룻밤에 다 한 건가? 빠르군."

『둘이서 하니까.』

"거의 스승이 했어."

『30퍼센트 정도는 프란이 했어.』

"30퍼센트라도 대단하다. 이게 스킬 공유의 가치인가."

잡담하면서도 아리스테아가 목록을 읽어갔다. 그리고 최종적으로 크림슨 울프의 식도와 스틸 타이탄 베어의 송곳니 등은 쓸모가 있다고 해서 그것들을 양보하게 됐다.

『그리고 마석이 꽤 있는데 흡수해도 괜찮을까?』

"으음, 글쎄……. 정체를 알 수 없는 영혼에 관해서는 응급 처치 이상을 할 수 없지만……. 해보지 않으면 나도 모르겠군."

『그렇겠지.』

"다만 악화하는 일은 없을 거다."

"그럼 일단 흡수해볼게."

"그래, 그게 좋을 거야."

그리하여 실험 개시다.

우선 잔챙이 마수의 마석부터다. 빅 래트의 사체를 꺼내 재빨리 해체하여 마석을 꺼냈다.

최약 마수의 마석을 염동으로 들어 올려 내 칼날에 살며시 눌렀다. 마석이 사라지고 마력이 되어 내 안으로 흘러들어오는 것을 알 수 있었다.

"어때?"

『……후우. 아무렇지 않은 것 같아.』

"다행이다."

『다음은 사인이군.』

"그럼 이거?"

프란이 꺼낸 것은 발키리의 부하였던 홉고블린 스피어러의 마석이다.

아리스테아가 정체를 알 수 없는 영혼은 사기를 흡수하지 못해 내게 보내는 힘이 적다고 이야기했다. 그렇다면 사기의 흡수가 부담이 될 가능성도 있다.

『와.』

"응."

프란이 내 도신에 홉고블린 스피어러의 마석을 누르자 문제없이 흡수할 수 있었다. 나 자신도 불쾌하지 않았다. 원래 마수의 힘에 비해 마석치는 적지만 그것도 어떤 의미에서 늘 있는 일이다.

"어때? 스승?"

『마석 흡수 기능에 큰 차이는 없는 것 같아. 아니, 마석을 흡수했을 때 만족감이 조금 늘어났나?』

"흐음. 잠깐 봐보자."

아리스테아가 내 도신에 손을 대고 내부를 해석하기 시작했다.

"아마 개수로 스승과 정체를 알 수 없는 영혼이 더 깊이 연결됐을지도 몰라."

『스킬은 어떻게 됐으려나?』

스킬을 확인하니 개수로 사라진 기능 스킬, 굴 파기가 추가되어 있었다. 마력뿐만 아니라 스킬의 흡수도 문제없는 듯했다. 그런데 이거 기뻐해도 되나?

『굴 파기를 얻었어.』

"그럼 사라진 스킬은 다시 마석에서 흡수하면 부활하는 건가."

『꽤 안 좋지 않나? 기껏 스킬을 줄였는데.』

"흐음……. 잠깐 기다려."

아리스테아가 나를 해석했다.

다시 마석을 흡수해 스킬을 얻으라고 해서 이번에는 홉고블린 아처의 마석을 흡수해봤다. 사인은 기능 계열 스킬을 가지고 있는 경우가 많으니 이번에 안 되더라도 고블린의 마석을 몇 개 흡수해보면 될 것이다. 그렇게 생각했지만 운 좋게 첫 번째에서 목수라는 기능 스킬이 손에 들어왔다.

『어때?』

"흐음…… 아마 개수로 스킬 특화형으로 바뀐 덕분일 거야. 스킬의 소유 숫자에 상당히 여유가 생긴 듯해."

"즉?"

"앞으로 120~150개 정도는 스킬을 늘려도 괜찮을 거야. 뭐, 스킬의 질에 따라 다르겠지만."

『그거 좋은 소식이로군.』

무서운 건 불필요한 스킬이 다시 늘어나는 바람에 또다시 움직일 수 없게 되는 것이었으니 말이다.

"하지만 한계에 아슬아슬할 때까지 스킬을 쌓아두면 안 돼. 되도록 그 전에 내게 와."

"물론이야."

『알고 있어. 다만, 또 개수하는 건가…….』

"그건 참을 수밖에 없어. 뭐, 몇 번 하면 익숙해지지 않을까? 그리고 스킬을 없애는 것뿐이라면 이번만큼 힘들지는 않을 거야."

『그러면 좋겠는데 말이야.』

그 후 나는 아리스테아가 지켜보는 가운데 마석을 흡수해갔다. 무슨 일이 있으면 바로 대처해 주는 상대가 있어서 안심할 수 있었다.

최종적으로는 100개 정도의 마석에서 마석치 2203. 스킬을 열다섯 개 얻었다. 스킬은 모두 기능 스킬이다. 굴 파기와 목수가 레벨 2로 올랐다.

던전에서 나온 사인들에게는 전장에서 진지를 구축하기 위해 이것들이 주어졌을 것이다.

내 몸에 이변은 없었다. 정말 원래대로 돌아간 것 같다.

『다만 다음 자기 진화까지는 아직 멀었군.』

다음 날. 아스라스와 마찬가지로 우리도 다시 아리스테아의 저택을 떠나려고 하고 있었다.

『여러모로 신세 졌어.』

"신세 졌습니다."

"윙."

관의 입구에 나란히 서서 머리를 숙였다.

짧은 기간이지만 정말 신세를 졌다. 아리스테아가 없으면 우리는 지금 이렇게 웃고 있지 못했을 것이다.

"나야말로 좋은 경험을 했어. 다시 만나는 날을 기대하지."

『방어구까지 개량해줬는데 정말 그런 보수만 받아도 돼?』

"상관없어. 프란의 반응을 보는 게 돈보다 훨씬 귀중하니까."

상대는 신급 대장장이다. 그 신급 대장장이에게 개수를 받고 방어구까지 개조를 받았다. 게다가 내 수복에 상당히 귀중한 소재를 썼을 테다.

평범하게 생각하면 몇억 골드가 드는 게 당연하지 않을까? 하지만 아리스테아는 보수를 전혀 받지 않겠다고 했다. 나라는 재미있는 검을 해석할 수 있었던 것만으로 거스름돈이 남는다면서.

아무리 그래도 그건 미안하다. 보수를 내겠다고 우겼더니 "그럼 100만 정도면 돼. 마음만 받지. 마수 소재도 받았고. 그리고 카레를 냄비째로 놓고 가"라고 말했다.

100만 골드는 상당히 거금이지만 아리스테아에게는 푼돈일 테다. 마음만 받는 거겠지.

그래서 나는 가장 큰 카레 냄비를 하나 놓고 가기로 했다. 뭐, 거기서 한바탕 소동이 일어났지만 말이다.

프란이 카레를 놓고 갈 바에는 있는 돈과 소재를 전부 놓고 가자고 우긴 것이다.

하지만 도시로 가 향신료를 손에 넣으면 어떻게든 된다고 설득했다.

그야 카레는 업소 크기의 큰 냄비에 가득 채워도 만 골드도 들지 않는다. 업무량과 균형이 맞지가 않는다.

더 나아가 레시피를 주려 했지만 요리는 전혀 못 해서 필요 없다고 했다. 요리용 골렘은 미리 넣어둔 요리밖에 만들지 못한다고 한다.

"방어구 고마워."

"본판이 좋았으니까 말이야."

『엄청 귀엽고 강하고, 아리스테아한테 부탁해서 정말 다행이야.』

프란이 몸에 걸치고 있는 것은 예전과는 모습이 상당히 바뀐 흑묘 장비 시리즈다.

아니, 이름이 바뀌었으니까 새 장비라고 할 수 있을 것이다. 예전 모습은 남아 있지만 그 구조는 대담하게 변경됐다.

하지만 그 성능도 외관 이상으로 엄청나게 변화를 이뤘다. 우선 개별 방어력이 50이나 상승했다. 원래 방어력이 총합해 350이었지만 현재는 300이나 올라가 650이다.

내구도도 200 상승했으니 더 망가지기 힘들어졌을 것이다. 장비의 효과도 은근히 강화됐다.

이름 : 흑천호의 투의

방어력 : 150 내구도 : 800/800

효과 : 쾌면, 소취, 정화, 정신 이상 내성 대 부여

이름 : 흑천호의 장갑

방어력 : 120 내구도 : 800/800

효과 : 충격 내성 대 부여, 완력 중 상승

이름 : 흑천호의 가벼운 신발

방어력 : 115 내구도 : 800/800

효과 : 도약 부여, 민첩 중 상승

이름 : 흑천호의 하늘 귀걸이

방어력 : 65 내구도 : 500/500

효과 : 소음 내성 대 부여, 속성 내성 대 부여

이름 : 흑천호의 외투

방어력 : 135 내구도 : 800/800

효과 : 내한(耐寒) 부여, 내서(耐暑) 부여, 장비 자동 수복

이름 : 흑천호의 허리띠

방어력 : 65 내구도 : 500/500

효과 : 마술 내성 중 부여, 상태 이상 내성 중 부여, 아이템 주머니 능력 소

게다가 전체를 장비했을 때 발동하는 흑묘의 가호가 흑천호의 가호로 파워업했다.

흑묘의 가호는 장비를 모두 몸에 걸치는 동안 모든 스테이터스 +10. 더욱이 즉사 무효였다. 거기에 흑묘족만 장비할 수 있는 효과도 있었던가.

흑천호 장비는 더 강렬하다. 모든 스테이터스+20에 추가로 즉사 무효, 뇌명 무효, 은밀 강화. 그리고 흑천호만 장비할 수 있다는, 현재는 거의 프란 전용 장비품으로 바뀌었다.

뭐, 상당히 귀여운 디자인이니까 키아라 할멈이 살아 있어도 장비하겠다고는 말하지 않았을 것 같지만.

기본은 흑묘 장비다. 하지만 전체적으로 소녀다움이 첨가됐다. 특히 큰 변화는 흑묘의 투의일 것이다. 목 부분에는 칼라로도 보이는 큰 옷깃이 달리고 배꼽이 드러나지 않게 됐다. 노출이 조금 적어진 것은 나로서는 굿잡이야! 그리고 오른팔에는 팔꿈치까지 올라오는 건틀릿 같은 것이 새로 추가되어 있었다. 방패 대신으로도 쓸 수 있는 아리스테아 특제 토시다. 하반신은 완전히 하늘하늘한 스커트가 되었고, 그 밑에 퀼로트와 언더 스커트의 중간인 듯한 바지를 입은 느낌이다. 니 하이 삭스도 조금 어른스러운 디자인으로 바뀐 것 같다. 신발도 얼핏 보기에 부츠가 아니라 펌프스처럼 보였다. 물론 움직이기 편한 것은 변함없다.

역시 털털해도 아리스테아는 여성이로군. 가르스가 만든 보이시한 것보다 상당히 소녀답게 완성됐다.

"하늘하늘하지만 움직일 수 있어."

『그래그래, 프란 귀여워.』

"그래, 내가 한 거지만 잘 만들어졌어. 어울려. 남자들 시선을 독차지할 게 틀림없고. 분명 눈에 띌 거다."

"? 눈에 띄면 위험해."

"어째서?"

"몬스터에게 발견돼."

『프란. 아리스테아가 말하는 눈에 띈다는 건 그런 의미가 아니야…….』

응. 프란 씨는 귀여움에 전혀 흥미가 없으니까. 움직이기 쉽고 강한 면 이외에 관심이 없다.

"스승……."

『나도 알아. 알지만 이것만은 어쩔 수 없잖아? 나는 남자이고 프란이 애초에 귀여운 것에 흥미가 없으니까!』

"그래도 기껏 바탕이 좋은데 말이야."

아리스테아는 자신은 전혀 화장을 안 하면서 타인은 신경 쓰이는 모양이다. 나를 빤히 노려보고 있다.

『나, 나 역시 이대로는 위험하다고 생각했어. 선처를 부탁할게.』

"……뭐, 기대하지 말고 기다려."

『그렇게 해줘.』

"?"

"후후후. 프란, 다음에 만날 때를 기대하고 있어."

"응."

마지막으로 프란과 아리스테아가 굳게 악수를 나눴다.

"여러모로 고마워."

"조심해서 가라. 스승의 스킬을 아직 제대로 구사하지 못하잖아."

"응. 수행하며 갈게."

『한동안 무리는 안 할 거야.』

최악의 경우 위험해 보이는 상대는 전이로 피하며 도망치게 될 것이다. 아니면 스킬의 사용이 안정될 때까지는 원거리 공격을 메인으로 싸우자.

『이봐, 아스테리아에게 메인터넌스를 받을 때는 여기 오면 돼?』

"아니, 나는 이래 봬도 전 세계를 정기적으로 돌아다니고 있어. 여기는 앞으로 한 달도 안 돼 떠날 예정이야."

어? 그럼 어떻게 아리스테아에게 연락을 하면 되지?

"나는 이후 질버드 대륙으로 거처를 옮길 예정이야. 너희도 조만간 질버드로 돌아갈 거지?"

"응."

『크란젤 왕국의 왕도에서 개최되는 경매에 참가할 생각이거든.』

"아아, 그건가. 그러면 앞으로 2주 정도 남았나?"

『그쯤일 거야.』

"그렇다면 내가 먼저 질버드로 건너갈지도 모르겠군. 일단 베리오스 왕국의 남서부에 있는 알스타라는 도시 쪽에 있을 거다. 근처에 오면 이쪽에서 연락을 취하지. 스승의 마력은 이제 감지할 수 있으니까."

아리스테아에게는 멀리에서도 무구의 마력을 감지하는 능력이 있다고 한다. 그렇다면 쉽게 만날 수 있을지도 모른다.

『그럼 저쪽에서 만나자.』

"응."

"그래. 조심해서 가라."

"바이바이."

아리스테아의 저택을 출발한 우리는 오로지 그린고트를 목표로 하고 있었다.

흑묘족이 무사히 피난했는지도 알고 싶고 전쟁의 정보도 얻고 싶기 때문이다.

프란을 등에 태운 울시가 숲속을 경쾌하게 달려갔다. 마수도 잔챙이는 무시하고 산도 공중 도약으로 뛰어넘어 목적지를 향해 일직선으로 나아갔다.

"보인다."

"웡!"

아침에 출발해 점심때는 그린고트가 시야에 들어왔다.

"성벽이 좀 무너졌어."

『응, 상당한 격전이 있었던 것 같아.』

키아라나 메아 일행이 마수 무리를 어느 정도 쓰러뜨렸다고는 하나 일부를 당연히 놓쳤을 것이다. 그 녀석들이 그린고트를 공격한 게 틀림없다.

상당히 격렬한 싸움이 있었다는 것은 성벽이나 주위의 참상을 보고 알 수 있었다.

성벽에는 불에 탄 듯한 흔적이 있고 주위의 숲 일부도 불탔다. 그뿐 아니라 성문 주변 나무들이 쓰러지고 마술 등에 파인 대지가 그대로 남아 있었다.

하지만 도시 안에 침입한 흔적은 없었다.

성문은 흠집이 났지만 부서지지 않고 남아 있었고 성벽 위에는 병사가 순회하는 모습이 보였다. 성벽에서 막는 데 성공한 모양이다.

일단 우리는 성문보다 조금 앞에 내려서기로 했다. 마수의 습격을 받은 직후에 울시의 모습을 보면 겁을 줄지도 모르기 때문이다.

"가자."

"웡!"

대형견 크기로 줄어든 울시와 함께 성문을 향해 걷기 시작했다.

예전 같았다면 입장 심사를 받기 위해 긴 줄이 생겨 있었을 테지만 지금은 성문이 굳게 닫히고 사람의 모습은 전혀 없었다.

격렬한 전투가 있은 직후다. 그것도 어쩔 수 없을 것이다.

우리가 성문에 다가가자 성벽 위에 있던 병사가 말을 걸었다.

"누, 누구냐!"

"거기 멈춰라!"

상당히 긴장한 기색의 목소리다. 동시에 활 여러 개가 이쪽을 향한 것도 알 수 있었다.

『프란, 살의는 느껴지지 않아…… 아마도.』

"응."

아직 제대로 다루지 못하는 스킬이 일을 지나치게 해 정보가 넘쳐나지만, 성벽 위 병사에게 살기는 없다고 생각한다. 다만 상당한 경계하고 겁을 먹은 듯했다.

"나는 프란. 모험가야."

솔직하게 말했지만 성문 위에 있는 병사는 여전히 심각한 얼굴로 이쪽을 노려보고 있었다.

어린아이를 상대로 거친 목소리를 낼 만큼 여유가 없나 보다.

"그 늑대는 뭐냐!"

"내 종마."

"너 같은 어린애가——."

"이봐! 기다려!"

소리를 더 지르려는 병사를 옆에 있던 동료가 다급한 기색으로 막았다.

"뭐 하는 거야!"

"저, 저분은 괜찮아!"

아무래도 프란을 기억하는 병사가 있던 모양이다. 불필요한 시간을 쓰지 않고 넘어갈 것 같다.

결국 그 병사가 프란의 신원을 확인해 도시 안으로 들어갈 수 있었다.

문에서 이어지는 중앙 거리에는 많은 사람이 넘쳐나고 있었다.

『호오, 의외로 사람이 많네.』

"응."

"윙."

다만 활기는 전혀 없었다.

왜냐하면 그 대부분이 주변 마을에서 도망쳐 온 피난민이었기 때문이다.

중앙 거리의 양쪽에 자리를 펴고 가족이 몸을 맞대고 있었다. 맨몸으로 황급히 도망쳤을 것이다. 웃음 없이 그저 지친 표정으로 앉아 있는 사람들이 대부분이었다.

그들은 울시에게 겁먹을 기력조차 없는지 이쪽을 멍하니 보고 있을 뿐이었다.

다만, 거리를 걸어 영주관으로 향하는데 피난민이 모인 다른 곳과는 상황이 다른 일각이 있었다.

이곳에는 텐트가 규칙적으로 쳐져 있고 간이이기는 하나 조리장까지 지어져 있었다. 그리고 그곳에서는 모두가 태평한 기색으로 담소를 나누고 있었다.

이 도시에 들어와서 처음으로 프란의 얼굴에 미소가 떠올랐다.

『영주관에서 장소를 들을 수고가 줄었네.』

"응!"

그곳은 슈왈츠카체에서 온 피난민들이 모인 구획이었다.

마수 무리에게서 도망칠 때도 느꼈지만 흑묘족은 도피행에 정말 익숙한 모양이다. 명백하게 사전 준비가 빈틈없고 이런 장소에서 보이는 순응력도 다른 수인에 비해 높은 듯했다.

다른 수인들이 난민 캠프라 하면 이쪽은 아웃도어 캠프 같은 분위기였다. 특히 노인들은 더 여유로운 얼굴이었다. 보드게임을 하는 노인까지 있었다.

반면에 어린아이나 젊은 사람들은 역시 피곤한 기색 같은데? 피난 경험은 노인들이 더 풍부할 테니까.

역시 도망을 계속해온 유랑의 민족답다. 슈왈츠카체라는 안주할 땅을 얻어도 그 뛰어난 도피 실력은 잃지 않은 모양이다.

프란이 낯익은 남성을 발견하고 달려갔다.

"촌장! 사류샤!"

"오오! 공주님! 무사하셨군요!"

"공주님! 다행이다~!"

무기를 맡았던 촌장과 사류샤였다.

두 사람 다 일어나 만면에 미소를 띠고 달려왔다. 그러자 주위에 있던 흑묘족들도 프란을 알아보고 단숨에 달려오게 됐다.

"여러분! 공주님이 오셨네!"

"공주님! 어서 오세요!"

모두가 웃으며 맞아줬다.

그 환영하는 태도에 프란은 조금 당황한 듯하지만 그 이상으로 기쁨의 마음이 클 것이다.

"다녀왔어."

부끄러워하면서 모두에게 고개를 숙였다. 이런, 엄청 귀엽다. 그 감상은 흑묘들도 마찬가지인지 전원이 활짝 웃고 있었다.

프란은 흑묘족들에게는 영웅 겸 아이돌이니 말이다. 순식간에 흑묘족 사람들에게 둘러싸이고 말았다.

"이거 이거, 죄다 몰려들면 공주님도 곤란해하실 걸세. 너무 다가오지 말게!"

"에이, 촌장님만 공주님과 얘기하는 건 치사해요!"

"맞아 맞아!"

"에잇! 시끄러워! 일단 지금은 흩어져! 우선 공주님이 편안하신 게 먼저지 않나!"

"네에."

"쳇~."

촌장이 흑묘족들을 해산시켰다. 그리고 그대로 흑묘족 텐트촌 중앙에 설치된 광장 같은 곳으로 안내했다.

사류샤는 같이 있지만 누구도 불평하지 않는군. 이유는 모르지만 '사류샤라면 어쩔 수 없지' 같은 분위기가 감돌고 있다. 젊은이들의 중심적 존재이기 때문일까?

"자자, 앉으십시오. 이런 의자밖에 없습니다만."

"응. 고마워."

"이봐, 차를 내오게!"

광장에는 의자에 앉은 프란과 그 앞 땅바닥에 책상다리를 한 촌장. 사류샤는 촌장 뒤에 섰다. 마을의 유지(有志)들이 그것을 둘러싸고, 더 나아가 그 주위를 흑묘족들이 차지하고 있었다.

"그런데 밖에서는 무슨 일이 있었습니까? 마을은 어떻게 됐습니까?"

뭐, 그게 알고 싶겠지. 당연히 우리도 그린고트에 오는 도중에 슈왈츠카체의 상태는 확인하고 왔다.

"마을은 무사해. 부서진 집도 거의 없어. 마수도 퇴치했으니까 언제든지 돌아갈 수 있어."

"저, 정말입니까?"

"응."

"그런가요!"

"잘됐다!"

"역시 공주님!"

"공주님, 만세!"

프란이 마을의 무사함을 가르쳐준 순간 촌장을 비롯한 흑묘족들의 기쁜 감정이 폭발한 듯하다. 땅이 울리는 듯한 소리가 일어나고 이어서 와, 하는 환성이 울려 퍼졌다. 그들에게는 가장 큰 걱정거리가 그것이었을 것이다.

"감사합니다! 고, 공주님이 마수를 퇴치하신 건가요?"

"나뿐만이 아냐. 메아나 키아라 일행도 같이 했어."

"키아라 님이라면 그 키아라 님입니까?"

"알아?"

"당연합니다! 우리 흑묘족에게 공주님과 나란히 하는 또 하나의 영웅이니까요!"

"그리고 저희를 구해줬어요. 울시도 같이!"

"그래?"

"웡!"

키아라는 우리를 구출하기 전에 사류샤 일행을 구해준 모양이다.

울시도 같이 싸운 듯했다.

이야기를 살짝 들어보니 흑묘족들은 두 그룹으로 나뉘어 그린고트로 향했다고 한다.

제1진이 젊은 남자나 여성을 중심으로 한 발이 빠른 그룹. 짐도 말에 실어서 전속력으로 그린고트로 향할 수 있었다. 그들은 맨몸으로 전속력으로 그린고트로 향해 구조원을 데리고 돌아오는 것이 역할이었다.

촌장 일행은 굳이 말하지 않았지만 최악을 상정해 빠르게 이동할 수 있는 사람들만 앞장세웠을 것이다. 적어도 흑묘족의 핏줄을 남기기 위해서.

그리고 아이들이나 노인을 중심으로 위병 등의 무기를 가진 사람들이 따르는 제2진.

아무래도 빠르게 이동할 수 없는 자들을 지키면서 나아가는 후

발대다.

이 후발대가 사인들의 공격을 받다가 키아라와 울시의 도움으로 궁지에서 벗어났다고 한다.

"모두가 살아서 키아라도 분명 기뻐할 거야."

"그런데 키아라 님은 어디 계시나요?"

"응…… 키아라는――."

프란이 말을 잇지 못했다. 그 얼굴에는 슬픔이 배어 있었다.

그 모습을 본 것만으로 촌장을 비롯한 모두는 키아라가 어떻게 됐는지 깨달은 모양이다.

모두 침통한 표정으로 입을 다물고 말았다. 하지만 프란은 그대로 키아라의 최후를 들려줬다. 다들 조용히 그 말을 들었다.

촌장은 젊을 때 키아라에게 신세를 졌다며 도중에 큰 소리를 내어 통곡하고 말았다. 그 밖에도 흐느끼는 목소리가 흑묘족들 사이에서 나왔다.

하지만 프란은 마지막에 웃으며 이야기를 마쳤다.

"다들, 울어도 키아라는 기뻐하지 않아. 모두가 웃으며 자신을 영웅이라고 칭찬해주는 걸 기뻐할 게 틀림없어."

"고, 공주님……! 그래, 그렇겠죠!"

"응……! 응!"

"아아, 공주님의 말씀대로야!"

갑자기 웃는 것은 무리인 듯하지만 적어도 어두운 얼굴로 우는 사람은 없어졌다. 프란의 대단한 영향력을 실감했다.

프란이 스스로 눈물을 닦으며 희미하게라도 웃음을 보인 것도 크겠지만.

하나 그럼에도 대부분의 흑묘족이 일제히 흐느끼고 있었다. 그 모습은 이상하기만 했다. 그야 주위의 다른 종족 모두가 꺼림칙한 것을 보는 듯한 눈으로 보고 있으니 말이다.

개중에는 무서워서 울음을 터뜨리는 아이도 있었다. 무섭게 해서 미안해.

흑묘족 모두에게 설명이 끝난 후 그린고트의 기사들이 다급한 기색으로 찾아왔다.

아무래도 흑묘족들의 집단 통곡을 들은 모양이다.

"소동이 일어났다는 통보가 들어왔다."

"무, 무슨 일이 있던 거냐."

"책임자는 있나?"

아무래도 다른 피난민이 기사에게 통보한 모양이다. 뭐, 무슨 일이 일어났다 싶었겠지.

촌장이 기사들에게 사정을 이야기하자 그들의 시선이 프란에게 향했다. 다만 그것은 소동의 원흉을 노려보는 모습이 아니었다. 오히려 눈을 빛내며 프란을 보고 있었다.

"당신이 흑뢰희 님입니까!"

"소문은 들었습니다!"

그린고트의 영주 마르마노나 우리가 돌아오기 얼마 전에 이 도시를 찾은 메아가 프란의 무용담을 이것저것 전한 모양이다.

프란은 기사들에게 꼭 와달라는 부탁을 듣고 영주관으로 향하게 됐다.

도중에 프란의 모습을 본 많은 수인들이 그 자리에서 굳어버리거나 무릎을 꿇거나 절을 하기 시작해서 조금 곤란했지만.

흑뢰희의 소문은 그리고트의 수인들 사이에 널리 퍼졌나 보다. 아무래도 흑묘족들이 흑뢰희 프란의 대단함을 선교사처럼 말하며 돌아다닌 듯했다.

더욱이 메아가 가져온 정보로 인해 흑뢰희가 마수 섬멸의 선두에 서서 목숨을 걸고 수인국을 지켰다는 이야기도 알려진 듯했다.

그런 가운데 진화한 흑묘족이 걷고 있으면 순식간에 정체가 드러나는 것도 당연했다.

그렇게 그린고트 주민들의 전송을 받으며 영주관에 도착하자마자 응접실로 들어가 영주 마르마노를 면회할 수 있었다.

전시이기에 중장갑을 걸친 용맹한 모습이다. 마수가 습격하던 밤, 면회했을 때 본 네글리제 모습과는 달랐다.

"잘 오셨습니다, 흑뢰희 님!"

"응."

"활약은 왕녀 전하께 들었습니다! 그린고트를 구해주셔서 감사합니다."

"동료를 지키고 싶었을 뿐이야."

"그래도 저희 도시가 산 건 확실합니다. 만 마리가 넘는 마수 무리를 격퇴하고 사인들을 섬멸했다던데요!"

메아가 꽤나 부풀려서 전한 모양이다. 만 마리가 넘는 마수 무리를 막고 쓰러뜨린 것은 확실하다. 하지만 마르마노가 들은 이야기에는 꽤나 과장과 미화가 섞여 있는 듯했다.

마르마노가 메아에게 들은 프란의 방어전 이야기를 눈을 빛내며 꺼냈다.

칼을 한 번 휘둘러 마수 천 마리를 베어 죽이고 마술 일격에 마수 만 마리를 쓰러뜨렸다니, 대체 어떤 영웅이야. 신검을 가지고 있어도 어렵지 않을까?

"이야, 강대한 마수들의 위세를 앞에 두고 공포에 떨면서도 동포를 위해 눈물을 머금고 일어서는 흑뢰희님의 가련한 모습! 직접 보고 싶었습니다!"

누구 얘기야. 대강은 틀리지 않지만 프란 얘기가 아닌 느낌인데?

메아도 이러니저러니 해도 프란을 아주 좋아하니까 부풀려서 이야기했을 것이다.

한바탕 이야기를 한 후 마르마노가 고개를 깊이 숙였다.

"당신의 노력 덕분에 그린고트뿐만 아니라 우리나라가 살았습니다. 다시 감사 인사를 드립니다."

"아까도 말했어. 특별한 일은 하지 않았어."

"후하하하. 당신이 특별하지 않으면 제 부하에게 상을 줄 수 없습니다. 아시겠습니까. 당신은 엄청난 일을 했습니다. 거만하게 굴라는 말이 아닙니다. 하지만 공적은 공적으로 확실하게 자각하십시오. 그러지 않으면 오히려 괜한 적을 만들게 됩니다."

갑자기 진지한 얼굴이 된 마르마노가 진지한 목소리로 그렇게 충고했다. 하지만 그가 하는 말도 일리는 있다.

프란이 자신은 아무것도 하지 않았다고, 당연한 일을 했을 뿐이라고 말하며 찬사도 아무것도 받지 않으면 다른 병사나 기사들도 가슴을 펴고 상을 받기 힘들지 않을까?

그리고 마르마노는 착한 사람이니까 문제없지만 귀족 중에는 프란의 태도를 불쾌하게 생각하는 이도 있을 테다. 그런 상대에게는 섣불리 자신을 낮추기보다 약간은 공적을 자랑하는 편이 미움받지 않을지도 모른다.

사람이라는 존재는 자신의 기준으로 타인을 측정하는 법이니 말이다. 욕심도 없고 어떻게 다뤄야 좋을지 알 수 없는 일기당천의 기분 나쁜 소녀보다 칭찬받으면 우쭐해지고 나이에 맞게 다루기 쉬운 모험가라는 평판이 귀족에게 경계심을 품게 만들지 않을 것이다.

"응. 알았어."

"그렇습니까! 이거, 죄송합니다. 갑자기 설교 같은 말을 했군요."

"아냐. 나를 위해 말해줘서 고마워."

"흑뢰희님은 그릇도 크신 것 같군요! 이거, 역시 대단합니다!"

"칭찬이 과해."

"하하하하. 북쪽에서 협공당하면 우리나라는 위험한 상황에 빠졌을 겁니다. 그 한쪽을 막고 던전을 파괴해 마수를 소멸시킨 것은 이번 전쟁에서 비할 데 없는 공적. 흑뢰희님, 네메아 전하, 키아라 님은 구국의 영웅으로 불려도 이상하지 않습니다. 비할 자가 있다면 남부 전선에서 맹렬한 움직임을 보인 두 장수 정도겠군요."

남부 전선. 그 이야기는 신경 쓰인다. 활약한 두 장수도 신경 쓰이지만, 그 이전에 승패는 어떻게 됐지? 마르마노의 얼굴에 어두운 빛은 보이지 않으니 진 것 같지는 않은데…….

"남부의 싸움은 어떻게 됐어?"

"우리나라의 대승으로 끝났습니다!"

"벌써 끝났어?"

전쟁이 시작하고 아직 일주일밖에 안 되지 않았나? 게다가 서로 상당한 대군을 투입했을 테다. 자칫하면 몇 개월, 몇 년 단위로 전쟁이 이어져도 이상하지 않다고 생각하는데.

"원래 가진 전력이 다른 것도 있겠군요. 동원 병력의 수, 병사의 질 모두 수인국이 압도적으로 우위였습니다."

"하지만 바샬 왕국은 마술이 엄청 뛰어나다고 들었어."

"뭐, 확실히 그렇습니다. 마술사의 질, 마도구의 개발력 모두 바샬 왕국에 뒤지죠."

원거리 통화 마도구는 확실히 바샬 왕국의 마술사 길드가 만들었을 것이다. 아마 그 외에도 유용한 도구를 잔뜩 개발하지 않았을까.

그렇다면 병사의 수에서 앞서도 압도적으로 승리할 수 있다고 장담할 수 없지 않나?

그렇게 생각했지만 바샬 왕국은 일반 병사가 너무 약해서 마술 면에서의 우위를 전혀 살리지 못한다고 한다.

"종족 차도 있겠지만 그 이상으로 의식 차이가 크겠죠."

"의식?"

"네."

물론 수인과 인간을 비교하면 수인의 전투력이 더 높다. 하지만 그뿐만이 아니라 양국의 말단 병사의 의식에 큰 차이가 있다고 한다.

"우리나라에는 상비군도 많지만 전쟁이 일어나면 농민 등에서도 병사를 모집합니다."

뭐, 이 세계에서 그건 당연한 이야기일 것이다.

상비군과 기사는 평시의 치안 유지나 마수 토벌 등이 주 업무다.

그들만으로 전쟁을 수행하기에는 인원이 압도적으로 부족하다. 당연히 전시에 징병이 실시되는 것은 상식이었다.

"하지만 우리나라와 바샬 왕국에서는 징병 때부터 이미 차이가 있습니다."

"어떤 차이?"

"바샬 왕국은 각 마을에 징병관이라는 관리를 파견해 무리하게 병사를 모읍니다. 각 마을에서는 싫으면서도 나라에 거역하지 못해 병사를 보낸다고 합니다."

당연한 이야기겠지. 누구든 가족을 위험한 전장으로 보내고 싶어 하지 않는다.

"하지만 수인국의 경우에는 그런 짓을 할 필요가 없습니다. 대부분의 경우 주변 마을에서 지원병이 멋대로 모이니까요. 그중에는 사냥을 가는 감각으로 찾아오는 자도 있습니다. 오히려 지나치게 늘어난 지원병을 돌려보내기가 힘들 정도입니다."

역시 수인. 역시 전투 민족.

프란 일행이 특별한 게 아니라 일반인들도 상당히 용맹스러운 모양이다.

"양국 모두 주전력은 반 농민이지만, 바샬 왕국의 병사는 스스로를 농민이라고 생각하고 있습니다. 그리고 나가지 않아도 될 싸움에 억지로 끌려왔다고 생각하고 있죠. 하지만 우리나라 병사들은──특히 개척촌 사람들은 본래 직업이 병사로, 평소에는 병참에 필요한 물자를 생산하고 있다는 감각을 가지고 있습니다."

그렇군, 병사의 전의가 압도적으로 다른 건가. 게다가 수인국 병사들은 평소부터 단련도 빼놓지 않고 있는 듯하다. 흑묘족은 특히 약하다는 인식이 있어서 그런 분위기와는 인연이 없었지만…….

다른 종족은 일반인이라도 병사로서의 마음가짐이 확실하게 있을 것이다.

"확실히 바샬 왕국의 마도구는 우수합니다. 하지만 결국 병사의 차이가 전투의 차이가 됩니다. 뭐, 이번처럼 뒤를 노리는 경우도 있습니다만."

싸움에 확실한 것은 없다는 뜻이다.

"그건 반대로 말하면 기책이 없으면 전력 차를 어떻게 할 수 없다는 뜻이기도 합니다. 북쪽에서 침공에 실패했다는 정보가 전해진 순간 바샬 왕국군은 모두 무너졌다고 합니다."

아무리 전력이 차이가 나도 기책 등으로 위기에 빠지는 경우는 있다. 그러나 수인국 남부에서 일어난 싸움처럼 정면으로 붙는 싸움이라면 거의 확실하게 수인국이 이길 것이다.

그 싸움에서 활약한 것이 수인국에서도 유명한 대지 마술사와 백서족 현 족장이라고 한다. 원군이 도착할 때까지 벌어진 격전 속에서 적은 병력으로 국경선을 굳게 지키고 퇴각하는 바샬 왕국군에 뼈아픈 일격을 가했다고 한다.

전사로서뿐만 아니라 지휘관으로서도 우수한 인물들일 것이다.

"저기. 메아는 어떻게 됐는지 알아?"

차를 마시면서 전쟁의 전말을 들은 후 프란은 가장 신경 쓰이는 것을 물었다.

그렇다, 메아 일행이 지금 어디서 무얼 하고 있는지 말이다. 그린고트에 도착한 후 어떻게 됐는지 알고 싶었다.

하지만 마르마노는 미안하다는 듯이 고개를 저었다.

"모르겠습니다. 공주님은 남쪽 전장으로 향하겠다며 그린고트를 떠나셨습니다."

"무사해?"

"그것도 모르겠습니다. 강하신 분이니 무사할 거라고는 생각합니다만……."

"그렇구나."

"자세하게 알고 싶으면 왕도로 가는 것이 좋을 듯합니다."

역시 그것밖에 없나. 뮤렐리아의 유언도 신경 쓰인다. 로미오라는 소년을 구해달라고 했지…….

그러나 선뜻 왕도 베스티아로 향하기도 망설여졌다.

"이 도시는 괜찮아?"

그린고트에는 흑묘족이 피난 와 있기 때문이다. 이 도시의 안전을 무시하고 여행을 떠나는 짓을 프란이 할 리 없다.

"걱정해주시는 겁니까? 하지만 안심하십시오. 전쟁이 끝나고 우리 도시에서 파견한 기사나 병사들이 바로 돌아오고 있습니다. 지원한 모험가들도 마찬가지입니다. 그들이 돌아올 때까지 도시에서 농성하기 위한 식량도 문제는 없습니다."

그런 것 같았다. 뭐, 던전의 마수가 사라진 지금은 그 이전 상태로 돌아갔다는 뜻이다. 식량에도 불안이 없으면 그린고트가 위기에 빠질 일은 그리 없을 것이다.

"사인들이 아직 밖을 어슬렁대고 있는 것 같지만 고블린 정도로는 이 도시의 성벽을 부수지 못합니다. 흑묘족도 맡겨주십시오. 섭섭하게 대하지는 않겠습니다."

마르마노의 말이 프란의 등을 밀어줬다. 아마 동족을 걱정하는 프란의 불안을 이해했을 것이다.

마르마노가 듬직한 표정으로 자신의 가슴을 탁 두드렸다. 그 모습에서는 안심밖에 느껴지지 않았다.

역시 영주님. 프란의 불안을 간단히 없애줬다.

"……부탁해."

"맡겨주십시오."

그 후, 마르마노가 하룻밤 자고 가라고 했지만 우리는 출발을 서두르기로 했다. 마르마노의 성이 아니라 흑묘족 거처에서 하룻 밤을 묵어도 됐지만 프란이 길을 서두르고 싶어 했다.

흑묘족들의 무사와 안전을 확인한 이상 다음은 메아 일행의 무사를 알고 싶었을 것이다.

우리는 이제부터 해가 지려는 가운데 그린고트를 출발했다.

문지기들은 상당히 걱정했지만 울시가 있으면 웬만한 마수는 어떻게든 된다. 수준이 낮으면 암흑 마술로 쓰러뜨리면 되고, 애초에 잔챙이는 울시의 다리를 쫓아오지 못한다. 동격 이상이라면 높은 감지 능력을 살려 회피도 할 수 있다.

나와 울시가 있으면 도중에 잠을 자도 될 정도다.

"쿨, 쿨."

실제로 프란은 울시의 등에서 자고 있다. 울시를 타고 하는 강 행군에 익숙하니 말이다. 그 등 위에서 푹 자기 위한 요령을 파악한 모양이다.

프란이 털과 벨트를 단단히 잡고 그 털에 파묻혀 편안한 숨소리를 냈다. 염동으로 받칠 필요도 없을 것 같다. 아니, 염동을 끊지는 않겠지만.

자기 전에는 울시의 등 위에서 능숙하게 밥도 먹었다. 그것도 꼬치구이나 빵이 아니라 수프와 파스타다. 균형을 용케 잡으면서 포크와 스푼으로 먹었다.

이미 울시의 등 위에서 생활할 수 있는 수준이지 않을까? 먹고 자는 데 문제는 없다.

남은 건——목욕? 아니, 아무리 그래도 목욕은 무리지. 하지만 샤워라면 할 수 있을 것 같다. 울시는 흠뻑 젖겠지만 말이다. 하지만 바람의 결계를 치면 그것도 막을 수 있지 않을까.

진짜 울시의 등 위에서도 대부분의 일은 어떻게든 할 것 같다. 뭐, 울시에게는 민폐겠지만.

"웡."

『왜 그래, 울시?』

"워, 워후."

아아, 아무래도 안겨 자는 프란의 팔이 초크 슬리퍼처럼 울시의 목을 조르고 있는 모양이다.

거대화 중이라서 프란의 손이 딱 맞게 목에 들어간 듯했다.

『버텨볼래?』

"워, 워후?"

『아니, 잘못 떼면 프란이 깨잖아? 그러니까 버텨볼래?』

"워, 웡!"

딱히 내가 개수로 고생할 때 프란은 내게 붙어 있었는데 울시는 푹 자고 있었다고 해서 복수하는 게 아니다. 진짜다.

"으~…… 음~."

"캐앵!"

『버텨!』

"캥캥캥!"

그런 대화를 나누면서 밤하늘을 나아갔다.

『아, 달이 예쁘네.』

"깽깽!" 그대로 울시가 열심히 달리자 다음 날 아침에는 왕도에 도착했다.

『깨끗하네.』

"응."

전화에 휘말린 흔적은 없었다. 전에 찾았을 때와 완전히 똑같은 모습의 왕도가 그곳에는 있었다. 문밖에는 입장을 기다리는 상인이나 모험가의 행렬이 생겨나 있었다. 그곳도 이전과 전혀 다르지 않았다. 전쟁의 여파는 왕도에는 거의 미치지 않은 듯했다.

『앞에서 내려가자.』

"윙!"

"스승, 저기."

『응?』

울시에게 왕도 앞 평원으로 내려가도록 지시를 내리고 있는데 이미 일어나 있던 프란이 하늘 저쪽을 가리켰다.

그곳을 보니 뭔가가 날아오고 있는 모습이 보였다.

『뭐지? 저건──와이번?』

"아냐. 저건 메아야."

『그렇구나! 린드네!』

그런데 잘도 알아봤군. 내 눈에는 와이번인가 뭔가가 날고 있는 것처럼 보이기만 하는데.

나는 다시 아득히 먼 곳을 나는 그림자에게 전 기척 감지를 사용해봤다. 그러자 희미하게 낯익은 마력을 감지할 수 있었다. 틀림없이 린드다.

『저렇게 멀리 있는데 잘도 알았네.』

"친구는 잘못 보지 않아."

심플한 말씀이었습니다.

『그, 그러냐. 뭐, 됐어. 울시, 내려가지 마. 메아 일행에게 합류해.』

"윙!"

저쪽도 이쪽을 눈치챘는지 왕도로 향하던 진로에서 미묘하게 벗어나 우리 쪽으로 향했다. 둘 다 고속으로 하늘을 이동하기 때문인지 순식간에 서로의 거리가 좁혀졌다.

이 거리라면 이제 잘못 볼 리가 없다.

린드의 등에 메아와 쿠이나의 모습이 보인다. 다만 미아노아는 없는 듯했다.

"프란! 스승! 울시! 오랜만이군!"

"응!"

린드의 위에서 메아가 손을 흔들었다. 울시와 린드는 짠 듯이 평원 한쪽을 향해 고도를 낮춰갔다.

지면에 내리자 메아가 린드의 등에서 뛰어내려 달려왔다.

프란도 마찬가지로 메아에게 달려갔다.

"메아!"

"프란!"

"무사해서 다행이야!"

"너도다!"

두 사람은 마치 오랜만에 만나는 여고생처럼 손을 맞잡고 깡충깡충 뛰었다. 그 떠드는 모습은 둘 다 나이에 어울렸다.

그런 두 사람에게 쿠이나가 말을 걸었다.

"쌓인 이야기도 있을 테니 앉아서 느긋하게 말씀을 나누는 건 어떠신가요?"

"오오! 그렇지!"

어, 어느새! 나조차 눈치채지 못하는 사이에 테이블과 티 세트가 준비되어 있었다.

무시무시한 은밀 능력이다. 역시 사신이라고 두려움받는 왕궁 메이드 쿠이나. 얕볼 수 없군.

"왕도산 홍차와 디저트입니다."

당연히 디저트는 스테이크다.

"오오! 내가 좋아하는 바이슨 스테이크인가!"

"맛있겠다."

프란은 두툼한 스테이크를 우걱우걱 먹으면서 틈틈이 차를 입으로 가져갔다. 이미 티타임이 아니라 식사 아닌가?

다른 나라였다면 쿠이나가 진지한 얼굴로 만담을 하고 있다고 생각했을 것이다. 그러나 수인국에서는 당연한 광경이다.

스테이크 몇 장을 배에 넣고 겨우 만족했는지 프란이 입을 열었다.

"메아와 쿠이나는 뭐 하고 있었어?"

"으음, 우리는 말이지──."

솔직히 서로 보고하는 건 왕도에 들어가고 나서 해도 된다고 생각하지만……. 둘 다 기다릴 수 없었던 모양이다.

헤어진 뒤에 있었던 일을 서로 보고했다.

우리는 스킬을 쓸 수 없게 된 일이나 내 개수에 대해 설명했다.

"스킬의 제어가 어렵게 돼서 전투력이 떨어졌다고? 그건 중대한 사태가 아닌가!"

"응, 아주 큰일이야."

"하지만 전혀 들어보지 못한 소리는 아닙니다."

『그래?』

"네."

쿠이나에 의하면 감각 계열 스킬이나 육체 강화 계열 스킬이 최고 레벨에 도달해 상위 스킬로 변화한 경우에 자주 일어나는 현상이라고 한다. 그 밖에는 강적을 운 좋게 피하고, 그 결과 레벨이 급격히 상승한 경우 등에도 있을 수 있다고 한다. 나는 따지자면 후자일 것이다.

역시 평소에 감각적으로 사용하던 스킬일수록 변화할 경우 당혹감이 큰 것 같군.

"뭐, 저 자신은 경험이 없기 때문에 조언은 할 수 없습니다만."

『그런가……. 그런데 보통은 어떻게 극복하지?』

"수행입니다."

아주 간결한 대답이었습니다. 하지만 그것밖에 없겠지. 더 간단히 극복할 수 있는 방법이 있으면 아스라스가 가르쳐줬을 테고.

스킬 이야기 다음으로 메아가 언급한 것은 역시 내 겉모습이 원래 신검 케루빔이었다는 이야기다. 메아가 말하기를 쿠이나도 아주 놀랐다고 한다.

"설마 이런 단기간에 연속으로 신검을 만나게 될 줄이야……."

"네. 놀랍습니다."

『그 말을 그대로 돌려줄게. 난 전 신검이나 준 신검 수준이지만 너희는 진짜 신검을 들고 다니잖아.』

"아니, 준 신검에 인텔리전스 웨폰인 데다 비밀이 더 있을 것 같잖아? 그쪽이 더 대단하지 않나?"

"이미 신검이라 해도 되지 않을까요?"

메아와 쿠이나가 어째선지 어이가 없다는 듯한 표정으로 나를 보고 있지만 나는 쓴웃음을 지을 수밖에 없었다.

아스라스와 대지검 가이아를 보고 난 뒤다. 신검이라고 하기도 그렇다.

린드는 아직 진짜 힘을 발휘하지 못하기 때문에 메아의 인식이 조금 낮은 거겠지. 아니, 진짜 모습을 되찾은 린드는 어떤 괴물로 변할지……. 가이아를 생각하면 왠지 무섭군.

나는 어차피 준 신검이다.

그런 말을 중얼거리자 메아가 확 노려봤다.

"스승, 그건 너무 비굴하다. 신검인지 아닌지는 상관없어. 너는 이 나라를 구했다! 더 자랑스러워해라!"

"응! 스승은 대단한 검이야!"

『그, 그런가?』

"그래! 그리고 검의 평가는 소유자의 평가다. 우수한 무구를 만나고 그것을 입수할 수 있느냐 없느냐도 모험가의 재능 중 하나니까!"

그렇군, 운도 재능의 일부라고 해야 하나, 무구의 힘도 모험가의 평가라는 뜻인가.

"스승, 네가 비굴해하면 프란의 공적마저 폄하당한다! 더 가슴──은 없지만 자신을 자랑스러워해라!"

『내가 비굴해하면 프란도 그렇게 된다고……?』

"그렇다! 그리고 생각해봐라! 나라를 멸망시킬 정도의 마수와 사인의 대군을 혼자서 막고, 뒤에서 조종하던 흉악한 사인을 쓰러뜨렸으며 던전을 공략해 나라를 구했다. 대단하지 않나?"

뭐, 확실히 객관적으로 보면 상당히 대단하다. 우리 이야기가 아니었다면 어떤 영웅이냐고 생각했을 것이다.

『그런가…… 나는, 우리는 대단한 건가.』

"그렇다! 대단하다!"

프란이 마르마노에게 비슷한 말을 들었는데, 그건 내게도 해당하는 말이었던 모양이다. 프란에게는 겸손할 필요 없다고 하면서 내가 비굴해진 듯했다.

이유는 스스로도 안다. 신검이다.

가이아를 눈앞에서 보고 멋대로 등급을 매기고 이길 수 없다고 생각하고 말았다. 그리고 나는 대수롭지 않다고 생각하고 말았다.

언젠가는 신검을 따라잡겠다고 맹세했다. 그것은 즉 현재는 미치지 못한다고, 지고 있다고 인정했다는 뜻이다.

신검을 이길 수 없는 건 어쩔 수 없지만, 내 마음속에서는 모르는 사이에 분한 감정과 패배감이 대부분을 차지한 모양이다.

신검에 대한 열등감 때문에 필요 이상으로 자신을 비하한 듯했다.

하지만 메아가 말한 대로 내가 안 된다고 생각하면 프란이 뒤떨어지는 검을 쓰고 있다는 뜻이 된다. 그리고 나와 프란은 항상 함께 싸우고 있다. 내가 내 공적을 비하한다는 건 프란의 공적마저 비하한다는 뜻이다.

그건 안 되지!

『미안했어. 이제 괜찮아.』

"음. 그러면 된다."

우쭐해질 생각은 없지만 이제부터는 더 가슴을 펴자. 프란의 검에 어울리도록.

"그런데 가이아를 봤다고 했지? 혹시 아스라스 님이 해방한 건가?"

"응. 잠깐."

더 나아가 모의전을 한 이야기를 하자 메아가 엄청나게 부러워했다. 생각해보면 랭크 S 모험가와의 모의전이다. 전투광인 메아가 부러워하지 않을 리가 없다.

"나, 나도 아스라스 님과 싸워보고 싶었다!"

당장이라도 테이블보를 잘근잘근 씹을 것 같을 정도다. 어지간히 분한가 보다.

하지만 쿠이나에게 머리를 맞고 제정신으로 돌아온 모양이다.

메아는 으흠, 헛기침을 하고 화제를 바꿨다.

"그건 그렇고 그 장비는 보기에 상당히 좋아 보이는군. 원래 장비를 아리스테아 님이 개조했다고 했는데, 성능은 어떻지?"

메아가 프란의 새 방어구를 보고 눈을 가늘게 떴다.

프란과 똑같이 전투광이지만 귀여운 것은 좋아하는 모양이다.

어떻게 하면 프란도 귀여운 것에 흥미를 가지게 할 수 있을까? 쿠이나에게 메아를 어떻게 키웠는지 물어보고 싶다.

"응, 문제없어."

"그런가. 후후."

메아가 갑자기 미소 지었다. 왜 그러지? 프란의 귀여움에 반한 건가?

프란도 고개를 갸웃거렸다.

"왜 그래?"

"아니, 아무것도 아니다."

프란에게 질문을 받은 메아가 볼을 살짝 붉히며 얼버무리려 했다.

부끄러워하고 있는 것 같은데…….

"아가씨. 자신의 장비도 아리스테아 님이 만들어주신 것이니까 똑같아서 기쁘다고 솔직하게 말씀하시면 어떠세요?"

"아니……! 무슨 말을 하는 거냐, 쿠이나! 따, 딱히 그런 생각은 하지 않았다!"

"얼굴이 단정치 못하게 풀어져 있습니다."

"시, 시끄럽다!"

그런 건가 보다. 쿠이나는 여전히 냉정하게 폭로하는군.

얼굴을 새빨갛게 붉히고 부끄러워하는 메아를 보고 있으면 놀리고 싶어지는 마음은 이해하지만.

"그, 그런 것보다 우리가 뭘 하고 있었냐고 물었지?"

"응."

억지로 이야기를 원래대로 되돌리는 메아.

프란은 순순히 따르기로 한 모양이다. 아니, 메아가 왜 허둥대는지 잘 모르는 거겠지.

"헤어진 후에 전쟁에 참가했어?"

"음, 그렇다. 알고 있는 건가?"

"조금 들었어. 바샬 왕국 군대를 해치우고 대단한 대지 마술사들이 적을 물리쳤다고. 같이 있었어?"

"그래. 뭐, 표면상으로는 왕녀가 아니라 용병으로 참가했지만."

"어째서?"

이야기를 들어보니 일반 병사들에게는 신분을 숨기고 참가한 모양이다.

아무리 그래도 사령관에게는 알렸지만 표면적으로는 백서족 리그다르파의 호위대 취급을 받으며 군에 참가했다고 한다.

"왕녀로서는 자유롭게 움직일 수가 없고, 저기, 뭐라고 해야 하나……."

『왜 그래?』

웬일로 메아가 우물댄다. 왕녀의 비밀에 관련된 일인가? 그렇다면 이 이상은 들으면 안 되겠지?

"그 자리에는 세레네가 있어서 그렇다."

"세레네는 누구야?"

"세레네는 제 동족인 왕궁 시녀입니다. 전투력은 저보다 낮지만 환술이 뛰어나고 키와 몸집도 공주님과 비슷해서 대역을 맡고 있습니다. 종족은 마도구로 속일 수 있으니까요."

혹시 우리가 인사한 그 대역인가?

『세레네가 왜? 거북해?』

"그런 게 아니다. 그게 아니라, 그 자리에서 왕녀인 것을 밝히고 세레네와 바꾸기라도 하면……."

"확실히 들키겠네요."

"음, 들킨다.

"어째서?"

"세레네가 연기하고 있는 건 아…… 그거다……."

"세레네는 국왕 폐하의 명령도 있어서 단아하고 덧없는, 이른바 공주님을 연기하고 있습니다. 솔직히 아무리 고쳐도 진짜 공주님이 그것을 연기하기는 불가능합니다. 분명히 바뀐 것이 들통납니다."

그렇군. 메아에게 단아한 건 무리겠지.

그리고 메아와 세레네가 바뀌면 많은 귀족과 병사는 자신들이 필사적으로 환대하고 목숨을 바쳐 지키려 했던 상대가 가짜라는 것을 알게 된다.

대국의 공주가 대역을 쓰는 것이 당연하다고는 하나──.

"확실히 공주님과 세레네가 비교되겠죠."

『그렇겠지.』

"그리고 확실히 이렇게 생각할 겁니다. 대역 쪽이 단아하고 귀엽다, 저런 야수 같은 왕녀, 진짜 아니지 않아? 아, 말도 안 돼."

쿠이나가 여전히 평탄한 목소리로 수인들 목소리를 대변했다. 연기력이 없다고 할까, 연기할 마음이 없는 것 같지만 묘하게 설득력이 있는 건 왜일까?

수인들이 아쉬워하는 얼굴과 목소리를 상상하고 말았다.

『그건 힘들지…….』

"크으으으⋯⋯."

메아도 자각하고 있는지 분한 기색으로 신음할 뿐이었다.

수인국의 기풍을 생각해보자면 메아 같은 담백하고 발랄한 타입이 환영받을 것 같기도 하다. 다만 아가씨 타입을 동경하는 사람도 많을지 모른다. 수인이라 해도 어차피 남자니 말이다.

확실히 거기서 비교당하기는 싫을 것 같다. 나라면 마음이 꺾일지도 모른다.

다만 의문도 남는다.

『왜 대역에게 그런 성격을 연기시키는 거야?』

애초에 그 대역인 세레네라는 소녀는 왜 그런 무리한 연기를 하고 있는 거지? 그 대역이 메아처럼 활발한 소녀를 연기하면 문제없지 않을까?

현 상태에서 메아의 평판은 단아하고 전투력 낮은 아가씨 같은 느낌일 것이다.

장래에 진짜 메아가 앞으로 나섰을 때 수인국에서 비난을 듣지 않을까? 그야 덧없는 계열의 미녀가 갑자기 전투광인 기운찬 소녀가 되는 거니까.

『국민도 놀랄 거야⋯⋯.』

내 의문에 메아가 동조하듯이 고개를 끄덕였다.

"스승도 그렇게 생각하나? 역시 이상하지? 대역은 본인과 비슷해야 하는 거 아닌가?"

본인도 그렇게 생각하는 모양이다. 하지만 쿠이나는 내 의문에 아무렇지 않게 대답했다.

"국왕 폐하의 취향입니다."

『어? 취향?』

"네. 세레네를 진짜라고 생각했다가 아가씨가 진짜라는 사실을 알게 됐을 때 모두가 보일 반응이 기대된다더군요."

"크으으. 그 빌어먹을 아버지이……!"

수왕답다면 수왕답지만……. 주위 녀석들이 휘둘리는 게 안쓰럽군.

"그리고 아가씨를 비꼬는 것이랄까, 놀리는 의미도 있을 겁니다."

"놀려?"

"네. 자신을 빼닮은 모습의 세레나가 단아하게 행동하는 모습에 침울해하고 부끄러워하는 아가씨를 보고 즐기고 계시는 거겠죠."

"악취미다! 그 아버지는!"

"그리고 그만큼 인상이 다르면 평상시 아가씨의 신분을 들킬 우려가 줄어듭니다."

아아, 그런 건가. 일반적인 대역과 달리 밖에서 모험가로 활동하는 메아의 대역이니 말이다. 오히려 메아의 이미지를 다른 타입으로 유도해서 메아의 정체가 드러나는 것을 막으려는 의도가 있는 듯했다.

그 수왕이니까 재미있을 것 같다고 생각하는 이유도 진짜겠지만.

『신분을 숨기고 참가한 건 알았는데, 싸움 자체는 어떻게 됐지?』

"어떻게 됐냐고 물어도 말이야……. 솔직히 우리는 변변한 전투를 하지 못했다."

"무너지는 적을 쫓아버렸을 뿐이니까요."

메아와 쿠이나가 전장에 도착했을 때는 이미 수인국군이 바샬 왕국의 침략군을 물리치고 추격을 개시하는 타이밍이었다고 한다.

메아와 쿠이나는 그 추격군에 가세해 바살 영내 깊이 진격했지만——.

"지휘를 맡은 장군의 호위를 하는 게 우리가 군에 가세하는 조건이었다."

『그러고 보니 아까도 그런 말을 했지.』

"뭐, 장군의 호위라기보다 장군 옆에서 절대로 떨어지지 말라는 의미였습니다만."

그렇군. 왕녀가 멋대로 행동하다 위험에 빠지는 것을 막기 위해 호위라는 명목으로 자신의 곁에 두려고 한 게 그 장군의 의도일 것이다.

"그리고 도중에 군을 떠났다."

"왜?"

"······매그놀리아 가로 향했어."

매그놀리아라 하면 뮤렐리아가 마지막에 말했던 장소다.

그곳의 영주인 매그놀리아 가문에서 로미오라는 어린아이를 구해달라는 부탁이었다. 농담을 하는 거냐고 생각했지만······.

우리와 마찬가지로 메아와 쿠이나도 뮤렐리아의 말이 신경 쓰였을 것이다. 매그놀리아 가문의 상황을 살피러 간 모양이다.

『적국이잖아? 괜찮았어?』

"우리나라 군이 국경을 넘어 진군해서 매그놀리아령은 이미 이쪽 세력권이 됐다."

『국경을 넘었어도 저쪽에 방어용 요새나 성채가 있지 않았어?』

"물론 존재했다. 하지만 그런 시설은 패주한 아군의 군세가 밀려 들어가 완전히 혼란스러워져 있었다."

질 리가 없다고 생각했던 상황에서 대패하고 아군의 군세가 무질서하게 도망 왔다. 그야 후방도 대혼란에 빠질 것이다.

수용하려 해도 전군이 성채에 들어갈 수 없고 안에 적의 스파이가 섞여 있을 가능성도 있다. 게다가 후방에서 수인국이 추격을 하고 있다면 판단을 내리기도 어려워진다.

"확실히 말해서 방어 시설은 제대로 기능하지 않았다."

『그냥 지나갈 수 있는 상태였다는 거야?』

"거기에 가깝다. 저항하는 성채가 몇 개 있었지만 그것은 류시아스가 나서서 끝냈다."

"류시아스?"

"음. 궁정 마술사 류시아스 로렌시아. 우리나라 최강의 대지 마술사이자 로렌시아의 비극으로 유명한 로렌시아 왕가의 피를 이은 사람이다. 대벽의 류시아스라 하면 크롬 대륙에서도 유명하지."

로렌시아? 지금 로렌시아라고 했지?

『이봐, 그 녀석은 린포드와 관계가 있는 거야?』

"린포드? 확실히 뮤렐리아를 소환한 사술사였지……."

"응. 린포드 로렌시아."

바르보라에서 대파괴를 일으키고 마지막에는 사신인이 되었다 프란과 사람들에게 죽은 사술사다. 뮤렐리아를 부활시키고 지배했던 것도 녀석이었던 모양이다. 이번 수인국 침공의 원흉 중 한 사람이라고도 할 수 있을 것이다.

"그렇군……. 로렌시아의 성을 가지고 있는 건가."

『그래, 백 살이 넘는 괴물 영감이었어.』

"백 살? 류시아스는 아마 마흔을 넘긴 정도일 거다. 자식은 아니겠지."

그럼 손자인가?

『그 류시아스라는 녀석은 사술사가 아닌 거지?』

"물론이다."

"오히려 류시아스 님은 사술사를 증오하신다고 들은 적이 있어요."

애초에 직접 피가 이어졌는지도 모르는 건가. 오랫동안 로렌시아 가가 분리됐을 가능성도 있고 사술사의 자손이 전부 사술사가 될 리도 없을 것이다.

증오한다는 이야기가 사실이라면 오히려 린포드에게 무슨 짓을 당했을 가능성도 있다.

수왕 일행이 사술사를 내버려둘 리도 없으니 류시아스라는 남자에게 문제는 없을 것 같다.

"류시아스의 대지 마술은 공성전에서 엄청난 힘을 발휘한다. 녀석이 있으면 작은 성채는 문제가 안 돼."

"대지 마술로 성채를 공격하는 거야?"

"뭐, 그것도 가능하지만 가장 확실한 건 구멍을 파며 나아가는 거다. 평소라면 지하를 감시하는 마도구로 방비를 하지만 그때는 혼란스러웠으니 말이야. 지하를 파고 나아가는 류시아스를 전혀 눈치채지도, 방해하지도 못했어."

그렇군, 지하도를 만들어 병사를 보낸 건가. 일본에도 타케다 신겐의 굴 파기 부대가 있었을 터다. 그게 어디까지 진짜이고 어디부터 창작인지는 알 수 없지만, 지하를 지나 성벽을 넘는 방법이 무척 유효한 건 틀림없겠지.

"류시아스를 비롯한 군대 덕분에 매그놀리아 가문으로 향하는 건 간단했어."

"수인국 군에 대항하기 위해 순찰 병사도 없었고 매그놀리아 영내의 경비도 없는 좋은 상황이었습니다."

"그럼 로미오는 확보했어?"

"아니, 무리였어."

메아가 표정을 살짝 흐리며 고개를 저었다.

무슨 일이지? 매그놀리아 가문에는 갔잖아? 저항을 받은 건가? 아니면 그런 애는 처음부터 없었나? 그리고 전쟁이 시작된 시점에서 피난을 갔을 가능성도 높을 것이다.

하지만 메아와 쿠이나의 대답은 그 어느 것도 아니었다.

"이미 누군가가 데려간 뒤였어."

『누군가?』

"그래, 2미터가 넘는 장신에 온몸에 흉터가 새겨진, 마치 오우거처럼 흉포한 남자였다더군."

그런 남자는 두 명밖에 짚이지 않는다. 아니, 아스라스는 계속 우리와 함께 있었다. 그리고 온몸이 흉터투성이 정도는 아니다.

그렇다면 후보는 한 명뿐이다.

"제로스리드?"

"프란도 그렇게 생각하나? 아무래도 제로스리드가 매그놀리아 가문을 습격해 로미오를 납치해간 모양이야. 우리가 도착했을 때는 경비병이 괴멸돼 시체가 잔뜩 쌓여 있었어."

제로스리드는 뮤렐리아의 동료였지만 마지막에 배신했을 텐데? 그 녀석이 왜 로미오를? 뮤렐리아에 대한 해코지 같은 건가?

아니면 뭔가 다른 이유가 있나?

『……이유는?』

"모른다."

『그렇겠지.』

"울시의 코로 뒤를 쫓을 수 없나?"

"끄응."

아무리 울시라도 그건 무리다. 설령 매그놀리아 가문에서 찾아가려 해도 제로스리드는 전이도 쓰고 며칠 지나면 냄새도 사라진다.

"그런가…… 아쉽지만 여기까지로군."

"그러면 현상금이라도 걸어볼까요? 이미 수배돼 있지만 다시 고지하면 괴롭힘 정도는 되겠죠."

"그렇군."

현상금을 거는 건 메아와 쿠이나에게 맡기는 편이 나을 것이다. 그렇게 되자 우리에게는 정말 방법이 없었다. 상당히 찝찝하지만 로미오라는 소년에 관해서는 여기서 마무리 짓자.

"응……."

프란도 신경 쓰일 것이다. 그러나 이 이상 어떻게 할 수 없다는 것을 알고 있다.

『어쩔 수 없어. 만약 앞으로 제로스리드를 만나게 되면 물어보자. 뭐, 순순히 말해주지는 않겠지만.』

"응!"

사실 그런 괴물은 두 번 다시 만나고 싶지 않다. 다만 녀석과는 이미 두 번 만났다. 바르보라, 그리고 이번. 두 번 일어나는 일은 세 번도 일어난다고들 하니 방심은 할 수 없다.

"그 녀석을 날려버리고 자세한 이야기를 들을 거야."

교섭이라는 두 글자는 없는 모양이다. 아니, 키아라 일도 있으니 프란에게는 완전한 적일 것이다. 제로스리드에게 교섭이 통한다고는 생각할 수 없으니 결국 전투가 벌어지겠지만.

『그때는 더 강해져야지.』

"응."

프란은 의욕 가득한 얼굴로 고개를 끄덕였다.

제4장 메아와 프란

"그럼 스승, 여기에 키아라 스승을 부탁한다."

『그래.』

야외에서 가진 보고 모임이 끝난 후, 우리는 메아와 함께 왕도에 들어와 있었다.

그 줄에 다시 서야 하나 생각했지만 역시 왕족. 전용 입구가 있어서 바로 왕도에 들어올 수 있었다.

맞이해준 것은 키아라 담당 시녀였던 미아노아다. 그녀는 한발 먼저 왕도로 돌아와 보고를 마친 모양이다. 동시에 키아라의 장례 준비를 진행하기도 한 듯했다.

준비되어 있던 관에 차원 수납에서 꺼낸 키아라의 유체를 뉘였다.

피는 깨끗하게 정화되었지만 엉망인 옷에 그 격전의 여운이 남아 있었다.

"키아라……."

"키아라 스승님……."

프란도 메아도 그것을 보고 다시 눈시울을 붉혔다.

하지만 미아노아와 쿠이나는 표정을 바꾸지 않았다. 슬프지 않을 리가 없다. 그러나 그녀들이 가진 왕궁 시녀로서의 긍지가 슬픔을 겉으로 드러내는 것을 허락하지 않는 거겠지. 프로구나.

그 후 장례 예정을 들었는데, 내가 상상했던 장례와는 많이 달랐다. 아니, 애초에 내가 가진 이미지는 불교식, 아니면 영화에서 본 서양식 장례다.

그러나 이곳은 종교관도 생사관도 전혀 다른 이세계다. 장례식 형태가 전혀 다른 것은 당연했다. 게다가 인간이 아니라 수인식 장례다.

우선 가장 중요한 것이 죽음을 맞이한 직후라고 한다. 혼이 육체를 빠져나가 하늘로 올라가는 순간이기 때문이라고 한다. 지구와 달리 영혼의 존재가 확인된 이 세계에서는 간병인이 행복한 내세를 기도하는 게 가장 중요한 듯했다.

어떤 의미에선 죽음을 지켜보는 것이 장례식과 같은 취급이라는 뜻이다. 그 후 영혼이 빠져나간 뒤의 텅 빈 그릇으로 유체가 남는다. 아무리 그래도 방치하지는 않지만 그 중요도는 상당히 낮았다.

방치하지 않는 것은 고인에 대한 마음과 함께 언데드화를 막기 위해서이기도 하다. 강한 모험가는 강력한 언데드가 되기 때문이다.

그래서 유체는 가지고 돌아갈 수 있으면 가지고 돌아가고, 불가능하면 그 자리에서 태워 묻는다. 뼈도 회수하지 않는다고 한다. 원형이 그다지 남아 있지 않으면 이제 유체라는 감각조차 없어질 것이다.

유체를 가지고 돌아간 경우에는 언데드화를 막는 의식을 펼치고 땅에 묻는다고 한다. 다만 장례의 주역은 고인이 아니라 산 사람이다.

지구에서도 장례는 유족이 마음을 정리하기 위한 것이라는 말을 들은 적이 있는데, 이 세계의 장례가 바로 그렇다. 관에 들어간 고인의 유체를 눈으로 봄으로써 그들이 죽었다는 사실을 참석자가 이해하고 상실감을 이겨내기 위한 힘이 되는 것이다.

그러나 부장품이나 헌화 같은 것은 전혀 없다. 내세에 가져갈 수 없기 때문이다. 내세의 행복을 다시 기도하는 의식은 하는데, 그것을 하는 건 승려가 아니라 친족이나 친구다.

그렇다, 이 세계에서는 장례에 신관 같은 사람이 전혀 관여하지 않는다. 죽을 때 이미 혼은 신의 곁으로 떠났다. 신관이 불려 올 필요가 없다.

그것 역시 지구와 다른 점일 것이다.

"키아라 님의 장례는 4일 후에 치러집니다. 수왕 폐하가 귀환하신 다음 날 할 예정입니다."

"뭐? 아버지에게 연락이 된 거야?"

"네. 원거리 통화 마도구는 대륙 사이에서는 쓸 수 없고 바샬이 도청할 가능성도 있기 때문에 모험가 길드의 매를 썼습니다. 이미 귀환하고 계십니다."

다른 대륙에서 사흘 만에 돌아오는 건 빠르지 않나? 상당히 강행군으로 돌아오고 있을 것이다. 뭐, 자기 나라가 전쟁을 치렀으니 당연하지만.

이번에는 완전히 수왕이 없는 틈에 당하고 말았다. 아니, 평소라면 그래도 문제없을 것이다. 바샬 왕국에 군사력으로 압도적인 우위를 점하고 있기 때문이다.

이번 역시 북쪽에서 기습만 없었다면 압승이라 해도 좋을 결과였다. 뭐, 그 기습이 문제였지만.

"프란 님은 어떻게 하시겠습니까? 바로 크란젤 왕국으로 돌아갈 예정이 있으시다면 수왕님이 귀환에 이용하는 쾌속선에 승선할 수 있도록 수배하겠습니다. 수왕님을 그레인실에 내린 후 바로 바르보라로 돌아갈 예정입니다."

"응. 부탁해."

"알겠습니다. 그럼 이쪽에서 일정을 조정하겠습니다."

미아노아의 말에 고개를 끄덕이는 프란. 그것을 듣고 당황한 것이 나다.

『이, 이봐. 키아라의 장례에 참석하지 않아도 되겠어?』

"응? 괜찮아."

아, 그런가. 아직 지구 감각이 사라지지 않았다. 프란은 키아라의 임종을 지켜봤으니 이제 와서 장례에 참가할 의미가 없을 것이다. 그것을 확실하게 구분 짓는 건 대단하다고 생각하는데, 수인들에게는 당연한 감각인 듯했다.

메아도 쿠이나도 키아라의 장례에 참가하지 않는다는 프란의 말에 전혀 반응하지 않았다. 아니, 메아는 수왕과 교대로 이곳을 떠난다는 프란의 말을 듣고 침울해졌지만.

"으으, 프란. 좀 더 머물러도 되지 않나?"

"미안. 약속이 있어."

『크란젤 왕국에서 경매에 참가해야 하거든.』

"그런가……. 그거 서둘러야겠군. 그런가…… 그런 건가."

"아가씨. 그렇게 침울해하시면 프란 씨가 떠나기 힘들지 않습니까."

"으, 응."

191

"그리고 아직 며칠 남았습니다."

"그, 그렇지! 그동안 많이 놀면 되는 거다!"

쿠이나의 메아 조종술은 대단하군. 메아의 기분이 순식간에 돌아왔다.

이미 프란이 메아에게 어울리는 게 결정된 것 같은 분위기인데…….

"응. 놀자."

프란도 마음이 내키나 보다. 처음 생긴 절친이니 말이다.

여러 추억이 생기면 좋겠군.

"그래! 프란이여. 아직 숙소는 정하지 않았지?"

"응."

"그렇다면 왕궁에서 묵어라! 방을 준비시키겠다! 어차피 방은 남아도니 말이야! 신경 쓸 것 없다!"

"아가씨. 밤에도 놀고 싶으니 왕궁에 묵어줬으면 좋겠다고 제대로 부탁하셔야죠."

"뭐……?! 아, 아니다! 바, 방이 남기 때문이다……!"

쿠이나가 여전히 츤데레인 메아를 괴롭히며 놀고 있군.

『메아가 상관없다면 부탁해.』

"그, 그래! 그렇게까지 말한다면 할 수 없군!"

"스승 씨. 감사합니다."

『메아와 오래 같이 있으면 프란도 기쁘니까. 그렇지?』

"응."

"후하하하! 쿠이나! 가장 좋은 방을 준비해라!"

"알겠습니다."

『아냐 아냐! 보통 방이면 돼!』

"그러면 아가씨 옆방으로 하겠습니다."

"음! 그게 좋다!"

"응."

이거 프란도 메아도 며칠 동안 수면 부족에 시달릴 것 같군.

왕도 베스티아에서 보내는 첫날은 순식간에 지나갔다.

기운이 남아도는 돌격 계열 수인 소녀가 두 명이다. 얌전히 있을 수 있을 리가 없다. 식사에 관광. 그리고 모의전을 벌였다.

왕성으로 안내돼 우선 그대로 훈련장으로 직행했다.

어느 쪽의 얼굴에도 의문의 빛은 조금도 없다. 프란과 메아에게 이 흐름은 지극히 자연스러운 일일 것이다.

순식간에 모의전이 시작되고 말았다. 이 두 사람의 모의전도 대개 격렬하다.

아스라스와 벌인 모의전 정도는 아니지만 왕성의 훈련장이 엉망이 됐다.

지면도 벽도 구멍투성이에 곳곳에 참격 자국이 남거나 열기에 녹았다.

아무리 그래도 미안하다는 생각이 들어서 대지 마술로 고치려고도 했지만 마술을 방해하는 특수한 자재를 썼는지 제대로 되지 않았다.

"후하하! 프란과의 모의전은 역시 가슴이 뛰는군!"

"응!"

본인들은 진한 내용의 모의전에 만족하는 것 같지만.

애초에 우리가 스킬을 다룰 수 있도록 하기 위한 훈련이라고 했는데 열이 오른 메아가 본 실력을 내기 시작했다. 화염 마술도 스킬도 마구 날려대기 시작해서 상당히 힘들었다.

쿠이나가 말려주지 않았다면 왕성이 더 큰 피해를 입었을 것이다.

덕분에 스킬의 숙련도가 크게 올랐지만.

특히 육체 조작법은 상당히 숙달됐을 것이다. 그리고 화염에 대한 판단력이 좋아져서 화상 내성이라는 스킬을 습득한 건 애교이려나.

첫날 최대 이벤트는 왕도 신전을 방문한 것이리라.

관광 도중에 우연히 그 앞을 지나갔다. 그리고 전직할 수 있는 직업을 확인해보자는 이야기가 나왔다.

솔직히 메아에게 들을 때까지는 깜빡 잊고 있었지만 생각해보면 우리는 다양한 스킬을 습득했다. 새 직업이 나타날 가능성이 있었다.

저번에 확인한 건 무투 대회 전이다. 그때는 마도 전사 이상의 직업을 고를 수 없었다. 애초에 우리가 직업을 떠올리지 못한 것은 현재 직업인 마도 전사가 지극히 유용한 직업이었기 때문이기도 하다.

고유 스킬인 마력 수속은 비교적 마술에 약한──뭐, 나에 비해서 그렇다는 의미지만──프란의 단점을 보완해주는 고마운 스킬이었다. 직업적으로도 물리, 마술 양쪽에 보정이 들어가기 때문에 양쪽을 다루는 프란이 불만스러워할 점이 전혀 보이지 않는 직업이기도 했다.

하지만 이번 격전으로 성장한 지금이라면 더 상위 직업을 고를 수 있을 가능성도 있다.

확인해도 손해 볼 일은 없었다.

직업을 변경하기 위한 방에는 헌금을 하면 들어갈 수 있었다.

석판이 놓여 있고, 그곳을 만지면 석판 위에서 전직 가능한 직업을 고를 수 있게 되어 있다. 이 방에는 신전을 관리하는 사람이라도 청소를 할 때 외에는 들어오는 것이 허락되지 않아 비밀이 완벽하게 지켜지는 구조다.

마술이나 마도구로 들여다보는 것도 가능할지도 모르지만 그런 짓을 저지르는 녀석은 없을 것이다. 신전이기 때문이다. 누구든 엉뚱한 짓을 저지르다 신벌을 받고 싶지는 않을 테니 말이다.

『여러 개가 표시되네.』

"응."

석판에 표시된 직업은 처음 보는 것부터 본 적 있는 직업까지 50개에 가까웠다. 보통은 어느 정도인지 알 수 없지만 많다는 것은 알 수 있었다.

『터치하면 직업의 해설까지 표시될 줄이야, 빈틈이 없군. 3천 골드나 헌금한 값어치를 해.』

자, 마음대로 고를 수 있는 상황이지만 신경 쓰인 것은 다섯 종류다.

첫 번째는 전부터 노렸던 직업 '검왕'이다. 이 싸움에서 성장한 덕분인지 선택할 수 있게 됐다. 완력 상승, 검술 강화, 검기 강화에 고유 스킬 '검신화'를 얻을 수 있는 검 특화형——아니, 검을 극한까지 단련한 자만이 도달할 수 있는 직업이다.

수왕이 창왕이라는 직업을 얻었는데 그것과 동격으로 보였다. 즉 랭크 S 모험가가 얻는 직업이라는 뜻이었다. 압도적인 제1 후보라고 할 수 있다. 하지만 그 밖에도 흥미로운 직업이 있었다.

그중 하나가 성전사다. 왠지 오라의 힘으로 거대화할 것 같은 직업인데, 그 스킬이 꽤 재미있다. 파사 강화, 사인 특공이라는 대 사인 스킬을 얻을 수 있는 데다 '성갑옷'이라는 고유 스킬을 습득할 수 있었다. 고유 스킬의 자세한 내용까지는 알 수 없지만, 이름으로 보아 대 사인용 스킬일 것이다.

이후 제로스리드와 만났을 때 등 강력한 사인과 싸울 때는 든든할 직업이다.

『그리고 마술 전반에 보정을 받는 대마도사도 재미있겠어. 여러 마술을 기동할 때 부담이 줄어드는 것 같아.』

고유 스킬은 없지만 프란도 마술 여러 개를 동시에 쓸 수 있게 될 것이다.

"이 천인(天忍)도 대단해."

『그렇지? 민첩이 극대 상승하는 데다 감지 계열, 은밀 계열 스킬에 보정, 게다가 고유 스킬 '시공 감지'도 있어. 전이 등에도 반응할 수 있게 될 거야.』

속도 특화형인 프란과 상성이 좋고 스킬의 안정도가 떨어진 지금의 우리에게 감지 계열, 은밀 계열에 대한 보정은 상당히 고맙다.

『그리고 마지막 후보가 천마투사네.』

"응."

모든 스테이터스 상승, 위압 스킬 효과 상승, 무술, 무기, 마술 스킬에 대한 보정이 붙는 상당히 균형 좋은 직업이다. 아무래도 전사 계열, 마술사 계열 양쪽에 적성이 높으면 나타나는 직업인 모양이군. 고유 스킬은 없지만 전체 능력을 모두 상승시켜주는 직업이기도 했다.

『검왕, 성전사, 대마도사, 천인, 천마투사인가. 프란은 어떤 게 좋아?』

"……검왕!"

뭐, 그렇겠지. 평범하게 생각하면 검왕이겠지. 프란은 마술보다 검술을 좋아하고.

『그럼 검왕으로 하자.』

"응."

프란이 검왕을 선택한 순간이었다.

온몸이 하얀 빛에 둘러싸이고 엄청난 마력이 뿜어져 나왔다. 다만 불쾌한 느낌은 들지 않았다. 부드럽게 감싸는 듯한 따뜻한 마력이다.

"오오."

『괜찮아?』

"응. 힘이 솟아올라."

감정해보니 직업이 제대로 검왕으로 변경되어 있었다. 스테이터스도 상승했다. 고유 스킬인 검신화도 얻었다.

다만 안 좋은 면도 물론 있었다. 마력이 약간 감소하고 고유 스킬 마력 수속을 잃고 말았다. 검사로 능력이 대폭 강화된 대신 프란 자신의 마술사용 능력은 확실하게 내려갔을 것이다.

나와 프란의 역할이 보다 명확해졌다고 생각하면 되나. 우선은 프란이 물리 쪽, 내가 마술 쪽을 담당하는 형태가 될 것이다.

『자, 이렇게 되니 검신화의 효과를 알고 싶은데…….』

검신화 : 사용자에게 검의 신의 힘을 내린다.

감정해 봐도 검신화의 능력을 모르겠다. 신이라는 글자가 들어가는 스킬은 전부 이런 건가?

다만 자세한 이야기를 들을 수 있을 만한 상대가 있다. 메아다. 그녀의 아버지인 수왕 리그디스가 창신화 스킬을 가지고 있다. 알고 있을 가능성은 높을 것이다.

프란이 검왕이라는 직업을 얻은 사실을 드러내게 되겠지만 상관없다. 애초에 프란은 메아에게 직업을 가르쳐주겠다는 약속을 했기 때문이다. 실은 프란보다 먼저 메아가 직업을 변경했고, 그녀에게 직업을 서로 가르쳐주자는 제안을 받아 승낙했다.

직업 변경실을 나가자 메아가 들뜬 얼굴로 맞이해줬다.

"프란! 좋은 직업은 있었나?"

"응. 최고가 있었어."

"오오! 그거 기대되는군! 일단 왕성으로 돌아갈까!"

아무리 그래도 이런 장소에서 이야기할 내용은 아닐 것이다. 우리 외에도 사람이 잔뜩 있으니 말이다.

왕성으로 돌아가서 즉시 서로의 새 직업을 밝혔다. 비밀을 가르쳐주는 느낌을 동경하는 듯했다. 둘 다 즐거운 것 같다. 뭐, 내용은 살벌하지만.

"내 직업은 염멸(焰滅)기사라는 상위직이야."

"멋있어."

"그렇지?! 다루는 화염의 위력이 상승하고 기사로서의 능력도 대폭 상승하는, 내게 어울리는 직업이다!"

원래는 화염기사라는 상위직이었다고 한다. 이 염멸기사라는 것은 그보다 더 위에 위치하는 직업인 듯했다.

얼굴에 기쁨의 빛을 띠는 메아.

그러나 쿠이나가 여전히 냉정한 어조로 그 기쁨에 찬물을 끼얹었다.

"하지만 주의도 필요합니다."

『주의?』

"멸이라는 글자가 붙는 직업에 보이는 특징입니다만, 공격력은 상승하는데도 불구하고 제어력이 따라가지 못합니다. 그 결과 오폭이나 자폭을 일으킬 위험성도 높아집니다."

우와, 엄청 성가신 직업이잖아. 메아는 안 그래도 불꽃의 제어가 떨어지는 이미지였는데 더 불안정해졌다는 뜻이지?

"아가씨, 앞으로 보다 신중하게 행동해주십시오."

"나, 나도 안다!"

"정말인가요? 지금까지도 일을 엄청나게 저질렀습니다. 앞으로는 더 주의해야 합니다."

불꽃의 제어에 관해 쿠이나에게 설교를 잔뜩 들은 메아는 이야기를 돌리기 위해선지 다급한 기색으로 프란에게 말을 걸었다.

"그래서 프란은 어떤 직업을 얻었지?"

메아에게 질문을 받은 프란은 늘 보이는 태연한 태도로 대답했다.

"응. 검왕."

"풋!"

프란이 고개를 끄덕이며 자신의 직업을 말한 순간이었다. 메아가 입에 머금고 있던 차를 성대하게 뿜었다. 아 진짜, 프란의 얼굴이 차로 더러워졌잖아.

내가 프란의 얼굴을 천으로 닦아주고 있는데 메아가 살짝 떨리는 목소리로 프란에게 다시 물었다.

"어, 어떤 직업을 얻었다고?"

"검왕."

"자, 잘못 들은 게 아니었던 건가!"

"설마 왕급 직업일 줄이야……."

메아뿐만 아니라 쿠이나도 내가 표정을 알아볼 수 있을 정도로 놀라고 있었다.

『왕급 직업이라는 건 뭐야?』

"전투 계열 직업 중에서 최상급에 위치하는 직업입니다. 검왕이나 창왕 등의 전사 계열 직업 외에도 화염왕이나 폭풍왕과 같은 마술 직업도 존재한다고 합니다."

"아버지 이외에 실제로 본 건 네가 두 번째지만……."

상상 이상으로 고위 직업이었던 모양이다.

『왕급 직업이라…….』

"검왕이라면 검신화를 얻었나?"

"응."

역시 알고 있나. 아니, 즉시 물었으니 무시할 수 없는 강력한 스킬이라는 뜻이겠지? 메아의 눈은 무서울 만큼 진지했다.

"잘 들어. 쓸 때는 세심하게 주의를 기울여라. 특히 처음 쓸 때는 주위에 사람이 없는지 확인해."

『그렇게 위험한 스킬이야?』

"위험하다. 제어에 실패하면 자신도 동료도 그냥 넘어가지 않아."

메아가 이렇게까지 말할 정도인가…….

"계통으로 말하자면 자기 강화 스킬이 될 거다. 하지만 너무 강력해서 제어가 아주 어려워. 아버지도 그래서 실패를 한 적이 있다고 해."

"실패?"

"수왕 폐하는 동료를 죽이셨습니다. 창신화를 처음 발동시켰을 때 당시 파티 멤버 중 한 사람을……."

이봐, 동료를 죽이는 건 너무 살벌하잖아.

대체 어떤 스킬이지?

"검신화와 창신화가 동일한 스킬이라는 전제로 이야기를 계속하지."

『그렇구나. 이름은 비슷해도 효과가 전혀 다른 경우도 생각할 수 있나…….』

"음."

하지만 같을 가능성이 높으니 창신화 이야기는 꼭 들어야 할 것이다.

"창신화는 일시적으로 사용자를 강화하고, 동시에 장비하는 창에 신 속성을 부여하는 스킬이다."

『신 속성?』

"음. 나도 그렇게까지 자세하게는 모르지만 이 세상 모든 것에 우위를 가지는 궁극의 속성이라고 한다.”

신 속성. 신의 속성이라는 건가? 그리고 보니 화염 무효화를 가지고 있어도 신염은 무효화할 수 없다는 이야기를 어디선가 들은 적이 있다. 신 속성의 불꽃이라서 그럴지도 모른다.

“신 속성을 가진 무기라면 보통은 벨 수 없는 유체를 베고 파사로만 쓰러뜨릴 수 있는 사귀를 쓰러뜨리며 물리 무효화를 가진 점정도 두 동강을 낼 수 있다.”

『어떤 속성, 무효화라도 무시할 수 있다는 거야? 그, 그거 파격적인 능력인데.』

말하자면 어떤 상대든지 검으로 쓰러뜨릴 수 있게 된다는 뜻이다.

“하지만 신 속성의 엄청난 점은 내성 무시뿐만이 아니야. 아까도 말했지? 모든 것에 우위를 가진다고. 즉 마치 약점 속성으로 공격한 것처럼 큰 대미지를 줄 수 있다는 거다.”

내성 무시뿐만 아니라 항상 상대에게 약점을 부여한다는 건가?

“소문으로는 신 속성에 대한 내성 스킬도 있다고 하지만, 신 속성 이상으로 희귀할 거야.”

“어째서?”

“보통 내성 스킬은 그 공격을 계속 받아내서 얻잖아? 내성 스킬을 얻을 만큼 신 속성 대미지를 계속 입는 건 보통이라면 무리지. 신 속성을 그 몸에 몇 번이고 받을 기회가 그리 없을 테고, 있어도 내성을 얻기 전에 죽을 거야.”

“그렇구나.”

“아버지는 용이 동료를 삼켜서 어쩔 수 없이 시험도 해보지 않은 창신화를 사용했다고 해. 그 스킬에 일말의 희망을 걸었을 거야. 그리고 아버지의 공격은 멋지게 용을 죽이는 데 성공했어. 먹힌 동료도 같이 죽였지만."

창신화가 너무 강력해서 수왕이 던진 창은 용을 가볍게 관통해 그대로 동료의 반신도 날려버렸다나. 그것에 지금도 통한의 사건이 되어서 수왕은 주위에 동료나 부하가 있을 때는 창신화를 쓰지 못한다고 한다. 무리도 아니군.

"그 당신 아버지가 썼던 건 오리하르콘제 창이었다고 해. 그것으로 위협도 B의 마수를 순식간에 죽였어. 스승 정도의 검이 검신화의 효과로 강화된 경우——어떻게 될지 상상도 안 가. 그야말로 주위의 지형이 바뀌는 일이 일어나도 이상하지 않을 거야."

으음. 직전에 넘출 생각이었다가 여파로 죽이는 일이 아무렇지 않게 일어날 것 같았다.

"아아, 그리고 내구도에도 주의해야 해. 무기에 막대한 부하를 준다고 하니까. 오리하르콘제 창도 2초 정도 사용하고 산산조각이 난 모양이야."

그, 그렇군……. 하지만 당연하다고 하면 당연할지도 모른다. 무리하게 강화된다는 건 그만큼 부담이 걸린다는 뜻이기 때문이다.

내가 산산조각 나는 모습을 상상하고 무심코 몸을 떨고 말았다.

『장시간 사용을 피하지 않으면 위험하다는 건가.』

"음. 아무리 스승이라도 방심하면 큰코다칠 거다. 그리고 사용자에게도 부담이 생긴다고 해. 오랜 시간 사용하려 해도 사용할 수 없을 거야. 아버지조차 10초가 한계라고 한다."

결국 승부를 결정짓는 순간에 한순간 발동하는 방법이 될 것 같군. 그것도 한 번 써보고 나서 결정해야 하겠지만.

『어디서 시험해봐야겠어.』

"응."

그건 그렇고 잠재 능력 해방과 섬화신뢰에 이어 또 몸을 축내는 타입의 스킬인가…….

게다가 우리의 경우에는 일반적인 과정을 건너뛰어 스킬을 습득했다. 그 탓에 몸도 스킬도 제어력도 필요한 수준을 채우지 못했다.

일반적으로 습득한 사람들에 비하면 부담이 클 것은 명백했다. 그 결과 몸이 축나게 되고 말았다.

그래도 프란과 나를 동시에 강화할 수 있는 건 솔직히 고맙다. 경우에 따라서 섬화신뢰와 구분해 쓰는 형태가 되려나?

『얼른 시험해보자.』

"응."

"그러면 왕도 밖으로 나가자. 성의 훈련장이라도 조금 불안하니."

"그러네요. 이 이상 훈련장을 구멍투성이로 만들면 기사들이 울 테니까요."

"자, 자아! 가자!"

"응."

"아니요, 아가씨는 여기 계세요."

"어, 어째서냐!"

"무슨 일이 일어날지 알 수 없습니다. 그런 곳에 아가씨를 가까이 가게 할 수 없습니다. 그리고 아가씨에게 만약의 경우가 생기면 프란 씨에게도 폐를 끼치게 될 겁니다."

"크으으……."

검신화는 위험할지도 모른다는 이야기를 방금 했다. 종자로서
는 막을 수밖에 없을 것이다. 그러나 메아가 포기하는 기색은 보
이지 않았다.

"그, 그러면 성 사람들에게 말해두면 된다! 내게 무슨 일이 있
어도 프란을 비난하지 말라고!"

좋은 생각을 떠올렸다는 듯한 표정으로 메아가 외쳤다. 그리고
프란의 어깨를 안고 함께 걷기 시작해 잰걸음으로 쿠이나의 앞에
서 물러나려 했다.

"프란, 가자!"

뭐, 그렇게 도망칠 수 있을 리도 없지만.

"기다리세요."

"으극! 이게! 놔!"

"놓으라고 하셔도 놓을 수 없습니다. 좀 더 생각하고 발언을 하
십시오."

"끄윽! 아야야야야!"

『저, 저건 환상의 필살 홀드! 파○ 스페셜(일본 만화 〈근육맨〉에 나오
는 워즈맨의 필살기 파로 스페셜을 말한다)!』

"파로……?"

『아, 아니, 아무것도 아냐.』

저, 저 기술을 실전에서 쓸 수 있을 줄이야…….

"끄윽! 못 풀겠어……."

"후후후. 이것이야말로 왕궁 시녀 사이에 내려오는 대 버릇없
는 왕족용 최종 오의. 다리의 클러치와 어깨의 조이는 방법이 중

요 포인트입니다.”

　시녀에게 눌려 엄청난 자세로 신음하는 왕녀. 초현실적이로군.

　『프란, 메아는 무리인 것 같아. 우리끼리 가자.』

　“응. 알았어.”

　“다녀오십시오.”

　“프, 프란! 기다려! 기다려라!”

　메아가 한심한 목소리로 프란을 붙잡았다. 하지만 프란은 미안
하다는 듯이 고개를 저었다.

　“쿠이나 말대로 검신화는 위험할지도 몰라. 그러니까 우리끼리
갈게.”

　“으으으…….”

　프란에게 그런 말을 들으니 메아도 고집을 부릴 수 없는 모양
이다. 아쉬운 얼굴로 입을 다물었다.

　“갔다 올게.”

　“나중에 얘기 들려줘~!”

　붙들린 메아의 전송을 받으며 우리는 왕성에서 밖으로 나갔다.

　그리고 왕도에서 수십 분 거리에 있는 황야에 도착했다. 혹독
한 환경이라서 마수도 적고 모험가도 그다지 접근하지 않는 장소
라고 한다.

　만약을 위해 살펴봐도 주위에 인기척은 없었다. 우리뿐 아니라
울시도 확인했으니 완벽하다.

　여기라면 약간의 피해는 문제없을 것이다. 아마도.

　『프란, 준비는 됐어?』

　“응. 스승도 괜찮아?”

『그래. 자기 수복과 순간 재생은 전력으로 발동할 준비를 했어.』

이건 내구도 감소 대책이다. 아무리 그래도 몇 초 발동하다가 파괴될 일은 없다고 생각하지만……. 오리하르콘제 창이 망가졌다고 했으니 나도 방심은 할 수 없다.

일단 처음에는 몇 초만 발동해볼 예정이었다.

"그럼 할게."

『그래! 와봐!』

"……검신화 발동."

『우, 우오오오오오오오오오오오오오오오!』

뭐, 뭐야 이건!

엄청난 힘이 내 도신에 깃든 것을 알 수 있었다. 그렇다, 깃들었다.

평소처럼 내 안에서 용솟음치는 것도, 프란에게서 흘러들어오는 것도 아니다.

어디선가 갑자기 내려왔다. 그런 느낌이다.

그래서일 것이다. 제어가 이상하게 어려운 듯했다.

출력이 전혀 안정되지 않는다. 내가 단련이나 수행 끝에 얻은 것이 아니라 빌린 힘이기 때문에 익숙해질 때까지는 허둥댈 것 같다.

하지만 내게 깃든 힘이기 때문인지, 프란뿐만 아니라 나도 이 힘에 간섭할 수 있을 것 같았다. 둘이서 제어하면 어떻게든 될지도 모른다.

이 힘에서 사악한 느낌은 들지 않았다. 오히려 신성함마저 느껴지는 힘이다.

나는 여기에 가까운 힘을 한번 느낀 적이 있다. 키아라가 죽기 직전 전력을 짜내 날린 흑뢰신조에서 느낀 것과 같은 종류의 감각이었다.

다만 그때 키아라에게서 나온 힘보다 훨씬 거칠었다.

『크으으으으!』

내 도신 안에서 날뛰는 힘을 필사적으로 제어했다. 수왕은 이 힘을 혼자 제어하고 있는 거지? 역시 랭크 S 모험가의 힘은 바닥이 보이지 않는다.

그리고 직접 프란이 스킬을 정지시켰다. 동시에 내 도신에서 소용돌이치던 힘도 사라졌다. 역시 갑작스러웠다.

『……프란, 괜찮아……?』

"응……."

고개를 끄덕였지만 프란의 이마에는 구슬 같은 땀이 맺혀 있었다. 어깨를 크게 들썩이고 있으니 상당히 지쳤음은 틀림없으리라.

우리를 더욱 괴롭게 만드는 것은 엄청난 위화감이다.

스킬로 인해 강제적으로 주어진 힘이 해제와 함께 완전히 사라지고 말았다. 이건 익숙해질 때까지 상당히 힘들 것 같다.

『프란, 한 번 더 하는 건──무리야.』

"……미안."

『프란 탓이 아냐.』

검신화를 몇 초 사용하기만 했는데 프란의 체력이 완전히 바닥났다.

그저 사용했을 뿐이다. 전투는커녕 한 걸음도 움직이지 않았는데 이렇게나 체력을 소모하고 말았다. 메아가 말한 대로 이 스킬을 오랜 시간 사용하는 건 불가능할 것이다. 오히려 수왕은 용케 10초나 썼다.

"스승은 어때?"

『나도 넉넉잡아 5초 이상은 위험하다고 생각해.』

검신화 때 내게는 강대한 힘이 깃들어 있었다. 그것이 신 속성이라는 것이리라. 단지 이상한 속도로 내구도가 줄어들었지만 말이다.

잠재 능력 해방보다 위험할지도 모른다. 고작 1초에 내구도가 1000 이상이나 줄어들었다. 기술도 쓰지 않고 그저 프란의 손에 들려 있었을 뿐이다.

10초나 발동하면 확실히 고철이 될 것이다.

『조금 쉬고 다시 한번 시험해보자. 이번에는 공격을 해보자.』

"응!"

한 시간 후.

휴식과 포션과 카레로 체력을 회복시킨 프란은 다시 검신화를 시험하기로 했다.

『결국 내가 어디까지 견딜 수 있느냐가 관건이야.』

"진짜 괜찮아?"

『뭐, 몇 초라면 어떻게든 될 거야.』

프란이 불안해 보이는 얼굴로 나를 바라보고 있는 데는 이유가 있다.

검신화로 받은 내 대미지가 순간 재생 스킬을 써도 한 번에 회복되지 않았기 때문이다. 마치 아리스테아가 수복해주기 직전처럼 수복이 천천히 진행되기만 했다.

검신화로 무기에 실리는 부담이 그만큼 심각했다는 뜻일 것이다. 또한 신 속성으로 인한 약점 대미지도 이유 중 하나로 보였다.

그거다, 슬라임이 약점인 불에 태워져 재생 속도가 느려지는 것과 비슷한 느낌? 완전히 회복하는 데 한 시간이나 걸리고 말았다.

역시 검신화를 실전에서 쓰는 경우에는 주의가 필요할 것이다. 바로 아리스테아에게 돌아가는 사태는 일으키고 싶지 않다.

『그럼 해볼까.』

"응!"

이번에는 공격도 펼쳐볼 생각이다. 대지 마술로 미리 표적을 만들어뒀다.

직경 10미터 정도의 바위 다섯 개를 같은 간격으로 설치했다.

"간다?"

『그래! 와!』

"검신화!"

『크ㅇㅇㅇㅇㅇㅇㅇ!』

왔다 왔다 왔다! 왔어, 왔다고! 그 감각이다! 거친 힘이 내 도신에 깃들어 날뛰듯이 소용돌이치고 있다.

『프란! 내게 몰려온 힘은 이쪽에 맡겨! 자신에게 내려온 힘의 제어에만 전력을 기울여!』

"……응!"

프란은 괴로운 얼굴로 가볍게 고개를 끄덕이고 한 걸음을 내딛었다.

바로 그 순간 기척이 바뀌었다.

어? 뭐지? 프란인가?

외모는 그대로인데 다른 사람으로 바뀐 듯한 엄청난 위화감. 무심코 프란을 올려다보고 말았다. 하지만 프란은 오로지 앞을 보고 있었다.

프란은 그대로 앞을 향해 나아가 바위에 위쪽에서 나를 내리쳐 두 동강으로 만들었다. 그것을 다섯 번 반복했다.

그저 그뿐인 일. 아무것도 특별하지 않다. 기초라고도 할 수 있는 보법과 참격.

하지만 나는 그 움직임에 살짝 오싹한 무언가를 느꼈다.

검인 내가 느낄 리가 없는 등줄기가 오싹해지고 피부에 소름이 돋는 듯한 감각.

스포츠 만화 등에서 자주, 천재적인 선수의 움직임이 너무 매끄러워서 소름이 돋거나 기초가 너무 완벽해서 뚫리는 쪽 선수가 넋을 잃고 보게 되는 장면이 있다.

지금 내가 느낀 것은 그야말로 그 감각에 가깝지 않을까.

나는 검왕술을 습득했다. 상위자와의 싸움에서 경험 부족으로 인한 임기응변 차이나 스테이터스 차이, 강화 스킬의 차이로 지는 경우는 있어도 단순한 검의 기술만이라면 톱클래스일 테다.

하지만 지금 프란의 움직임을 보고 졌다고 생각했다. 졌다는 것을 이해할 수 있었다.

검왕술이란 검술, 검성술의 앞에 있는 최고의 스킬 아니었나?

프란의 참격을 본 뒤로는 도저히 그런 생각이 들지 않았다. 지금까지 자신을 가지고 있었던 우리의 검술이 어설픈 것이었다는 생각마서 하고 말았다.

검왕술을 얻었기 때문에 알 수 있는 차이. 이것이 평범한 검사라면 그저 빠르고 정확한 참격이라고만 생각했을 것이다.

하지만 나는──우리는 알았다.

프란의 안에 깃든 무언가가 펼친 단순한 참격의 위대함을.

그리고 검의 신이 보인 험한 길의 존재를. 얼마나 단련해야 도달할 수 있을지 알 수 없는 끝없는 검리의 끝이다.

프란이 검신화를 해제한 직후 신 속성이 맥없이 사라지고 프란의 기척이 돌아왔다.

프란은 말을 하지 않고 멍한 기색으로 그 자리에 서 있었다.

바위의 단면이 뜨거운 나이프에 잘린 버터처럼 이상하게 매끄러운 것도 눈치채지 못하고, 그저 나를 쥔 자신의 손으로 시선을 떨어뜨린 채 거친 숨을 내쉬고 있었다.

"……지금 건, 뭐야……?"

『……모르겠어.』

마치 꿈이라도 꿨다고 생각할 만큼 덧없는 몇 초. 하지만 우리가 공유하는 놀라움과 체력 소모는 지금의 몇 초가 확실히 존재했다고 가르쳐주고 있었다.

과연, 자기 강화와 장비 무기의 강화. 말로 표현하면 그뿐인 스킬. 하지만 강화의 정도가 이상했다.

육체적인 스테이터스 상승뿐만 아니라 한계라고 생각했던 검왕술이 더 높은 곳으로 밀려 올라가 어떤 스킬도 사용하지 않은 나로 바위를 갈랐다.

있을 수 없는 현상이 일어났다.

『검의 신을 강림시키는 스킬인가……. 터무니없군.』

"응……."

강력한 스킬을 손에 넣었다? 확실히 그럴 것이다. 하지만 우리는 기쁨 대신 분한 감정을 느끼고 있었다. 조금이라도 들떴던 내가 부끄럽다.

『더 단련하자.』

"응!"

문득 생각했다.

혹시 검신화는 검왕술을 얻어 기고만장해진 자에게 '너는 신에 비하면 아직 멀었다'라고 훈계를 주기 위한 스킬이 아닐까?

『그래도 오늘은 이만 돌아가자. 솔직히 지쳤어…….』

정신적인 피로뿐만 아니라 실제로 내구도도 위험했다. 아무래도 아까보다 내구도의 회복이 느린 것 같다. 어쩌면 수치로 나타나지 않는 부분에서 소모가 일어났을지도 모른다.

그렇다면 검신화를 하루에 몇 번이나 쓰는 것은 위험했다. 기껏 아리스테아에게 얼마 전에 수리를 받았다. 검신화는 신중하게 쓰자.

"응. 알았어."

검신화를 처음 사용한 반동으로 아주 지친 것이리라. 프란도 순순히 동의했다.

하지만 프란의 투지는 더 불타올라 약간 호전적으로 변한 모양이다. 실망한 상태에서 반전해 의욕이 가득하다.

"더더욱 단련할래!"

프란은 그렇게 선언했다. 다만 그 바람에 약간의 투기가 새어

나왔나 보다.

모습은 소녀라도 그 존재감은 엄청나다. 프란은 짐말이 겁먹을 정도의 위험한 기척마저 내고 있었다. 주위를 걷던 모험가들이 놀라는 것을 알 수 있었다.

그것은 성의 문관들도 마찬가지였다. 메이드는 눈썹을 가볍게 움직이는 정도인데, 엇갈리는 문관들은 명백하게 굳은 얼굴을 하고 있었다. 역시 사신이라고 두려움을 받는 왕궁 메이드들이다.

프란을 방 앞에서 맞이해준 재상 레이몬드도 놀라고 있군.

"무, 무슨 일이 있었습니까?"

"응?"

『프란, 아까부터 의욕을 누르지 못하고 있어. 진정해.』

"……응."

겨우 차분해졌나. 도중에도 주의를 줬지만 조금 지나면 마찬가지로 투지가 겉으로 나오고 말았다.

"아니. 아무것도 아니라면 됐습니다. 실은 흑뢰희 님에게 의뢰가 있어서 왔습니다."

"의뢰?"

"네. 이 뒤에 치러질 예정인 위로 입식(立食) 파티에 관한 겁니다."

전승을 기념하는 파티라고 생각했는데 그렇게 성대한 건 아니라고 한다. 전승 기념 행사는 수왕이 돌아오고 나서 정식으로 열릴 예정인 듯했다.

다만 바샬 왕국전에서 초기부터 방어를 담당했던 부대가 일단 해산하게 되어 장군들이 왕도로 돌아왔다고 한다. 그래서 그들의 활동을 치하하는 간단한 식사 모임을 열게 됐다는 모양이다.

방어 부대가 일단 해산해도 괜찮은 건가 싶었지만, 이미 대신할 부대가 파견되어 바샬 왕국에 압력을 가하고 있는 듯하다. 그야 그렇겠지.

"그래서 그 위로회가 어떻다는 건데?"

참석하라는 건가? 하지만 그렇다면 의뢰라고 하지 않겠지? 식사 모임용 식재료의 확보인가?

고개를 갸웃거리는 프란에게 레이몬드가 꺼낸 것은 역시 의뢰를 하고 싶다는 말이었다. 게다가 프란에게 위로회에 참석해달라고 한다.

"……?"

위로회에 참석하는 정도는 딱히 의뢰라고 하지 않아도 괜찮지 않나…….

"아니요, 여기에는 깊은 사정이 있습니다."

"어떤?"

"확실히 위로회에 참석하기를 바라지만 그냥 참석하라는 건 아닙니다."

무슨 소리지? 호위를 하라는 건가?

"그 차림이 아니라 드레스를 입고 참석하기를 바랍니다.'

"드레스? 어째서?"

"뭐, 말하자면 네메아 전하 때문입니다."

레이몬드가 프란에게 의뢰의 진짜 목적을 가르쳐줬다.

아무래도 그는 메아도 드레스를 입고 위로회에 나오기를 바라는 모양이다. 하지만 수왕의 대리로 위로회에 참석하겠다는 약속은 받아냈어도, 드레스 차림을 하는 것만큼은 완강하게 승낙하지 않은 듯했다.

왕녀라기보다는 모험가로서, 전사로서 장군들을 치하할 생각일 것이다.

거기서 프란이 나설 차례가 된다.

"친구인 흑뢰희님이 드레스 차림으로 참석해준다면 공주님도 반드시 드레스 차림으로 참석하실 겁니다."

그렇군. 확실히 프란과의 커플 방어구나 공통점을 발견한 것만으로 그렇게 기뻐했던 메아다. 프란이 함께 드레스를 입겠다고 하면 거부하지 않을지도 모른다.

"어떻습니까? 물론 보수는 지불하겠습니다."

레이몬드가 제시한 보수는 상당한 액수였다. 그래도 고민하자 레이몬드가 위로회에 대해 설명해줬다.

드레스 차림이라 해도 딱딱한 자리가 아니라 무투파 장군이 많이 모이는 회식 같은 것이라고 한다. 매너는 신경 쓰지 말라고 했다. 게다가 식사가 무제한이다.

"응. 알았어."

『괜찮겠어? 드레스인데?』

'딱히 상관없어…… 후릅.'

식사에 낚였구나! 아니, 프란은 복장에 개의치 않는다. 그래서 어떤 옷이 좋고 어떤 옷이 싫다는 취향도 없다. 천 옷이든 드레스든 프란에게는 같은 가치밖에 없는 것이다.

뭐, 아무리 그래도 평상복은 움직이기 편한 옷을 좋아하지만.

다만 움직이기 어려운 드레스를 잠깐 입는 정도는 식사 무제한에 비하면 사소한 문제일 것이다. 그리고 무기를 소지해도 된다는 점도 크려나? 내가 있으면 말썽의 대부분은 어떻게든 해결되니 말이다.

"그러면 참석하시는 것으로 생각해도 되겠습니까?"

"응."

"감사합니다!"

정말 고민했을 것이다. 레이몬드가 아주 기뻐하며 머리를 숙였다.

그건 그렇고 우리는 드레스가 없는데……. 하지만 그건 저쪽도 알고 있었던 모양이다. 메아가 몇 년 전에 입었던 옷을 빌려준다고 한다.

"……특별히 사이즈 조정도 필요 없을 것 같으니 말이죠."

레이몬드가 프란의 가슴이나 엉덩이를 아무렇지 않게 보면서 그렇게 중얼거렸다. 뭐, 프란과 메아를 비교하면 키는 메아가 조금 크지만 다른 부분의 사이즈는 거의 비슷하다.

솔직하게 말하자면 유아 체형이다. 섹시 다이너마이트 보디인 쿠이나와 나란히 있으면 안쓰러울 정도로.

아니 아니, 메아도 아직 열다섯 살. 아직 희망은 있을 거야. 아마, 분명, 메이비?

『메아, 굳세게 살아라…….』

"응?"

『아니, 아무것도 아냐.』

"?"

"이쪽으로 오십시오."

"알았어."

미아노아가 프란을 의상실까지 안내했다.

왕궁의 방답게 엄청나게 넓었다. 체육관 정도 크기의 방에 화장대 십수 개와 수십 개나 되는 옷장이 놓여 있었다.

화장을 하는 것도 미아노아인 듯했다. 프란을 화장대 앞에 앉히고 정화 마술로 오물을 씻어갔다. 게다가 화장 전에 얼굴 마사지까지 해줬다.

왕궁 시녀는 너무 유능한 거 아닌가? 못 하는 일이 없는 것 같다.

이러니저러니 해서 메이크업을 받고 옷을 입었는데…….

『……귀, 귀여워…….』

위험해! 우리 프란 위험해! 파랗고 하얗고 화사한 드레스가 너무 잘 어울려! 지금까지 입었던 롤리타 같은 드레스 아모도 귀엽지만 이렇게 치마가 긴 클래식한 드레스도 나쁘지 않아! 진짜 공주님 같아!

머리 위에 귀여운 티아라를 쓰고 뒷머리는 땋아 동그랗게 말았다. 목덜미가 섹시해! 평소와 다른 머리 스타일도 귀여워.

더욱이 연한 화장까지 했다. 정말 살짝이지만.

싫어할 줄 알았지만 의외로 신경 쓰지 않는 듯했다. 아무래도 수인용으로 향이나 자극을 줄인 화장품을 쓴 모양이다. 역시 수인의 나라다.

또 하나 걱정은 메이크업 도중에 배가 고프지 않을까 하는 것이었지만, 그것도 문제없었다.

식사를 하면서 받았기 때문이다. 수인은 성질 급한 사람이 많아서 메이크업 중에 식사로 기분을 달래주는 것이 일반적인 방법인 모양이다. 화장 보조 누님이 물 흐르는 듯한 동작으로 과자나

고기를 준비해줬다.

"······좀 움직이기 힘들어."

『뭐, 드레스니까. 하지만 잘 어울려.』

"그래?"

이런 기회에 확실하게 칭찬하자. 조금씩 여자다운 것에도 흥미를 가지게 하고 싶다.

『마치 백설공주 같아.』

"백설공주?"

『응. 내 세계에서 유명한 공주님이야. 나쁜 마녀가 독 사과를 먹였지.』

"······독도 분별 못 했어?"

『아니. 내 세계에 독 냄새를 맡고 독을 구분할 수 있는 초인은 그렇게 많지 않아.』

특수한 훈련을 받은 사람이라면 혹시 할 수 있을지도 모르지만.

『독 때문에 긴 잠에 빠졌지만 왕자님의 키스로 눈을 뜨고 행복해졌어.』

"······독인데 키스로 나아? 특수한 스킬이야?"

듣고 보니 왜 왕자의 키스로 눈을 뜬 거지? 옛날이야기 책을 읽었을 뿐이니 말이다. 그리고 그런 이야기는 원작이 엄청나다. 맞다, 그러고 보니 백설공주의 원작을 소개하는 TV 프로그램을 본적이 있었지? 자세히 기억나지는 않지만 왕자가 시체에 흥분하는 변태였던가?

『음. 나도 잘 모르겠어.』

"흐음."

신데렐라로 할 걸 그랬다. 아니, 그것도 원작은 엄청난 이야기였던가?

"그러면 식장으로 안내해드리겠습니다."

"응."

참석한 위로회는 상상을 초월하는 내용이었다.

아니, 회식 같은 것이라는 레이몬드의 말은 프란이 참석하기 편하도록 꾸민 임시방편일 뿐이라고 생각했는데…….

『설마 진짜 회식이었을 줄이야.』

"우물우물우물우물!"

프란은 눈앞에 쌓인 온갖 요리를 입 한가득 넣고 오로지 먹고 있다. 아니, 프란 이외의 참석자 대부분이 그랬다.

처음에는 일단 주빈이나 왕족, 상위 귀족의 인사 같은 것이 있었다. 프란도 그 자리에서 공로자로 소개되고 그 아름다움에 감탄하는 한숨이 새어나오기도 했다.

그 후 환담 시간에서는 얼굴이나 무력을 자랑하는 몇몇 청년들이 분수를 모르고 메아나 프란에게 말을 걸었다. 뭐, 어쩔 수 없다. 프란뿐만 아니라 한껏 멋을 부린 메아도 상당히 귀여우니 말이다. 파란색과 흰색의 백설공주 같은 복장의 프란과는 대조적인 하얀색과 빨간색의 드레스다.

어깨를 드러내는 상당히 대담한 디자인이로군. 뭐, 메아의 유아 체형 탓에 섹시함은 전혀 없지만 그 귀여움은 충분히 드러났다.

나는 프란의 목에 둘러진 금속제 초커인 체 하고 있다. 노예의 목걸이를 떠올리고 불쾌해할까 싶었지만 특별히 트라우마는 없는 듯했다. 아무렇지 않게 목걸이 같은 초커로 변형한 나를 두르고 있었다.

무기 소지가 가능하니까 평소대로 있어도 상관없지만, 프란의 귀여움을 내가 해칠 수는 없잖아? 모양에는 제법 공을 들였다. 작은 금속 테를 이은 듯한 세련된 모양이다.

목이라면 장벽을 펼쳐서 즉시 머리와 심장이라는 양대 급소도 지킬 수 있으니 나쁘지 않은 장비 장소다.

아리스테아에게 개수를 받은 덕분인지 형태 변형의 지속 시간이 비약적으로 늘어났다. 전투를 하지 않고 가만히 있으면 몇 시간 정도는 이대로 있을 수 있을 것이다. 적어도 파티가 끝날 때까지는 초커인 척 할 수 있을 터였다.

많은 청소년의 시선을 고정시킨 프란과 메아의 드레스 모습이지만 거의 전원이 몇 번의 대화 끝에 물러갔다.

상대가 진화한 데다 자신보다 강하다는 것을 알고 도망친 것이다. 두 사람 모두 완전히 색욕보다 식욕이고 말이다.

평소라면 멀리서도 알아봤겠지만 색에 빠진 젊은이들은 가까이 올 때까지 눈치채지 못한 모양이다.

그 모습을 나이 많은 상관들이 히죽거리며 지켜보고 있었다. 젊은이들이 퇴짜 맞는 모습을 안주 삼아 한잔하고 있을 것이다.

"하하하! 보렝크네 꼬마 한심하구먼!"

"음. 내 부하들도다. 이게 무슨 꼴인지."

"크하하하! 노려보기만 했는데 물러나면 어쩌자는 건지! 끈기가 부족해!"

"젠장! 10초도 못 버틸 줄이야! 5초에 걸어야 했어!"

품위 없는 불량 노인들이지만 저래 봬도 역전의 용사들이라고 한다.

그 밖에 여성의 수도 많았다. 수인은 여성이라도 강한 전사가 많으니 장교 중에도 일정수의 여성이 있을 것이다.

"만나 뵈어 영광입니다."

"이번 싸움 이야기, 잘 들었습니다. 저도 닮고 싶습니다."

누구나가 존경의 눈빛으로 바라봤다.

역시 수인들은 힘을 동경하나 보다.

그렇게 짧고도 진한 환담의 시간이 끝나자 코스 요리 같은 것이 날라져 왔다.

잔뜩 호화롭게 만든 고급 요리들이다.

거기서도 역시 프란이 주목을 끌게 됐다. 말하기는 그렇지만 교양 없는 모험가라고 여겨졌던 프란이 깔끔한 궁정 작법을 선보였기 때문이다. 실력 있는 모험가로 존경받고 있긴 하나 설마 그런 능력까지 보일 줄은 생각 못 했을 것이다.

메아도 놀라고 있었다.

"대, 대단하다, 프란."

"네. 아가씨보다 깔끔할지도 모르겠네요."

"으, 으음……."

메아의 경우, 어찌저찌 매너를 틀리지 않고 식사를 할 수 있다는 느낌이니 말이다.

"질 수 없네요."

"그, 그렇지……."

쿠이나의 말에 순순히 고개를 끄덕이는 메아. 역시 연하에 어떻게 봐도 거친 프란에게 매너로 진 것이 충격이었던 모양이다.

쿠이나가 감사하는 눈으로 프란을 보고 있는 것 같았다.

다른 수인들도 눈을 동그랗게 뜨고 있다. 물론 지금까지도 우습게 본 것은 아니다. 다만 귀여운 드레스 차림으로 메아에게도 뒤지지 않는 깔끔한 테이블 매너를 선보인 프란을 보는 시선이 확실하게 바뀐 듯했다.

영웅적인 상대에게 보내는 눈빛이었던 것이 아이돌을 보는 듯한 열기가 담긴 시선으로 바뀐 것 같다. 이봐 아저씨, 볼 붉히지 마! 그쪽 꼬마, 프란을 보는 눈이 좀 위험해!

뭐, 지금의 프란은 매력적이다. 반하는 건 어쩔 수 없다. 하지만 프란과 사귀려면 프란을 받쳐줄 수 있을 만큼 강해져야 한다.

이 중에서 내 마음에 들 만한 남자는 세 명밖에 없었다. 나머지는 전원이 낙제다.

한 명은 바라베람이라는 노장군이다. 이 사람이 방어군의 주장이었다고 한다. 놀랍게도 십시족 중 하나인 자풍상(紫風象)이다.

코끼리답게 그 몸은 아주 컸다. 키가 3미터가 넘어서 처음에는 거인족이나 뭔가로 생각했을 정도다. 게다가 이렇게 거구이면서 지휘 계열 스킬도 충실해서 역전의 맹장이라는 것을 알 수 있었다. 물론 직접적인 전투력도 엄청나다. 무투 대회에서 싸운 수인 랭크 A 모험가, 고드다르파보다 이 노인이 더 강할 것이다.

그야말로 전투 국가인 수인국의 장군에 어울리는 실력이다.

지금은 온화한 웃음을 항상 띠고 있는 마음씨 좋은 할아버지지만, 젊을 때는 파괴왕이라 불린 난폭자였다고 한다.

이게 나이가 들어서 쇠약해진 것이라고 하니 믿을 수 없다. 뭐, 확실히 체력은 레벨에 어울리지 않게 좀 낮은 것 같기는 하지만.

이 나라의 최고 전력 중 하나라고 불리는 것도 당연했다.

다음으로 강한 것이 리그다르파라는 백서족 남성이다. 족장이라는 칭호를 가지고 있다. 그엔다르파의 아버지에 고드다르파의 동생이 틀림없을 것이다.

고드다르파가 수왕을 모시기 위해 족장의 자리를 버려서 족장을 승계했다고 했지? 도저히 그렇게 보이지 않을 정도의 실력자였다.

체력 면에서는 고드다르파에 미치지 못하지만 바람 마술을 레벨 5로 가지고 있고 마력도 민첩성도 높다. 범용성은 리그다르파 쪽이 높지 않을까?

다만 백서족은 명백하게 파워 계열 종족이라 완력, 체력이 높은 쪽이 존경받을지도 모른다. 당연히 진화는 끝냈다.

또한 무기는 고드다르파처럼 거대한 전투 도끼가 아니라 육각 곤을 쓰는 듯했다. 2미터가 넘는 근육질 거인이 키보다 큰 육각 곤을 휘두르는 모습은 상당히 박두력 있을 것 같다.

다만 형에게 이긴 프란을 어떻게 생각하는지 알 수 없었다. 그엔다르파도 알고 있었으니 리그다르파가 모를 리가 없다고 생각하는데……. 이 사람도 쿠이나와 같은 무표정 계열이라서 얼굴에 감정이 잘 드러나지가 않는다. 일단 인사는 했지만 좋고 싫음을 비롯한 어떤 감정도 읽을 수 없었다.

그리고 가장 마음에 든 것이 류시아스 로렌시아라는 아저씨다.

이 사람이 로렌시아의 성을 가진 대지 마술사일 것이다. 린포드와 전혀 닮지 않은 상당한 미남자다.

대지 마술 스킬이 높고 마술사로서 실력이 상당했다. 궁정 마술사인 것도 이해가 갔다.

칭호 관계를 봤는데, 악인이 가지고 있을 만한 칭호도 없고 스킬에 사술 계열 스킬도 없었다. 메아가 말한 대로 나쁜 사람은 아닐 것이다.

인사를 했지만 이쪽에 앙심도 없는 듯했다. 오히려 언행이 아주 부드럽고 호감이 갈 정도였다. 그래도 프란은 못 주지만!

메아나 류시아스와 담소하는 프란에게 다시 말을 걸려고 남자들이 서로 견제하고 있는 것을 알 수 있었다.

하지만 온화한 분위기는 추가 식사가 나올 때까지였다. 그때부터 파티 회장이 전장으로 변했기 때문이다. 상관도 부하도 노인도 젊은이도 상관없이 모두가 사냥꾼으로 변해 음식을 둘러싸고 격렬하게 싸웠다.

처음 나온 풀코스는 파티 행사의 일부. 추가 요리는 완벽하게 배를 채우기 위한 큰 접시 요리. 그렇게 구분되어 있을 것이다. 행사 중에 2차까지 하는 감각에 가까우려나?

수인국에서는 이것이 보통인 듯, 모두가 의문을 입에 담지 않고 일제히 요리로 모였다.

프란과 메아는 승자였다. 덩치 큰 남자들을 완력으로 밀어젖히고 맨 앞에 자리 잡아 나오는 요리를 큰 접시에 가득 담아 확보해 갔다. 어린 소녀에게 가볍게 밀려난 데다 좋아하는 음식을 모조리 빼앗긴 거인이 울먹이며 도망가는군.

"우물우물우물우물."

『맛있어?』

"응!"

옷을 차려입어서 평소 이상으로 귀엽다. 위로회에 참석해서 다행이다.

다만 아무래도 드레스가 신경 쓰인다. 기름으로 더러워지면 정화 마술로도 지울 수 있을지 알 수 없기 때문이다.

제발 드레스만은 더럽히지 않기를!

내 걱정을 신경 쓰지 않고 폭식 잔치로 변한 위로회는 지나갔다.

위로회 종료 후.

우리는 어떤 인물에게 찾아와 있었다.

왕성의 장교 살롱에 세워진 바에 밀어닥친 형태다.

"할 얘기가 좀 있어."

"호오? 나 말인가요? 뭐지요?"

류시아스 로렌시아. 우리가 바르보라에서 싸운 사술사, 린포드 로렌시아와 같은 성을 가진 대지 마술 사용자다.

그는 고드다르파의 동생인 리그다르파와 카운터 앞에 나란히 앉아 조용히 술을 마시고 있었다.

이 자리에는 류시아스와 리그다르파, 바의 마스터밖에 없지만 남에게 들려줘도 되는 이야기인지 잘 모르겠다. 프란이 두 사람에게 시선을 힐끗 보내자 류시아스는 그 뜻을 이해한 모양이다.

"리그다르파 공은 전우입니다. 상관없습니다. 마스터도 프로이고요."

즉 여기서 이야기하라는 거로군. 뭐, 저쪽이 그렇게 말한다면 상관없을 것이다.

"……린포드 로렌시아라는 이름을 들은 적 있어?"

"음! 그 이름을 어디서……? 호, 혹시 만난 건가요?"

"응."

역시 린포드에 대해 알고 있나. 혈족인가? 그렇다면 린포드를 쓰러뜨린 사람 중 한 명으로서 그 최후를 전해야 한다.

하지만 프란이 입을 여는 것보다 빨리 류시아스가 조용히 머리를 숙였다.

"미안합니다."

"응?"

"그 남자가 타인에게 감사받을 일을 할 리가 없으니까요. 어차피 당치도 않은 일을 당했겠죠?"

이름을 꺼내기만 했는데 이 반응. 류시아스가 얼마나 고생했는지 알 수 있군. 침통한 얼굴로 프란에게 머리를 계속 숙이고 있다.

"아들로서 사죄합니다."

어? 아들? 그런 것치고는 나이 차이가 엄청 나는데. 인간이지? 엘프라면 몰라도 류시아스가 정말 린포드의 아들이라 치면 60살일 때 낳아야 하는데…….

아니, 전혀 불가능한 이야기는 아닌가. 프란도 놀란 얼굴로 류시아스를 보고 있군.

『이봐, 프란, 설마 린포드의 아들일 줄은 몰랐으니 딱히 솔직하게 말할 필요는 없지 않을까?』

부모를 죽인 프란에게 어떤 반응을 할지 알 수 없다.

그러나 프란의 결심은 바뀌지 않았다.

'안 돼. 우리가 린포드를 쓰러뜨린 건 확실해. 아들이라면 꼭 가르쳐줘야 해.'

"사과한 정도로 용서받을 수는 없다고 생각합니다만······."

이런, 프란이 입을 다물고 있는 것을 화가 났기 때문이라고 착 각한 모양이다.

"아냐. 아들이라 놀랐을 뿐이야."

"아아, 그런 건가요."

"그리고 나도 사과해야 해."

"사과······인가요?"

"응. 린포드를 쓰러뜨렸어."

프란이 긴장하는 기색으로 말했다. 우리는 부모의 적이라는 뜻 이다. 그래도 프란은 자신이 린포드와 싸우고 다른 모험가와 함 께 쓰러뜨렸다는 것을 내게 보충 받아가면서 똑똑히 이야기했다.

"······린포드가······."

자, 이 뒤로 어떤 반응을 보일까.

류시아스 자신은 린포드를 불쾌하게 생각한 듯하나 그래도 아 버지다. 공격받을 일은 없다고 생각하지만······.

"린포드가······ 죽은 건가요?"

류시아스가 멍한 얼굴로 되물었다.

역시 충격이 큰 모양이다.

"응······ 죄송합니다."

"아니요! 사과할 일이 뭐가 있나요! 당신은 바르보라를 지켰을 뿐입니다. 잘못한 게 전혀 없어요!"

"하지만······."

"오히려! 오히려······ 감사를 해야 합니다."

"응?"

"나는 오랫동안 린포드를 쫓고 있었습니다. 이 손으로 끝내기 위해서."

그렇게 말한 류시아스는 복수자의 얼굴을 하고 있었다. 혼미하고 깊은 증오가 느껴지는 얼굴이다.

류시아스는 사술사의 아들이라는 사실로 오랫동안 박해를 받아왔다고 한다. 그 탓에 사술사나 사인을 증오하는 마음이 강해진 듯했다.

린포드에 대해 이야기하는 그 얼굴은 진심으로 증오스러워 보였다.

"아버지가 많은 사람을 불행하게 만드는 것을 막고 나 대신 끝을 내주셨습니다. 정말 감사합니다⋯⋯."

류시아스는 그 자리에서 한쪽 무릎을 꿇고 오른 주먹을 왼손 바닥으로 감싸듯이 한 뒤 얼굴 앞으로 들었다. 가장 정중한 인사일 것이다.

그래도 이번에는 허언의 이치를 쓰고 있었는데 그의 말에 거짓은 없었다. 진심으로 린포드를 증오하고 프란에게 감사하고 있는 듯했다.

"이로써 오랫동안 쌓인 응어리가 사라졌습니다. 어머니의 묘에도 겨우 좋은 소식을 가져갈 수 있겠군요."

류시아스의 두 눈에서 눈물이 흘러 떨어졌다.

"크흐흐흑⋯⋯ 으흑⋯⋯."

말도 못 하는 류시아스 대신 리그다르파가 프란에게 머리를 숙였다.

"친구의 고민을 해소해준 것에 감사하지."

"으으…… 감사합니다."

정말 괴로워해왔나 보다. 엉엉 울고 있다.

그 후, 눈물을 흘리면서 몇 번이고 감사 인사를 하는 류시아스는 리그다르파에게 이끌려 자기 방으로 돌아갔다.

용기를 내 린포드에 대해 말해서 다행이다.

아니, 용기를 낸 건 프란뿐이지만.

『잘됐다.』

"응!"

류시아스 일행을 배웅하고 있는데 갑자기 달그락, 하는 소리가 들렸다.

그리고 그때까지 계속 말없이 있던 마스터가 살짝 미소 지으며 입을 열었다.

"아가씨. 이걸 받으세요."

"이건?"

"우유에 과즙을 넣은 겁니다."

"부탁 안 했어."

"제가 드리는 서비스입니다."

그 이상은 아무 말도 하지 않았다. 그러나 그 배려는 충분히 전해져왔다.

이런. 이 마스터, 엄청 멋있어!

"고마워."

프란이 마스터가 준비해준 과일 우유를 꿀꺽꿀꺽 마시고 있는데 바에 새로운 그림자가 나타났다.

메이드다. 아마 쿠이나 미아노아의 부하 같은 사람이었지?

아무래도 프란에게 볼일이 있는 모양이다. 이쪽을 알아보고 곧장 걸어왔다.

"프란 님. 잠시 괜찮으십니까?"

"왜?"

"재상 레이몬드 님께서 의논할 일이 있다고 하십니다. 시간은 있으십니까?"

"응. 괜찮아."

"감사합니다."

듣자하니 재상이 직접 한 호출이었다. 뭐, 지금까지 충분히 사이가 좋았으니 나쁜 이야기는 아닐 것이다. 아마도.

"맛있었어."

"또 와주십시오."

마스터의 배웅을 받으면서 바를 뒤로한 우리는 메이드의 안내를 받아 레이몬드의 집무실에 갔다. 역시 재상의 방이다. 문부터 호화롭다.

"그쪽에 앉으세요."

"응."

중후한 느낌이 가득한 가구가 배치된 방에서 큼직한 책상을 끼고 마주 앉았다. 진지한 이야기가 나올 것 같은 분위기다.

"위로회에 참가해주셔서 감사합니다."

"응."

"덕분에 네메아 전하의 평판도 올라갔습니다."

레이몬드의 목적은 달성된 모양이다. 아무래도 조만간 메아가 왕녀로 앞에 나설 때를 대비해 평판을 올려두고 싶은 듯했다.

무력이 존중받는 수인국이라고는 하나 귀엽고 성격도 좋다는 평가를 받는 편이 신하 역시 따르기 쉬울 것이다.

"당신의 평판이 더 올라가고 말았습니다만……. 뭐, 목적은 달성했으니 상관없겠죠."

그것은 프란 탓이 아니다. 아니, 프란이 너무 귀여운 탓인가?

"또한 이번 전쟁에 협력해준 것에 다시 인사를 드립니다. 감사합니다."

"괜찮아. 당연한 일을 했을 뿐이야."

"후후. 수왕 폐하가 말씀하신 대로의 분이로군요."

"? 수왕과 얘기했어?"

"새를 이용해 편지를 주고받았을 뿐입니다. 당신에 대한 포상도 정해야 하니까요."

"포상?"

"네, 공로자에 대해 아무런 포상도 없을 리가 없지 않겠습니까."

이번에는 의뢰도, 누구의 부탁을 받은 것도 아니라 프란이 자신의 의사로 싸웠을 뿐이라서 포상을 받을 거라고 생각하지 않았다.

다만 나라를 구한 영웅 중 한 사람으로 프란의 이름이 국내에서 퍼지고 있다. 그런 사람에게 위로의 말만 하는 건 보기에도 좋지 않으니 상을 줘야 할 것이다.

아니, 나는 더 불길한 상상을 하고 말았다.

전생물 라이트 노벨에서 엄청나게 활약한 주인공을 붙잡아두기 위해 나라에서 억지로 작위를 수여하려는 일은 흔히 있는 이벤트 중 하나다.

프란이 작위를 원한다면 받아도 상관없지만, 아무리 생각해도 프란은 귀족이 되고 싶어 하지 않을 것이다. 영지를 받아도 경영할 수 없고 귀족이 되면 모험가를 계속하기도 어렵다.

내 걱정이 기우가 아니라는 것을 나타내듯이 레이몬드가 듣고 싶지 않았던 말을 꺼냈다.

"이번 전쟁에서 비할 데 없는 활약을 한 당신에게 남작위와 영지를 주자는 것이 우리의 의견이었습니다."

아아, 역시! 위험하다, 받고 싶지 않지만 거절해도 상대와 틀어진다.

하지만 어떻게 이 자리를 빠져나갈까 열심히 생각하고 있던 나의 귀에 의외의 말이 들렸다.

"하지만 수왕 폐하께 당신은 작위를 기뻐하지 않을 것이다. 오히려 싫어할 테니 그만두라는 지시가 왔습니다."

오오! 수왕 나이스!

"응. 필요 없어."

"당신이 바라면 흑묘족 마을을 영지로 하사받는 것도 가능합니다."

"괜찮아. 그린고트의 영주가 확실하게 돌봐준다고 했어. 나는 귀족이 될 수 없고 대단해져도 모두를 곤란하게 할 뿐이야. 그러니까 필요 없어."

"그렇군요, 알겠습니다."

오오, 단순히 귀찮은 게 아니라 제대로 된 생각을 하고 있었어. 왠지 프란의 성장이 실감나서 기쁘군.

"그러면 포상의 내용에 관해서입니다만……. 그이서 군, 설명을 부탁합니다."

"네. 알겠습니다."

레이몬드의 지시를 받고 뒤에 서 있던 자견 계열 개 수인 남성이 자리에 앉았다. 레이몬드가 옆으로 비켜 자리를 양보한 것을 보아 그런 일의 책임자인 듯했다.

"저는 재무대신인 그이서입니다."

이런, 생각했던 것보다 거물이었어! 으음, 성실해 보이는군. 그리고 융통성이 없어 보인다. 전혀 웃고 있지 않고, 얼굴은 날카롭고 영리했다. 뭐랄까, 성실함이 옷을 입고 걸어 다니는 느낌? 대체 무슨 말을 할까?

"우선 양쪽의 입장을 확인하겠습니다."

"입장?"

"네. 우선 프란 님. 당신은 이번 싸움에서 우리나라에서 어떤 명령을 받은 적도, 길드 등의 조직에서 의뢰를 받은 일도 없이 현지의 협력자로 싸움에 참가했다. 틀림없죠?"

"응."

"그러면 다른 협력자와 마찬가지로 규정된 보수만을 지불하는 형태가 되겠군요."

수인국에는 전시의 현지 협력원에 대한 보수가 정해져 있는 듯했다.

그리고 법률과 대조하면 이번의 프란은 그 밖에도 있었던 협력자들과 같은 대우를 받게 된다고 한다.

전과의 차이를 생각하지 않으면 그렇게 되나?

예를 들어 우리는 마수와의 전투에 참전했다. 하지만 그중에는 부상자를 밤새 진찰한 떠돌이 의술사나 무상으로 물자를 제공한 상인 등도 있어서 전과라는 항목으로 일괄해 공헌도를 측정할 수 없다고 했다.

또한 목격자가 왕족이라고는 하나 전과의 정확한 집계도 할 수 없다.

이것은 프란이 거짓말을 하고 있다고 의심하는 것이 아니라 그 밖에도 남의 눈이 없는 곳의 방어 등에 공헌한 위병이나 모험가들이 잔뜩 있어서 그들이 납득하지 않기 때문이었다. 자주적으로 보고한 전과로 보수가 오르락내리락하면 자신들의 전과를 부풀려 보고할 수도 있다. 프란만 특별 취급하면 다른 협력자들이 납득하지 않는다는 뜻이리라.

혹은 다른 협력자도 특별 취급해야 된다.

즉 여러모로 애를 써봤지만 보장금을 기대하지 말라는 건가?

"응. 그래도 딱히 상관없어."

프란이 간단히 동의했다.

원래부터 상을 받기 위해 싸운 것이 아니고 얻은 것 역시 많은 싸움이었다. 그 밖에도 애쓴 사람들이 있다면 같은 대우를 받아도 상관없다고 생각했을 것이다.

뭐, 국가와 다퉈봐야 좋은 일도 아니고 조금이라도 보수가 나온다니 됐나.

나로서도 그렇게 생각하는데 레이몬드가 조금 초조한 말투로 다시 입을 열었다.

"그, 그렇다고 우리나라가 당신을 무시하는 것은 아닙니다. 그것을 알아주셨으면 좋겠군요."

아무래도 프란이 쉽게 승낙한 것이 초조한 듯했다.

아마 이쪽이 불평이라도 꺼내면 뭔가 교섭을 할 생각이었나? 그런데 프란이 간단히 인정한 탓에 교섭할 수 없을 것 같아서 곤란한 건가.

"그렇습니다. 프란 님의 공적을 다른 자와 동일하게 대우하면 앞으로 협력자가 나타나지 않게 될 겁니다."

그들로서도 프란의 공적이 단연 톱이라는 건 알고 있는 듯했다. 그러나 법이나 규정 등 이런저런 사정 때문에 단순히 특별대우를 할 수 없다는 뜻일 것이다.

"그래서 제안합니다. 다행히 당신에게는 네메아 공주님이 동행하고 있었습니다. 그러니 당신이 네메아 공주님의 명령을 받아 마수의 군세를 막은 것으로 하지 않겠습니까?"

"무슨 소리야?"

고개를 갸웃거리는 프란에게 그이서가 설명해줬다.

"설명하겠습니다. 우선 이 제안을 받아들인 경우의 단점은 프란 님이 쌓은 공적의 일부를 네메아 공주님에게 빼앗기게 됩니다. 그리고 우리나라에 호의적이라는 사실이 대외적으로도 명확해집니다. 뭐, 우리나라와 적대하는 나라에 건너갈 때 제한이 붙을 가능성이 있겠군요. 지금으로서는 바샬 왕국 정도이니 그렇게 신경쓸 필요는 없다고 생각합니다만."

"그렇구나."

"장점으로는 그에 따라 당신의 공적을 크게 선전할 필요가 생기므로 프란 님이 목표로 삼고 있는 흑묘족의 지위 향상에는 좋은 효과를 기대할 수 있을 겁니다."

이 이야기를 받아들이면 프란의 공적을 엄청나게 미화해 온 나라에 퍼뜨려줄 것이다. 프란의 공적이 영웅적이면 영웅적일수록 그 프란에게 권한을 받아 싸움을 맡긴 메아의 공적이 되기도 하는 것이다.

그리고 흑묘족인 프란이 나라를 구했다는 이야기가 미담이 되어 퍼지면 흑묘족을 보는 시선도 좋은 쪽으로 바뀔지도 모른다.

"또한 왕족의 특명을 받았다는 것으로 하면 다른 협력자와 차별화를 꾀할 수 있습니다. 특별히 포상을 받아도 인정될 겁니다."

그런 건가. 확실히 메아의 명령이 있었다고 하면 특별한 보수라는 명목도 붙을 것이다. 왕족을 구했다든가 하는 공적도 추가할 수 있을지도 모른다.

프란이 동료인 흑묘족을 위해 단신으로 맞섰다는 이야기가 메아의 명령이 있어서 싸웠다는 것으로 바뀌지만, 그건 사소한 문제일 것이다.

오히려 국가가 나서서 프란의 공적을 칭송해준다면 흑묘족이나 프란에게는 좋다. 그리고 국가로서는 제1 왕녀인 메아의 공적이 늘어나서 기반의 강화를 예상할 수 있는 건가.

양쪽에 좋은 이야기라고는 생각한다.

'스승?'

『그럼 어떻게 할까…….』

받을 수 있는 포상에 따라 바뀌려나? 일단 뭘 줄 생각인지 물어보자.

"혹시 그 제안을 받아들이면 어떻게 돼?"

"프란 님에게는 황금 수아(獸牙) 훈장이라는 훈장이 수여되게 됩니다."

"훈장?"

"네. 황금 수아 훈장은 국가에 가장 큰 공적을 세운 자에게 주어지는 최고위 훈장입니다. 이번 공적에 따라 키아라 님에게 증정이 결정되었지요. 프란 님이 이 훈장을 받게 되는 경우 살아 있는 사람은 300년 만에 처음 받게 됩니다."

내가 생각했던 것보다 대단한 훈장이었던 모양이다.

키아라에게도 수여된다니까 영웅적인 인간에게 2계급 특진을 주는 것 같은 거겠지. 상당히 애써준 거 아닐까?

"실리는 국내에서 얻는 명예뿐만이 아닙니다. 수여된 인물에게는 부상으로 금전적인 보수도 약속됩니다. 특별히 상한이 정해지지 않기 때문에 이 부상을 이용해 프란 님에게 금전을 건네는 것도 가능합니다."

옛날부터 있는 훈장이기 때문에 때때로 화폐 가치가 조금씩 바뀔 가능성이 있어서 굳이 액수를 정하지 않은 모양이다.

"이번에는 훈장의 부상으로 천만 골드를 예정하고 있습니다."

"응. 알았어."

아니아니아니아니! 프란 씨? 너무 아무렇지 않게 받아들이잖아! 천만이야! 지구의 감각으로 말하자면 1억 엔 이상이라고. 그런데 왜 그렇게 냉정해?

『프란! 천만 골드래!』

'응.'

역시 냉정하다. 왠지 흥분했던 내가 바보같이 느껴지기 시작했다. 뭐랄까, 내 천박함을 다시금 깨달았다고 해야 하나? 프란은 항상 순진한 그대로 있어주기를 바란다.

'……노점 요리, 다 살 수 있어?'

『아니, 노점을 통째로 살 수 있어.』

'후릅.'

아아, 단순히 금액이 너무 커서 실감이 나지 않았을 뿐이었습니다. 뭐, 뭐어, 많다는 것은 안 것 같으니까 상관없나?

"역시 대단하시군요. 이 금액을 듣고 눈 하나 깜짝하지 않을 줄이야……."

아니요, 욕심이 식욕과 전투욕에 치우쳐 있을 뿐입니다.

"그리고, 내가 받는 돈은 줄어도 좋으니까 흑묘족 사람들을 도와줬으면 좋겠어."

"호오? 과연……. 수왕 폐하께서 말씀하신 대로 욕심 없는 분이신 것 같군요."

그이서가 잠시 생각에 잠겼다.

"알겠습니다. 검토해보죠."

"응."

"그리고 훈장에 대해 긍정적으로 생각하시는 듯합니다만, 실은 당신에게 또 하나의 선택지가 남아 있습니다."

"어떤 건데?"

"지금 저희가 제시한 것은 네메아 전하와 수인국에도 이익이 되는 제안이었습니다. 물론 프란 님에게도 그렇습니다만. 그러나 우리나라 이외에 당신에게 보수를 제시할 수 있는 조직이 또 하나 존재합니다."

"조직……?"

"모험가 길드입니다."

그이서가 말한 것은 의외인 조직의 이름이었다.

그야 우리가 전쟁 관련 의뢰를 처리한 것도 아니고, 길드는 전쟁에 엮이려 하지 않잖아? 소재를 매각하는 거면 몰라도 나라를 지킨 것에 보수를 낼 입장은 아니라고 생각하는데…….

"이번 전쟁에서 모험가 길드는 눈에 띄는 공적을 올리지 못했습니다. 모험가가 자신의 의사로 전쟁에 참가하기는 했어도 의용병 자격이었고요. 물론 도시가 공격받은 경우 방어나 피난에 손을 빌려주기는 했지만, 그것은 어떤 의미에서 도시에 사는 자의 의무이지요."

길드는 전쟁에 개입하지 않는 조직이다. 그것은 어쩔 수 없을 것이다.

공적이 없다는 이야기를 할 때 레이몬드와 그이서도 딱히 얼굴을 찌푸리지 않았다. 그들에게도 그것은 당연한 인식인 것이다.

"하지만 길드의 상층부는 그 사태를 우려하고 있습니다."

"우려?"

"이번에 바샬 왕국은 던전을 지배하에 두고 대량의 마수를 조종하는 방법을 채용했습니다. 그리고 던전과 마수는 길드의 관할이기도 합니다."

"배후에 국가가 있었다고는 하나 길드에도 일정한 대응 책임이 있지 않았느냐는 의견이 길드 안에서 나왔다고 합니다."

그런 이야기인가. 인간끼리 벌이는 전쟁이면 몰라도 우리가 대응한 북쪽 침공은 던전의 스탬피드 같은 것이었다. 모험가 길드가 대응했다 해도 이상하지는 않다.

그래도 발견하지 못한 던전에서 흑막이 몬스터를 조종했던 거니까, 불가항력이지 않나? 감지하기는 어려웠을 것이다.

하지만 수인국의 모험가 길드는 낙관적으로 보고 있지 않은 듯했다.

"앞으로 민중 사이에 그런 이야기가 나돌지 않는다는 법도 없습니다. 그렇게 되면 길드로서도 좋지 않을 겁니다. 국가로서는 이번 전쟁에 대한 모험가 길드의 활동에 불만이 없습니다. 그러나 모험가 길드로서는 더 또렷하게 길드의 존재를 어필하면서 이후의 우려를 없애두고 싶었을 겁니다."

모험가 길드로서는 전례에 따른 선택을 했지만 최선이 아니었다고 생각하고 있을 것이다. 더구나 영웅으로서 인기를 얻고 있는 프란은 모험가다.

경우에 따라서는 프란에게 의뢰를 하는 등 한몫 거들 수 있었을지도 모른다. 그렇게 생각하는 것도 어쩔 수 없나.

"하지만 전쟁은 끝났고 마수도 격퇴됐습니다. 이 이상 길드에는 방법이 없습니다."

"프란 님이 길드에 손을 내밀지 않는다면 말입니다만."

"무슨 소리야?"

그이서의 말에 프란이 고개를 갸웃거렸다.

"네. 뭐, 방식은 우리나라가 제안한 것과 거의 같습니다. 네메아 공주님의 특명에 따라 마수와 싸웠다는 부분이 길드의 특별 의뢰로 바뀌는 형태가 되겠군요."

뒤늦게 실은 모험가 길드에서 의뢰를 냈다고 하는 거로군.

"이 방법을 취한 경우의 단점은 우선 우리나라에서 나오는 보

241

수가 대폭 줄어듭니다. 공주님의 특명이었다고 할 수 없기 때문에 훈장 이야기도 없어질 겁니다."

다른 협력자와 같은 보수밖에 못 받는다는 거로군.

"또한 길드의 의뢰 달성 보수는 500만 골드 정도가 됩니다. 받는 금액도 크게 줄어드는군요."

상당히 구체적으로 금액을 말하는군. 어쩌면 뒤에서는 길드와 이야기가 빈틈없이 오갔을지도 모르겠다. 적어도 양쪽 사이에서 교섭은 있었을 것이다.

그건 그렇고 보수가 줄어드는 것은 상당한 단점이다. 그리고 국가에서 하는 제안을 걷어차게 되기 때문에 좋은 인상을 주지 못할지도 모른다.

"장점으로는 모험가 길드의 감정이 좋아지는 것, 더 나아가 랭크가 올라가는 것을 기대할 수 있겠군요. 모험가 길드에 빚을 지우는 형태가 되고, 나라를 하나 구해낸 위업이니 랭크 B는 확실할 것입니다."

그런 건가. 확실히 금전 면에서는 크게 손해를 보지만 랭크업은 좀처럼 할 수 있는 것이 아니다. 랭크업 심사가 더 엄격해지는 상급 랭크인 C에서 B로 한 번에 올라갈 수 있게 되면 대부분의 모험가는 덤벼들 것이다.

게다가 모험가 길드에 빚을 지워둘 수 있다. 이것도 모험가인 프란에게는 금전 이상으로 가치 있는 것이라고 할 수 있다.

"우리나라로서는 어느 쪽을 선택해도 상관없습니다."

"곰곰이 생각하세요."

레이몬드와 그이서는 그렇게 말하고 미소 지었다.

국가로서는 훈장 쪽을 고르기를 바랄 거라 생각하는데, 괜찮나?
얼핏 보기에 순수한 호의로 프란에게 정보를 주는 것처럼 보이지
만 국가의 대신을 맡고 있는 자들이 그렇게까지 호인일까? 아니,
그럴 리가 없다.

아마 이건 친절한 척하며 프란을 유도하고 있는 것이리라.

상대에게 호의적으로 접근하며 장점과 단점을 확실하게 제시
한다. 더 나아가 자신들이 불리해지는 제안마저 했다. 그러면 프
란이 수인국에 친근감을 가지기 쉬워질 테다.

또한 그이서와 레이몬드처럼 지위도 작위도 높은 자의 입으로
직접 설명을 들음으로써 수인국의 제안을 거절하기 어려워졌다.
적어도 평범한 사람이라면 이런 일까지 겪었으니 제안을 거절하
기가 미안하다고 생각할 것이다. 제법이야.

'스승?'

『프란이 고르고 싶은 쪽으로 하면 돼.』

'응. 알았어.'

뭐, 속이려 하는 것도 아니고, 오히려 평범한 교섭의 범주에 들
어갈 것이다. 그리고 어느 쪽을 골라도 어느 정도 장점은 있다.
나로서는 프란이 바란다면 어느 쪽이든 상관없다.

"중요한 결단이니 하룻밤 동안 곰곰이 생각해보십시오."

"내일 아침에 말씀해주시기를——."

"아니. 괜찮아. 훈장으로 할게."

"호오? 괜찮겠습니까?"

프란이 즉답했다.

의외로군. 실은 모험가 길드를 선택할 것이라고 생각했기 때

문이다. 훈장을 바라는 성격도 아닐 테고 랭크업 쪽이 이해하기
쉽다.

"키아라랑 같은 훈장이 좋아."

"……알겠습니다. 바로 준비하겠습니다."

"응."

그런 이유였나. 역시 프란은 쭉 이대로 있어줬으면 좋겠다.

"그러면 길드에는 이쪽에서 알리겠습니다."

역시 모험가 길드와는 이미 협의가 있었던 모양이다. 그래서
양쪽의 안을 제시한 거겠지. 이야기를 끌어가는 방법이라든가 길
드의 제안을 그이서가 프레젠테이션한 것만 봐도 수인국 측이 주
도한 건 틀림없겠지만.

"프란 님, 이번에는 상당한 수의 마수 소재를 손에 넣으셨다고
들었습니다만, 그것을 모험가 길드에 팔 생각은 없습니까?"

"……있어도 시간이 없어."

아리스테아의 집에서 해체한 건 그렇게 많지 않다. 마수의 태
반은 해체하지 않았다. 해체를 길드에 부탁하면 그만큼 액수가
깎이기 때문에 되도록 해체해서 팔고 싶다.

그러나 프란은 내일도 메아와 관광할 예정이니 그것을 거절하
면서까지 해체하고 싶다고는 생각하지 않을 것이다.

"그래도 길드의 제안을 거절하게 되니 여기서 조금은 빚을 지
워두는 것도 좋다고 생각합니다만."

"해체하지 않은 것만 있어서 무리야."

"하지만 팔고 싶지 않은 건 아니잖습니까? 요컨대 해체비를 내
는 것이 싫다는 거겠죠."

"응."

"그렇다면 문제없습니다. 길드 사람을 왕성으로 오라고 했고, 해체인과 감정 담당을 파견하라고 했습니다. 성의 연습장 등을 쓰면 해체도 할 수 있고 성의 해체인도 손을 빌려주겠다고 약속했습니다. 해체비도 길드에서 부담하겠다고 약속하죠. 어떻습니까?"

역시 준비가 좋군. 해체하지 않았다는 것을 이유로 거절당하는 상황도 생각해뒀을 것이다.

뭐, 그렇게까지 준비해주면 거절하기도 미안한가. 그게 저쪽의 목적이겠지만 말이야. 하지만 해체를 해주는 데다 바로 돈으로 바꿀 수 있다면 우리 역시 고맙다.

『프란. 이 이야기 받아들이자.』

"응. 알았어. 그렇게 할게."

"감사합니다."

레이몬드와 그이서와의 교섭이 끝난 우리는 메아의 안내로 어느 장소에 와 있었다.

"대단해……!"

『응, 그러게.』

"후하하하! 그렇지?! 그렇지?!"

왕성 안에 있는 왕족과 손님용 대목욕탕이다. 지금까지 호화로운 목욕탕을 몇 번 본 적이 있지만 이곳이 단연 톱일 것이다.

모두 당연히 대리석이다. 물이 나오는 부분은 포효하는 호랑이 조각상이다. 천장에는 거대한 마도 샹들리에가 달려 있고 벽에는 신화의 한 장면과 영웅담이 그려져 있다. 이 그림을 3개월 동안 그랬다고 하니 대단하다.

큰 수영장 같은 욕조의 주위에는 나무가 있는데 관엽 식물치고는 엄청나게 거대했다. 수령 백 년은 가뿐히 넘지 않을까? 신사에 심어진 신목 같은 대접을 받을 법한 나무가 욕조를 둘러싸듯이 열 그루 이상 심겨 있다.

이야기를 들어보니 상당히 귀중한 마법 식물이었다. 이 나무에 열리는 과실을 먹으면 그것만으로도 치료 효과가 있다고 한다. 과실 하나가 거금에 거래된다고 하는데, 그것을 욕조에 넣고 약탕으로 만들고 있으니 터무니없다.

하나부터 열까지 엄청난 낭비 같은 기분도 들지만 타국의 사신에게 국가의 위신을 세운다는 의미가 있을 것이다.

그렇지 않으면 그 수왕이 이런 호화로운 욕실을 만들라고 지시할 것 같지 않다. 아니, 의외로 화려한 걸 좋아하는 것 같기도 하니 이런 것도 취향인가?

"우선 여기서 몸을 씻자!"

"응."

샤워 시설까지 따로 있었다. 왠지 고급스러운 비누나 물약이 놓여 있다. 메아가 직접 이것저것 설명해줬다.

왕성의 욕실이어서 성가신 시종이 잔뜩 붙을 거라고 생각했지만 욕실에 함께 들어온 것은 쿠이나뿐이었다.

듣자하니 수왕이 그런 것을 싫어해서 수인국에서는 왕족이라해도 시녀 한 사람 정도만 목욕을 도와준다고 한다.

"등을 씻겨줄게. 이리 와."

사이좋은 친구는 아름답구나. 서로의 등을 씻고 머리를 감고 있는 프란과 메아를 보고 있으니 그것만으로도 감동스럽군. 프란에게도 대등한 친구가 생겼구나.

『그래그래.』

그렇다, 나는 두 사람을 눈앞에서 보고 있다.

"다음은 스승."

"오! 그러면 나도 도와주지! 이번에는 스승에게도 신세를 졌으니까!"

프란은 수치심이 전혀 없는데 메아도 나는 신경 쓰지 않는 타입인가 보다. 전에 인간이었다고 말했는데 말이야. 지금은 검이니까 상관하지 않는다고 했다.

나도 프란과 메아를 보고 이상한 마음은 전혀 들지 않지만 시집도 안 간 처녀가 이런 반응을 보여도 될까?

무척 고급스러운 부드럽고 폭신폭신한 스펀지가 내 몸에 슥슥 문질러졌다.

"우리가 번쩍번쩍하게 해주자!"

"응!"

다만 쿠이나는 역시 가만히 둘 수 없었던 모양이다. 튜브탑 같은 목욕복을 몸에 걸친 쿠이나가 프란과 메아에게서 나를 빼앗았다.

"뭐 하는 거냐, 쿠이나."

"응."

"잠시 기다리십시오. 아무리 그래도 아가씨는 수치심이라는 것을 가지십시오. 프란 씨에게는 가족 같은 존재겠지만 아가씨에게는 새빨간 타인입니다."

"딱히 상관없지 않나. 스승이다."

"상관없지 않습니다. 일단 스승 씨는 이것을."

뭘 하나 싶었더니 쿠이나는 내 자루에 있는 늑대 엠블럼의 눈 부분에 천을 감았다. 눈가리개로 삼을 모양이다. 으음, 그리고 보니 아무것도 모르면 여기가 눈으로 보이는 건가.

실제로는 스킬로 주위를 파악하고 있으니까 몸 전체가 눈이나 마찬가지지만.

이런 짓을 해도 내 시야는 전혀 변하지 않는다.

어쩌지. 솔직하게 말할까 말까.

쿠이나를 안심시키기 위해서라면 이대로 가만히 있어도 상관없다고는 생각하지만……. 나중에 들켰을 때가 무섭다.

여기서는 솔직히 말하자.

『저기, 나는 스킬이랄까, 특수한 눈으로 주위를 보고 있어서 거기를 가려도 의미는 없어요.』

"이런, 그랬나요?"

『네.』

딱히 쿠이나에게 겁먹어서 경어를 쓴 게 아니야!

"그러면 지금도 아가씨의 망측한 모습이 똑똑히 보인다는 건가요?"

『네, 네에.』

거, 겁먹은 건…… 아니, 거짓말입니다. 엄청 겁먹었습니다.

응? 혹시 화내고 있나? 화나셨나요, 쿠이나 씨?

"이것이 일반 남성이었다면 미혼 왕족 여성의 피부를 봤으니 책임을 물었겠습니다만……."

채, 책임? 그건 이른바 내가 책임지고 행복하게 해주겠습니다

같은 거?

무서워! 왕족 무서워!

"스승 씨는 훌륭한 분이지만 역시 검이라서 혼인은 인정할 수 없습니다."

당연하지! 하지만 생각해보면 메아는 왕족이잖아. 피부를 보이는 데 엄격한 것은 당연했다. 중요한 당사자는 모르는 것 같지만.

"뭐, 스승은 검이니까 괜찮다! 그렇지, 프란?"

"응."

"……하아. 스승 씨, 되도록 보지 않도록 부탁드립니다."

『아, 알았어.』

결국 나는 목욕탕에서 나갈 때까지 천장의 그림을 올려다보고 있었다. 아니, 보고 싶은 건 아니지만 시선이 힐끗 움직이기만 해도 쿠이나가 반응했다. 저 졸려 보이는 눈으로 빤히 바라보면 검인데도 식은땀이 날 것 같다.

아마 스킬인 기척 감지, 신문, 마력 감지, 마력 제어나 칭호인 암살자 살해자로 내 마력의 움직임을 미묘하게 감지했을 것이다. 절대로 적으로 돌리고 싶지 않군.

덕분에 천장에 그려진 영웅화를 세세한 부분까지 기억했다고.

목욕탕에서 나온 뒤에는 만찬을 즐겼다.

"오오~. 대단해."

"후하하하! 마음껏 먹어라!"

테이블에 차려진 식사는 아주 호화로워서 만찬이라고 부르기에 어울릴지도 모른다.

다만 만찬이라기보다는 저녁 식사라고 하는 편이 좋을 것이다.

장소는 메아의 방이고 시종은 쿠이나 밖에 없기 때문이다.

"우물우물우물! 맛있어."

"우걱우걱우걱! 그렇지?!"

"아가씨, 입안에 너무 많이 넣으셨습니다."

"우려이."

"뭐라고 말씀하시는지 모르겠습니다."

대량의 고기 요리를 매너도 아무것도 없이 평소처럼 거칠게 먹었다.

평소에는 모험가이니 이쪽이 성격에 맞을 것이다.

오늘은 오랜만에 내가 만든 식사 이외의 음식을 먹는 프란이지만 상당히 만족하고 있다. 역시 왕궁의 요리사가 만든 것답게 꽤나 맛있는 모양이다.

고기 잔치인 점도 높은 점수를 받았을 것이다. 나오는 요리가 고기 천지였다. 고기 요리가 많은 것 같다는 수준이 아니다.

모든 것이 고기 요리다. 게다가 돼지고기를 채운 소고기말이라든가 도마뱀 고기를 곁들인 닭고기라든가 하는 식이었다. 샐러드도 고기 샐러드이고 수프도 고기 수프. 속이 쓰리지 않을까 싶은데 프란과 메아는 맛있게 계속 배 속으로 넣어갔다.

다만 이것은 육식 계열 수인이기 때문인 듯했다.

쿠이나에게 살짝 물어보니 그녀는 야채가 더 좋다고 한다. 초식동물인 맥 수인이기 때문일 것이다. 종족에 따라 취향이 크게 다른 것 같다. 수인국의 요리사는 힘들겠군.

다만 기본적으로 사람이라서 고기도 야채도 생선도 아무렇지 않게 먹을 수 있다고 한다. 그래서 서민은 그렇게까지 신경 쓰지

않는 듯했다.

　가려 먹을 수 있는 것은 일단 귀족님이기 때문일 것이다.

　"우걱우걱우걱!"

　"울시도 맛있어?"

　"우물우물──꿀꺽. 윙!"

　"그래그래! 더 먹어라 더 먹어!"

　"응."

　"윙!"

　왕궁 요리 같은 건 또 언제 먹을 수 있을지 모르니까, 확실하게
즐겨둬.

제5장 흑묘족의 영웅

왕궁에서 머문 지 이틀.

원래라면 오늘도 모의전과 관광을 할 예정이었다.

훈련장의 관리인이 울지 않을까 걱정했지만 그 사람들은 왕궁을 섬기는 엘리트 마술사들. 프란과 메아가 그렇게 엉망으로 만든 훈련장이 고작 하루 만에 원상 복구되어 있었다. 이 정도면 격렬한 모의전을 다시 할 수 있을 것이다.

그러나 프란과 메아는 지금 왕도에 있지 않다.

"저 길, 지나간 적 있어."

"음! 이제 곧 그린고트니 말이야!"

프란 일행은 하늘에 있었다.

프란과 메아, 쿠이나 셋이서 린드를 타고 그린고트로 향하고 있다.

"이제 곧 도착한다. 린드여, 힘내라!"

"쿠오오오오오!"

아침부터 비행한 탓에 린드도 상당히 지친 모양이다. 메아의 목소리에 반응해 포효하지만 그 목소리에 전투 때와 같은 힘은 없었다.

이래서는 목적지에 도착해도 전력은 되지 않을지도 모른다.

하지만 그럼에도 서둘러야 하는 이유가 있었다.

"다시 사인의 군세가 쳐들어왔다고 하는데……."

오늘 아침 일찍 모험가 길드를 통해 믿을 수 없는 정보가 들어왔다.

그것은 그린고트가 다시 사인에게 공격받고 있다는 당장에는 믿기 어려운 정보였다.

프란 일행이 왕도를 급히 나서기 몇 시간 전.

"이, 이거 장관이로군요."

"하, 하하하……."

아침 일찍부터 찾아온 모험가 길드의 해체인들이 연습장에 늘어선 대량의 마수를 보고 메마른 웃음을 짓고 있었다.

그 수는 150마리 정도일 것이다.

저쪽의 교섭 담당인 모험가 길드의 서브 마스터와 의논해 희망하는 마수를 꺼낸 결과다.

서브 마스터는 자신이 해체하지 않으니까 한계에 달하는 마수를 원했다.

그러나 실제로 작업을 하는 해체인들은 별개다. 이만한 양을 하루에 해체해야 하자 그 중노동을 상상하고 쓴웃음을 지은 모양이었다.

그런데 마수의 검사를 시작한 해체인 이외의 길드 직원들도 왠지 얼굴을 굳히고 있군. 서브 마스터도 마찬가지다.

아무래도 마수가 죽은 방식을 본 모양이다.

강력한 마수가 심장을 일격에 찔려 죽어있거나 단단한 마수의 겉껍데기가 무참하게 부서진 모습을 보고 다시금 프란의 실력을 뼈저리게 느낀 듯했다.

"그, 그러면 내일 아침까지 직업을 끝내겠습니다. 대금도 그때 지불하겠습니다!"

"응."

다만 그 두려움이 경외로 변하는 데 시간은 그리 걸리지 않았다. 이 부분이 강한 사람을 솔직하게 존경하는 수인의 장점이로군. 명백하게 영웅을 보는 눈으로 프란을 보고 있었다.

"그러고 보니 들으셨습니까? 그린고트에 다시 습격이 있었던 모양입니다."

"습격? 마수?"

"사인 무리라고 하더군요. 그린고트의 길드에서 지원을 요청하는 연락이 있었습니다."

"! 괜찮은 거야?"

"지금은 소규모 무리라고 합니다. 지원 요청이라 해도 지금 당장 도와달라는 것이 아니라 그린고트의 모험가를 되도록 빨리 귀환시켜달라는 정도입니다."

그린고트의 위기는 아닌 것 같지만 어떤 이상이 일어난 건 확실한 듯했다. 그렇지 않고서는 통신으로 연락을 할 리가 없을 것이다.

'스승……'

『가고 싶어?』

'응.'

메아와 모의전 약속을 했지만 그 외에는 특별히 예정이 없다. 국민을 소중하게 생각하는 그녀이기에 이야기하면 이해해줄 것이다.

문제는 시간이지만 울시의 다리라면 오늘 안에 그린고트에 도착할 수 있다. 그린고트 주변에서 사인 사냥을 하고 돌아오면 모레 아침 정도에는 돌아올 수 있겠다고 계산했다.

『좋아, 메아에게 말해보자.』

"응!"

그리고 한 시간 후.

"내 뒤에 타라, 프란이여."

"응."

"쿠이나는 제일 뒤에서 프란을 받쳐줘."

"알겠습니다."

어째선지 메아 일행과 같이 린드를 타게 됐다.

아니, 상상했어야만 했다.

국민에게 위기가 닥쳤을지도 모른다는 이야기를 듣고 메아가 가만히 있을 리가 없다.

그리고 메아의 동행은 우리에게도 좋았다. 린드의 힘을 빌릴 수 있으니 말이다.

하늘을 나는 데다 오랜 시간 최고 속도를 유지할 수 있는 린드는 장거리 항행 속도에서 울시를 크게 웃돈다. 세 사람을 태우면 속도는 상당히 떨어지는 듯하지만 그래도 직선으로 나아갈 수 있는 만큼 울시보다는 빠르다.

린드를 타고 이동한다면 반나절도 걸리지 않아 그린고트에 도착할 수 있을 것이다.

도착이 빠르면 빠를수록 그린고트에 피해가 날 가능성이 적어진다.

"최단 거리로 가라! 린드여, 부탁한다!"

"크오오오!"

그것이 오늘 아침에 있었던 일이다.

왕도 밖에서 날아오른 린드는 휴식 한 번 없이 순식간에 그린 고트에 도착하려 했다.

역시 신검에 깃든 용. 완전체가 아니라도 와이번이나 하위 용과는 비교가 되지 않는 힘을 간직하고 있었다.

"우물우물. 그런데 이 카레빵이란 거 엄청나군!"

"정말이네요, 우물우물. 먹기 쉬운 데다 맛있고 우물우물. 영양까지 생각했을 줄이야…… 이 쿠이나, 요리 실력으로 진 것은 오랜만입니다 우물우물."

"쿠, 쿠이나가 음식을 이렇게 허겁지겁 먹는 건 오랜만에 본다! 역시 스승이다!"

"응! 스승의 요리는 세계 제일이야. 카레도 세계 제일. 즉 이건 세계 제일의 요리."

"과, 과연……! 스승 씨, 무섭네요……!"

아니, 과연이 아니야. 프란은 카레를 너무 좋아해서 평가가 이상할 뿐인 거니까! 자신작이기는 하지만 세계 제일은 역시 지나친 말이야!

린드의 등 위에서 먹을 수 있는 요리가 없느냐는 질문을 받고 카레빵을 꺼내줬는데……. 먹보 이미지가 있는 메아보다 쿠이나 쪽이 꽂힌 듯했다.

벌써 열 개나 먹었다. 말라서 소식을 할 것처럼 보여도 역시 대식가 종족인 수인이었군.

린드의 등에 빵 부스러기를 흘리면서 열린 카레빵 축제가 종료되자 마침 목적지가 보이기 시작한 듯했다.

"그린고트다!"

메아가 외치는 대로 멀리 그린고트의 그림자가 희미하게 보이기 시작했다.

린드의 속도라면 앞으로 몇 분도 걸리지 않아 도착할 것이다.

"도착 후 그린고트 주변에 사인이 있으면 섬멸한다. 그러면 되겠지?"

"응."

『수는 그렇게 많지 않다고 했으니 그게 좋을지도 모르겠어.』

"그런데 던전은 우리가 없앴을 터다. 왜 사인들은 소멸하지 않았지?"

"맞아. 왜?"

메아와 프란이 함께 고개를 갸웃거렸다.

메아 일행이 던전 코어를 파괴함으로써 던전에서 생겨난 마수와 사인은 모두 사라졌을 터다. 대량의 사인이 있는 것은 확실히 이상했다.

그러나 쿠이나는 아무렇지 않게 대답했다.

"던전 밖에 있던 사인들이겠죠."

"이 타이밍에 말이야?"

"……우연?"

"거기까지는 모릅니다. 하지만 사라지지 않으니 던전의 지배하에 놓여 있지 않았던 사인이겠죠. 전혀 불가능한 이야기는 아닙니다."

그렇다.

사인이 무리 지어 공격해오는 것은 드문 일이 아니다.

알레사에서 경험했듯이 고블린을 생성하는 것이 가능한 던전에서 넘쳐 나오는 경우도 있고, 고블린들이 사람 시선이 미치지 않는 장소에서 번식해 무리를 짓는 경우도 있을 수 있을 것이다.

그러나 메아의 말대로 타이밍이 신경 쓰였다.

뮤렐리아 일당이 습격한 직후인데 우연일까?

만약 우연이 아니라면…….

"웃. 저기를 봐봐!"

"어디?"

메아가 갑자기 진행 방향을 가리키며 외쳤다.

프란이 등 너머로 고개를 뻗어 앞을 봤다. 그리고 바로 표정이 굳었다.

"고블린!"

『그뿐만이 아냐! 짐승도 있어!』

그린고트의 조금 앞.

수인 무리가 고블린들과 격렬한 전투를 벌이고 있었다. 게다가 적 안에는 곰이나 늑대 등의 짐승이 섞여 있었다.

그 수는 서른 마리 정도일 것이다.

반면에 수인은 다섯 명뿐이다.

멀리서 봐도 고전하고 있는 것을 알 수 있었다.

"내가 갈게. 스승!"

『그래! 메아와 쿠이나는 먼저 그린고트로 가줘! 저쪽도 걱정돼!』

"알았다! 부탁한다 프란, 스승, 울시!"

"응!"

"윙!"

메아와 쿠이나에게 고개를 살짝 끄덕이고 프란은 그대로 린드의 등에서 뛰어내렸다. 동시에 울시도 프란의 그림자에서 뛰쳐나왔다.

『모험가가 휘말리지 않게 범위 공격은 쓰지 마.』

"알았어."

『울시는 움직임이 빠른 늑대들을 먼저 쓰러뜨려.』

"윙!"

자유 낙하에서 공중 도약으로 바꿔 가속한 프란과 울시가 엄청난 속도로 전장에 다가갔다.

모험가들도 덤벼드는 사인들도 기척을 지운 프란과 울시를 알아차리는 자는 없었다.

신참 모험가와 고블린이니 어쩔 수 없을 것이다.

"가자."

"크르르르!"

『난 모험가를 회복시켜볼까.』

프란이 날린 뇌명 마술이 고블린을 마비시키고 울시의 암흑 마술 창이 늑대들을 땅바닥에 꽂았다.

그 시점에서 양쪽 모두 하늘에서 다가오는 그림자를 눈치챈 모양이다.

고블린들은 갑작스럽게 끼어든 사람을 보고 멍한 얼굴이다. 공격할 기회인데 모험가들도 같은 얼굴로 이쪽을 올려다보고 있다.

신참인 것 같으니 어쩔 수 없나.

"어? 뭐지?"

"사, 상처가 나았어……."

"어린아이가!"

모험가들이 얼빠진 얼굴을 보이고 있는 동안에도 프란과 울시의 마술에 적의 모습이 줄어갔다.

프란이 적과 모험가들 사이에 내려서자 그때부터는 그야말로 순식간에 끝났다.

아직 멀쩡한 고블린들을 베고 마비되어 쓰러져 있는 고블린들의 머리를 밟아 부수고 짐승들은 마술로 없앴다.

첫 공격으로부터 3분도 지나지 않아 마수를 모두 섬멸했다.

"저기…… 도와준, 건가?"

"사, 상처도 고쳐준 건가요?"

"응."

"그, 그렇게 격렬한 전투 중에 회복 마술까지! 엄청나!"

"저쪽에 있는 종마 늑대도 엄청 강한 거 같아!"

"검도 마술도 쓸 수 있다니, 대단하네요!"

모험가들은 당황한 표정으로 말을 걸었지만 적이 아니라는 것을 알자 단숨에 거리를 좁혔다.

그리고 프란에게 감사 인사를 하면서 흥미진진한 기색으로 이야기를 걸었다.

이런 친근함은 수인 특유의 것일지도 모른다.

이야기──라고 할까, 모험가가 일방적으로 말을 거는 동안에 한 사람이 프란의 정체를 깨달은 모양이다. 얼빠진 목소리를 냈다.

"아아앗! 그, 그러고 보니……."

"왜, 왜 그래. 갑자기 큰 소리를 내고……. 앗, 새로운 적이야?"

"아, 아니야. 흑묘족에 엄청 강한 검사이고 큰 늑대 종마를 데리고 다닌다……. 소문의 흑뢰희 아냐?"

여성 모험가의 말을 듣고 다른 모험가들의 얼굴도 놀라는 표정으로 바뀌었다.

"아! 그러고 보니!"

"소문대로야!"

"하, 하지만 흑뢰희님은 진화했다고……."

그러고 보니 왕도에서 일일이 사람들이 모이는 게 귀찮아서 진화 은폐 스킬을 쓰고 그대로 뒀다.

『프란, 은폐를 풀까?』

'지금은 괜찮아.'

여기서 흑뢰희라는 것이 드러나면 더 소동이 일어날 것이다. 프란으로서는 얼른 그린고트로 향하고 싶은 모양이다.

다만 이대로 떠날 수도 없을 듯했다.

모험가들에게 붙잡힌 것이 아니다.

울시가 끌고 온 곰의 사체에 아무래도 넘어갈 수 없는 점이 있었기 때문이다.

"워후."

"왜 그래?"

"웡!"

『이 곰의 사체, 어떻게 봐도 썩었어.』

울시는 사독 마술을 쓸 수 있기 때문에 상대를 부패시키는 것도 가능하다.

그러나 독은 모험가들을 휘말리게 만들 우려도 있어서 이번에는 암흑 마술로 직접 공격밖에 하지 않았을 것이다.

『처음부터 썩어있던 건가?』

'웡.'

『그런데 움직였어. 이 녀석들은 좀비라는 걸까나.』

'다른 동물도 썩었어.'

그렇군. 듣고 보니 늑대나 원숭이의 사체도 일부가 부패해 있는 것이 보였다.

하지만 그건 이상하다.

좀비를 지배하려면 스킬이나 마술이 필요할 텐데 이번에 쓰러뜨린 고블린들 중에 사령 마술을 가진 개체는 없었다. 사령 지배 스킬도 마찬가지다.

즉 좀비를 조종하는 자는 따로 있고 그자가 고블린들에게 손을 빌려줬다는 건가? 어쩌면 고블린 킹이나 고블린 소서러 같은 상위종이 따로 있을지도 모른다.

"저기."

"아, 네. 뭔가요?"

"이 부근에서 좀비가 자주 나와?"

"아니요. 우리는 보통 그린고트에서 활동하는데 그런 이야기는 들은 적도 없어요. 이렇게 많은 좀비와 싸우는 것도 처음입니다."

"그래?"

역시 사인의 뒤에는 사령 마술사가 있는 모양이다.

민첩한 고블린에 사체를 조종하는 사령 마술사. 이건 꽤 성가

신 조합일지도 모르겠다.

"으."

내가 사체를 검사하고 있는데 프란이 살짝 신음했다.

'스승.'

'크릉!'

『프란도 울시도 느꼈어?』

'이상한 녀석이 이쪽을 보고 있어.'

프란이 말하는 대로 상당히 먼 곳에서 이쪽을 지켜보는 기척이 있었다.

그저 보기만 하는 게 아니라 멀리서 감시를 하기 위한 마술이나 스킬을 쓰고 있을 것이다. 아주 미약하게 마력 같은 흔들림이 느껴졌다.

『울시의 전이로도 못 가?』

'워후.'

역시 너무 먼 듯했다.

나도 전이로 상대의 허를 찌르기는 어렵다. 정확한 장소를 모르기 때문이다. 울시와 프란은 상당히 정확히 상대가 있는 곳을 아는 듯하지만……. 나 혼자서는 대강 저쪽 방향이라는 정도밖에 알 수 없었다.

『할 수 없네. 전이로 근처까지 다가가서 속공으로 붙잡을 수밖에 없나.』

'알았어.'

상대의 힘도 알 수 없는 이상 최악의 경우에는 물러나는 것도 염두에 두어야 한다. 뮤렐리아와 관련이 있을 가능성도 있기 때문이다.

그런 생각을 했지만 감시자는 기대에 못 미칠 만큼 약했다.

"갸, 갸가아!"

은밀 능력 특화라 전투력은 보통 고블린과 다르지 않았던 것
이다.

전이해 온 프란을 보고 황급히 도망치려 했지만 순식간에 따라
잡아 베었다.

"새까만 고블린?"

『이블 고블린이야.』

사신의 가호를 받은 특수한 개체일 것이다. 혹시 이 녀석이 사
령 마술사일까 했지만 그렇지는 않은 것 같았다.

일단 고블린의 상위종인 이블 고블린이 따르는 상대가 버티고
있다는 건가? 그렇다면 상당히 성가시다.

『일단 이 녀석을 수납하고 그린고트로 갈까.』

"응."

우리는 모험가들에게 인사를 마치고 그린고트로 향하기로 했다.

붙잡는 모험가들을 두고 프란과 울시는 그린고트를 향해 달리
기 시작했다.

이미 근처까지 와 있어서 그린고트에는 순식간에 도착했다. 낯
익은 성문이 보이기 시작했다.

"사람이 잔뜩 있어."

『병사 같네. 역시 이쪽에도 고블린이 있었던 건가.』

"메아와 쿠이나도 있어."

병사들 중앙에서 지시를 내리고 있는 것은 하얀 머리칼을 가진

소녀다. 아까 헤어진 메아였다.

역시 왕족답게 명령을 내리는 모습에 위화감이 없다. 보통이라면 저런 어린아이가 지시를 내리면 불만이 나오겠지만 병사들도 지극히 자연스럽게 따르고 있었다.

"오오! 프란! 저쪽은 어땠지?"

"괜찮아. 구했어."

"그래그래!"

"이쪽도 적 있었어?"

"음, 그렇다."

메아의 설명에 의하면 그녀들이 도착했을 때는 이미 전투가 시작되어 있었다고 한다.

놀랍게도 미노타우로스 등도 섞여 있었다고 하니까 상당한 전력이다.

모험가들을 공격하던 고블린은 별동대인가? 전투 중에 다가오는 그들을 이블 고블린이 발견하고 소수로 공격하러 갔을지도 모른다.

문이 집중적으로 공격받아 상당히 위험한 듯했지만 메아와 쿠이나의 도움으로 무사히 넘어간 듯했다.

"녀석들, 파성추 같은 것까지 가지고 있었어. 평범한 야생 무리가 아니야."

"그대로 있었다면 문이 부서졌을지도 모릅니다."

거인인 미노타우로스나 오크의 힘으로 부딪치는 파성추. 확실히 위력이 있을 것 같다.

메아 일행이 오지 않았다면 위험했으려나?

"이쪽에 사령 마술사는 없었어?"

"뭐라? 사령 마술사? 어땠지, 쿠이나?"

"저도 보지 못했습니다. 반수 정도는 아가씨가 순식간에 해치우셨고요."

"으……. 하지만 그러지 않으면 도시가 위험했단 말이다!"

성문 앞에 쓰러진 적의 시체를 확인해봤다. 온몸이 불타서 쿠이나의 말대로 메아가 날뛰었다고 추측할 수 있었다.

"하지만 확실히 좀비들이 섞여 있었어. 그쪽도 그런가?"

"응. 곰이나 늑대 좀비."

"사인과 사령들의 혼합 부대인가……."

"그리고 이거."

프란이 꺼낸 것은 아까 쓰러뜨린 이블 고블린의 시체다.

"그쪽에도 있었나. 이쪽에도 몇 마리 있었다."

"이거 적이 예상외로 성가실지도 모르겠네요."

"음. 중대한 사태일지도 모른다."

고블린뿐이라면 집락이 생겨서 번식했다고 생각하면 된다. 그러나 적에는 좀비에 이블 고블린이 섞여 있었다.

한 마리만이라면 자연히 진화했을 가능성도 있다. 그러나 여러 마리가 연계하고 있다면 한층 상위자가 있다고 생각할 수 있었다.

"일단 이블종의 마석만은 확보하고 그 밖에는 언데드화하기 전에 태우자."

"그게 좋겠네요."

이블종이라고는 하나 어차피 고블린. 마석 이외의 소재는 채취할 수 없는 모양이다. 다만 이블 고블린들에게서 꺼낸 마석은 아주 크고 내는 사기도 상당히 강했다. 이블종에서도 상위가 아닐까 했다.

"다른 소재는 무리겠군요."

고블린을 해체하면서 모험가 길드의 직원이 아쉽다는 듯이 중얼거렸다.

사인 중에서도 미노타우로스나 오크의 소재는 나름대로 유용하다. 그러나 그런 상위종은 전선에 있었기 때문에 메아의 화염에 불타고 말았다.

원형은 남아 있지만 소재가 될 가죽 등은 거의 숯덩이가 됐다. 이래서야 쓸 수 있을 만한 소재는 마석 정도일 것이다.

모험가 길드 사람이 울적한 얼굴로 가르쳐줬다.

"아가씨."

쿠이나의 게슴츠레한 시선 공격에 메아가 황급히 반론했다.

"하, 할 수 없었잖아! 성문을 보호하기 위해서였다!"

"네. 그건 확실히 그럴지도 모릅니다. 아가씨 덕분에 문이 부서지지 않고 끝났습니다."

"그렇지?"

"하지만 다른 방법도 있지 않았을까요?"

추켜세웠다 떨어뜨린다. 쿠이나는 여전하군.

"이런 곳에서 그 정도 위력의 화염 마술을 날리면 장소에 따라서는 성문까지 불탔을지도 모릅니다. 그렇게 되지 않아도 주위에 불이 퍼질 가능성 역시 있었습니다."

"그, 그건."

"계속 화염을 날리기만 해서는 프란 씨에게 뒤처질 겁니다."

"으으으으."

메아가 프란을 곁눈질했다. 그리고 분한 기색으로 신음했다.

프란이 스킬 제어 수행을 하고 있는 것을 떠올렸을 것이다. 쿠이나의 말에 메아를 비꼬기 위한 의미뿐만 아니라 진실도 포함되어 있다는 것을 이해한 모양이다.

"다, 다음부터는 조심하겠다."

"그렇게 해주십시오."

"저, 저기. 이야기를 듣고 싶으니 길드까지 와주시겠습니까……?"

황송해하는 길드 직원을 따라 프란 일행은 그린고트의 모험가 길드에 와 있었다.

직원의 긴장이 장난 아니다.

메아는 정체를 밝히지 않았지만 상대가 명백하게 고귀한 출생이라는 사실을 알아본 모양이다. 뭐, 말투도 그렇고 아가씨라고 불리고 있으니 말이야. 게다가 흉악한 사인을 한 방에 쓰러뜨리는 강자다.

프란에 대해서 알고 있으니 메아와 프란이라는 강자 두 사람 사이에 끼어 있는 것이다.

그야 긴장하지 않는 게 이상할지도 모른다.

엄청난 저자세의 직원이 준비해준 차와 꼬치구이를 먹으면서 잠시 기다렸다. 몇 분 있자 수염을 기른 개 수인 노마술사가 방으로 달려왔다. 영감, 땀이 나는데 괜찮아?

"여, 역시 네메——아니, 메아 님!"

"오랜만이로군. 르뵈프."

그는 그린고트의 길드 마스터다. 역시 메아의 정체를 알고 있는 듯했다.

"이번에 이 도시를 도와주셔서 감사합니다. 흑뢰희님도."

"백성을 보호하는 건 왕족의 의무. 내 일을 한 것뿐이야."

"나도 동료를 보호하기 위해 싸웠을 뿐이야."

"그렇습니까……. 여러분 덕분에 도시 안으로 침입하는 건 막을 수 있었습니다. 흑뢰희님의 동료도 무사할 겁니다."

"그래. 다행이야."

공격군은 메아가 섬멸한 200마리 정도뿐이었던 모양이다.

"그러면 적이 어떤 자들이었는지 말씀해주시겠습니까?"

"음. 우선 이것을——."

이블 고블린의 마석을 보이며 메아와 쿠이나가 자신들이 아는 정보를 설명했다.

하지만 그렇게 자세히 아는 것도 아니다.

상대에는 이블 고블린이 섞여 있고 좀비 등도 같이 있었다. 고블린 이외의 사인도 있었으니 일반 고블린 무리는 아닌 것 같다는 정도다.

가장 큰 문제는 이번 습격에 통솔 개체가 있는지 없는지 알 수 없다는 점일 것이다.

"그리고 또 하나 의문이 있다. 이번 사인들의 습격은 우연이라고 생각하나?"

"……저 사인들도 바샬의 부하라는 말씀이신지?"

"음. 타이밍이 너무 좋은 것 같다."

"그, 그건 확실히 그렇군요."

이번 습격에 사인들의 보스가 있고 이것으로 습격이 끝난다면 상관없다.

그러나 그렇지 않은 경우 다시 공격해올 가능성이 있었다. 그것도 더 준비를 철저히 한 상태로.

"반을 쓰러뜨린 뒤에도 고블린들은 우리에게 덤볐다. 보통 고블린이라면 도망쳤을 거야."

"즉 녀석들을 지배하는 자가 아직 남아 있고 고블린들은 그 명령에 따랐다는 말씀이십니까?"

"그렇지 않으면 마지막까지 싸운 것이 이상하지 않나?"

"확실히 그렇군요. 역시 그린고트 주변을 탐색해야겠습니다. 길드에서 모험가들에게 의뢰를 하겠습니다. 경우에 따라서는 병역 경험자에게 의뢰해도 괜찮고요."

"우리도 독자적으로 찾아보지. 그리고 녀석들이 온 방향을 알고 싶어."

"보초의 이야기로는 북쪽에서 왔다고 합니다."

"북쪽……."

길드 마스터의 말을 들은 직후 프란이 잠시 생각에 잠겼다.

'스승……. 슈왈츠카체는 괜찮을까?'

『사람은 남아 있지 않으니 파괴될 일은 없을 것 같은데…….』

문제는 적이 남아 있을 가능성이 있는 한 흑묘족이 마을로 돌아갈 수 없다는 점일 것이다.

최악의 경우 흑묘족이 공격받을지도 모른다.

"왜 그래, 프란? 묘하게 끙끙거리고 있는데."

"나도 탐색 열심히 할게."

"그런가. 그러면 어느 쪽이 적의 우두머리를 발견하는지 경쟁이로군!"

"응!"

그렇게 마주 고개를 끄덕인 두 사람이었지만 바로 출격하지는 못했다.

메아 일행은 영주인 마르마노와 협의를 해야 했고, 프란 역시 여기까지 오면 동료를 만나지 않는다는 선택지는 없기 때문이다.

출격 전에 흑묘족들에게 가자 사류샤가 맨 처음 알아보고 맞이해줬다.

"공주님! 왕도로 가신 것 아니었나요?"

여전히 환영 분위기다.

"혹시 밖에 있던 사인을 물리친 게 공주님이었나요?"

"대부분은 메아가 했어. 나는 조금."

"메아 님은 동료이신가요?"

"친구."

"그런가요! 강한 친구분이 계시군요."

"응. 메아는 강해."

"좋겠네요. 저도 언젠가 공주님과 함께 싸울 수 있을 만큼 강해지고 싶어요."

사류샤가 그렇게 말하고 허리에 찬 검을 살짝 만졌다.

전에는 창을 썼을 텐데 검으로 바꾼 모양이다. 뭔가 심경의 변화가 있었나?

"저 같은 초보자는 사실 창이 좋다는 건 알고 있어요. 하지만 역시 검으로 강해지고 싶어요. 공주님이나 키아라 님처럼……."

심경의 변화라기보다 명확한 목표를 찾은 모양이다. 결의에 찬 표정으로 프란을 바라보고 있다.

"그렇게 해."

고개를 살짝 끄덕이는 프란이었지만 상당히 기쁜 것 같다.

자신을 동경해주는 것도, 키아라의 유지를 이으려 하는 자가 자신 외에도 있는 것도 기쁜 게 틀림없다.

"무모하다고 생각하세요?"

"생각 안 해. 사류샤라면 분명 검으로 강해질 수 있을 거야. 열심히 해."

"네! 불 마술도 아직 쓸 수 없지만 언젠가 검도 마술도 습득해서 강해져 보일게요!"

"응."

강해지고 싶은 건 자신들을 위해서일 것이다. 하지만 프란이나 키아라를 위해서라는 마음도 틀림없이 있는 듯했다. 다른 흑묘족들도 함께 고개를 끄덕이고 있었다.

만났을 때는 싸움을 겁내기만 했던 흑묘족이 단기간에 바뀌었다. 이미 무기를 받은 자들은 제법 전사의 얼굴을 하고 있었다.

그 뒤에는 흑묘족들과 담소를 나누며 화기애애하게 교류했지만 계속 이러고 있을 수도 없었다.

"슬슬 갈게."

"그런가요……. 공주님! 힘내세요!"

"그래도 무리는 하지 마세요!"

"공주님, 힘내요~."

"고맙습니다, 고맙습니다."

마지막에는 사류샤나 촌장, 전사 후보들뿐만 아니라 흑묘족 전원이 배웅해줬다. 정말 착한 녀석들이다.

"반드시 마을을 지킬 거야."

『그래!』

"윙!"

흑묘족들의 성원을 받고 프란과 울시는 결의가 넘쳐흐르고 있었다.

누가 뭐래도 적을 발견해주겠다는 기세로 그린고트를 출발했지만──.

그것만으로 일이 잘 풀릴 만큼 상황이 좋지는 않았다.

그린고트를 출발한 지 약 한 시간.

흑묘족의 마을에 도착한 우리는 전력으로 사인을 찾아다니고 있었다. 내 탐지 계열 스킬과 울시의 코에 의지해 미세한 흔적도 놓치지 않도록 집중력을 발휘해 적을 찾아갔다.

그러나 이렇다 할 성과는 올리지 못했다.

『슈왈츠카체 주변에는 없는 건가……?』

"워후……."

상공에서 울시에 탄 채 적을 계속 찾았지만 역시 사인의 모습은 발견할 수 없었다.

그러기는커녕 마수의 모습도 드물었다.

뮤렐리아의 부하들이 진군한 여파일 것이다. 강력한 마수가 무리를 지어 남하하는 동안에 그 기척에 겁먹어 도망친 것으로 보였다.

"작은 것뿐이야."

남아 있는 것은 소형 잔챙이 마수뿐이다. 목표인 고블린이나 오크 등 사인의 기척은 전혀 느껴지지 않았다.

『어떡할래? 좀 더 찾을까?』

"물론."

『알았어. 그럼 울시의 코를 활용하기 위해서 이번에는 내려가 찾아보자.』

"알았어."

그 이후에도 적을 계속 찾았지만 결국 성과는 올리지 못했다. 이렇게 되면 이 부근에는 없을 것이라고 결론을 내릴 수밖에 없었다.

『프란, 일단 그린고트로 돌아가자. 어쩌면 다른 모험가들이 정보를 가지고 돌아왔을지도 몰라.』

"알았어."

정보가 없는 경우 내일 다시 탐색하려나? 더 넓은 범위를 찾고, 그래도 발견되지 않는다면 포기할 수밖에 없을 것이다. 크란젤 왕국으로 늦게 귀환해도 된다면 여기 남아도 상관없지만.

울시의 등에서 꼬치구이를 먹는 프란과 이후의 예정을 의논했다.

그러나 긴장을 늦출 수 있었던 것은 그린고트에 가까이 갈 때까지였다.

"스승!"

『응! 불길이 올라오고 있어!』

그린고트 안에서 불꽃이 내는 붉은 빛과 불길한 검은 연기가 올라오고 있는 모습이 보였다.

『서두르자! 울시!』

"크릉!"

뭔가 예측할 수 없는 사태가 일어난 듯했다.

Side 사류샤

공주님을 배웅하고 몇 시간이 지났을까.

"······휴우우."

틀렸나.

나는 모닥불에 내밀고 있던 손을 내리고 한숨을 토했다.

이렇게 집중해도 마술을 쓸 수 있을 것 같은 기척은 조금도 느껴지지 않는다.

공주님은 이미지와 집중이 중요하다고 했는데······.

나는 재능이 없는 걸까? 그야 그 나이에 영웅이 된 공주님에 미치지 못하는 건 확실할 것이다.

하지만 지금 배우려 하는 건 기초 중의 기초다.

뇌명 마술을 배우기 위한 전제가 되는 불 마술.

나는 그 첫걸음에서 막히고 말았다.

솔직히 분하다. 이런 것으로 정말 강해질 수 있을까? 그런 약한 생각도 떠오른다.

하지만 포기하고 싶지는 않다.

동경하고 말았기 때문이다.

나보다 어린데 아주 강하고 언제나 당당한 공주님을.

그리고 우리를 궁지에서 구해준 흑묘족의 영웅인 키아라 님을.

언젠가 그렇게 되고 싶다.

나의 그 마음에 거짓말은 하고 싶지 않았다.

우리는 진화할 수 없는 가장 약한 종족이다. 그러니까 약한 건 당연하다. 강해지는 건 무리다.

줄곧 그렇게 생각하며 살아왔다. 하지만 그렇지 않았다. 우리 흑묘족 역시 할 수 있었다.

그 사실을 안 다음부터는 게으름 피우고 있을 수 없었다.

"⋯⋯좋아, 다시 한번──."

"사류샤. 좀 쉬는 건 어떠냐?"

"촌장님. 무슨 일이세요?"

"무슨 일이냐니. 넌 네 손 상태를 알고 있는 게냐?"

"손, 이요? 손이──으에엑? 어째서?"

촌장님이 말하는 대로 내 손을 봤다. 그러자 새빨갛게 부어오른 내 손바닥이 눈에 들어왔다.

계속 모닥불에 대고 있던 탓에 모르는 사이에 화상을 입은 모양이다. 도중부터 열기를 전혀 느낄 수 없게 된 것 같았는데, 화상이 악화되어 감각이 둔해졌나 보다.

"아, 자각하니 갑자기 통증이⋯⋯ 아야야야!"

"못 말리는 녀석일세. 자, 약초를 짠 즙이다. 조금은 나아질 게다."

"죄, 죄송합니다."

"마음은 알지만 너무 무리하면 안 된다."

"하지만 저는──."

콰아아앙!

촌장님을 향해 내 초조한 마음을 말하려 한 그때다.

멀리서 뭔가가 폭발하는 듯한 소리가 들렸다.

"촌장님, 들으셨어요?"

"그래. 무슨 일이 있었을지도 모른다. 사람들을 모으자!"

"네!"

주위에 있는 다른 종족 사람들은 당황한 듯이 어깨를 맞대고 있었다. 피난 준비를 시작한 것은 우리 흑묘족뿐이다. 뭐, 쓸데없는 짓이 될지도 모르니 어쩔 수 없겠지. 하지만 그래도 좋다.

그저 그린고트 밖에서 아군 중 누군가가 마술을 썼을 뿐이라면? 그 경우에는 다 같이 "아무 일도 아니어서 다행이야"라고 말하며 웃으면 된다. 그걸로 괜찮다.

퍼버어어어어어어어어엉!"

"역시 뭔가 일어났어……!"

지금 소리는 확실히 도시 안에서 들렸다. 정상적인 사태가 아니다.

우리는 바로 모여 싸울 수 있는 자는 무기를 들었다.

"크오오오오오오오오!"

"! 지금 건……."

이번에는 폭발 소리가 아니다.

명백하게 어떤 생물의 포효였다. 게다가 상당히 거대한.

그린고트 안에서 마수 소리? 혹시 어디 문이 부서져서 안으로 들어온 걸까? 하지만 적이 공격해온 것을 알려주는 종은 울리지 않았는데…….

"여러분! 숙소 이용 허가를 얻었네! 싸울 수 없는 자는 안으로 들어가!"

원래는 어린아이들을 위해 방을 제공해주던 여관. 그곳으로 비전투원을 피난시킬 수 있도록 촌장님이 허가를 받아온 모양이다. 뭐, 우리 역시 그저 무기를 가지고 있을 뿐 전투원이라고 부를 수 없을지도 모르지만.

노인과 아이들이 숙소 안으로 들어간다. 어깨가 맞닿을 만큼 밀려 들어가는 형태가 되지만 텐트 안보다는 나을 테다.

마지막 비전투원이 숙소 안으로 들어가려 하는 바로 그때였다.

"우아아아!"

길 저편에서 비명이 일어났다. 그리고 길을 감시하던 동료가 놀라운 보고를 해왔다.

"고, 고블린이다! 검은 피부의 고블린이 도시 안으로……!"

"좀비도 있다!"

역시 사인이 들어왔어! 게다가 좀비까지!

"할머니! 숙소 안으로 얼른 들어가요!"

"아, 응. 알았다!"

"안에서 문을 잠그고 절대로 나오지 말아요."

"너희들도 무모한 짓을 하면 안 된다. 기껏 공주님과 키아라 님이 구해주신 목숨이니까!"

"응. 알아요!"

문이 닫힌 뒤 찰칵하고 잠기는 소리가 울렸다.

그와 거의 동시였다.

"갸오가아!"

"어?"

바로 근처에서 고블린의 고함이 들렸다. 적의가 드러난 무시무시한 목소리다.

황급히 돌아보니 길을 사이에 둔 저편에 검은 피부의 고블린이 있었다.

방금까지는 길 저쪽에 있었는데!

"이, 이 녀석들! 평범한 고블린이 아냐!"

그 고블린과 격렬하게 싸우던 적견족 남성이 외쳤다. 이 사람은 다른 마을에서 피난 온 전직 병사다. 피난 장소가 근처여서 사이가 좋아졌다.

전직이라고는 하나 병사. 고블린 정도라면 상대가 되지 않을 텐데 치열한 승부를 벌이고 있었다.

이 검은 고블린들은 보통 고블린보다 강한 듯했다.

"갸아오!"

"젠장!"

위험하다, 이대로는 저 남자가 당해! 치열한 승부는커녕 고블린이 앞서기 시작했어! 역시 보통 고블린이 아니야!

무아지경이었다. 나는 즉시 옆에서 달려가 아직 아무것도 벤 적 없는 철검으로 검은 고블린의 팔을 공격했다.

베었다! 그렇게 기뻐할 새도 없이 바로 검이 막혔다.

내 공격은 고블린의 검은 피부를 살짝 베었을 뿐이었다. 살은 거의 베이지 않았다.

전에 공주님과 고블린 사냥을 했을 때는 더 약해도 칼날이 들어갔는데!

하지만 검은 고블린의 주의를 끈 모양이다.

"잘했어, 아가씨! 으랴압!"

"키이이이——!"

고블린의 압력이 줄어들자 한 손을 움직일 여유가 생긴 것이리라. 적견족 남성이 검지를 세워 고블린의 눈에 힘껏 찔렀다.

눈을 누르고 비명을 지르며 검을 떨어뜨리는 고블린.

그 모습을 보고 내 몸이 자연히 움직였다. 검을 들어 그 목을 향해 내리쳤다.

공주님에게 지도를 받은 비스듬히 베기다. 가장 연습을 많이 한 형태다.

이번에는 칼날이 고블린을 깊이 베는 감촉이 있었다.

고블린의 목에서 대량의 피가 흘러나오고 그 몸이 허물어졌다. 움찔움찔 경련하다 바로 그 움직임이 완전히 멈추었다.

쓰러뜨린 모양이다.

이겼다는 생각보다 내 몸이 멋대로 움직인 데 대한 놀라움 쪽이 컸다.

"아가씨. 덕분에 살았어!"

"네, 네에……."

"왜 그래?"

"처, 처음으로 제대로 싸웠어요……."

키아라 님이 구해준 그때 우리는 싸우지 못했다. 전장에서 무기를 들고 있었을 뿐이다.

어떤 의미에서 이번이야말로 내 첫 싸움이다.

"진짜야? 첫 출전에 그렇게 할 수 있으면 충분해."

남성은 칭찬해줬지만 그 이상 이야기할 틈은 없었다.

길 저편에서 더 많은 검은 고블린이 오는 모습이 보였기 때문이다.

"젠장! 아가씨는 동료와 연계해! 저건 강해!"

"아, 네!"

그 사이에도 고블린이 다가와서 순식간에 난전이 벌어졌다.

주변에서 격렬한 전투가 펼쳐지는 모습이 보였다. 적견족 사람들은 역시 강하다. 고블린과도 좀비와도 확실하게 싸울 수 있었다.

우리도 흑묘족끼리 연계하며 어떻게든 검은 고블린을 상대했다.

"갸슈오오!"

"제, 젠장!"

"당황하지 마! 방패가 있으면 죽지 않아!"

"아, 알았어⋯⋯."

"다들! 지금이야! 창으로 찔러!"

"야아아압!"

"으랴!"

여기서도 공주님의 가르침이 살아났다. 모두가 겁을 먹으면서도 확실하게 무기를 쓸 수 있었다.

그리고 사인에게 쫓겼을 때 마구잡이였음에도 싸우려고 결심했던 것 역시 지금 싸울 수 있는 이유일 것이다.

일단 죽음을 각오한 우리는 자신도 모르는 사이에 공포에 대한 내성이 생긴 듯했다. 평소라면 진작 죽었겠지만 키아라님이 구해준 덕분에 각오를 다진 채 살아남을 수 있었다.

확실히 검은 고블린은 강하지만 모두가 싸우니 어떻게든 됐다.

그러나 차츰 검은 고블린의 수가 늘어갔다. 반면에 주위의 수인들은 조금씩 수가 줄어갔다. 적견족 사람들이나 달려와 준 순찰 병사에게 피해가 생겼다.

"사류샤! 또 온다!"

"끝이 없네요!"

아슬아슬한 전투 속에서 마침내 파멸이 찾아왔다.

"교오오오오!"

"우왓! 사, 살려——커헉!"

"숀!"

검은 고블린이 숀의 방패를 날리고 다른 한 마리가 창으로 찔렀다. 창은 가슴을 관통해서 치명상으로 보였다.

"제, 젠장!"

"잘도 숀을!"

"안 돼! 진정해!"

이제 와서 우리 중에 도망치는 사람은 없었다. 하지만 머리로 피가 몰린 탓에 냉정함을 잃고 말았을 것이다. 모두가 각자 무기를 들고 고블린에게 달려들었다.

얼핏 수로 압박하는 것 같지만 사실 제각기 1대1을 시도하는 모양새다.

"규갸!"

"가, 강해……! 으헉!"

"교오오오!"

"커헉!"

동료들이 차례차례 쓰러져갔다. 게다가 이쪽의 수가 줄어드는 데 비해 적은 숫자가 늘어났다.

검은 고블린이 주위에서 모여든 것이다. 그 수는 열 마리. 지금까지 싸우던 것과 합쳐 열두 마리의 검은 고블린이 우리를 포위하고 있었다. 주위에 쓰러진 동료들의 신음 소리와 눈에 들어오는 선명한 피의 붉은색. 그 충격이 우리의 전의를 꺾었다.

무기는 놓치지 않았지만 이미 대항할 기력이 사라지고 말았다.

"게게게!"

싸울 힘을 가지지 못한 우리를 비웃듯이 소리를 내는 검은 고블린. 그 모습을 본 순간 생리적인 혐오감이 등줄기를 어루만져 내 온몸에 소름이 돋았다.

죽음을 앞에 두고 공포보다 혐오가 먼저 생기는 자신이 우습다. 너무 무서운 나머지 정신이 나간 것일까? 아니면 단련한 덕분에 공포를 극복한 건가? 그랬으면 좋겠다.

"게갸아."

"게게게."

검은 고블린들의 포위가 조금씩 좁아지기 시작했다.

이로써 끝인가? 기껏 공주님과 키아라 님이 구해줬는데…….
이렇게 쉽게 끝나는 거야……?

그렇게 생각한 순간 몸에 힘이 돌아오는 것을 알 수 있었다.

"안 돼!"

갑자기 큰 소리를 낸 나를 보고 검은 고블린들이 살짝 놀란 표정을 띠었다.

"우리는 이런 곳에서 끝날 수 없어! 공주님과 함께…… 공주님의 힘이 되기로 결심했잖아! 이런 곳에서 죽을 수 없어!"

나와 모두의 기운을 북돋우기 위해 생각을 입 밖으로 꺼냈다.

그것을 들은 동료들의 얼굴에도 힘이 돌아오는 것을 알 수 있었다.

질지도 모른다. 죽을지도 모른다.

하지만 그것이 저항을 그만둘 이유는 되지 않는다.

"키아라 님이 구해준 목숨……. 마지막까지, 써야 할 거 아냐!"

여기서 쓰러진다 해도 흑묘족의 수치로 끝날 수는 없어!

"그냥은 안 당해!"

어째서일까.

결심을 한 순간 뭔가가 내려온 것 같았다.

머릿속에 말이 떠오른다.

불의 힘을 나타내기 위한 힘 있는 말.

"불이여, 달아올라──."

이것은 불의 마술을 다루기 위한 주문이다.

머릿속에 흐르는 그 말이 입에서 나오자 몸속에서 신비한 힘이 커져갔다.

정신의 고양과 함께 목소리가 커지고 주문이 완성됐다.

"내 적을 물리치는 화살이 되어라! 파이어 애로!"

"게갸아!"

작은 불꽃 막대가 내 눈앞에 있던 검은 고블린의 얼굴을 직격했다. 퍼엉, 하는 소리와 함께 불이 튀었다.

영창에 빠져 알아차리지 못했지만 검은 고블린이 다가왔던 것이다.

아직 쓰러뜨리지 못했다. 하지만 따끔한 맛을 보여주는 정도는 한 듯했다.

검은 고블린은 얼굴을 누르고 무릎을 꿇은 채 소리 없는 비명을 지르고 있다. 다른 고블린들도 놀란 듯이 움직임을 멈추었다.

기회. 그렇게 생각하자 몸이 움직였다. 게다가 나뿐만이 아니다. 주위에 있던 동료들도 동시에 무기를 내질렀다.

창이나 검이 얼굴을 덮고 있는 검은 고블린에게 꽂혀 그 목숨을 빼앗았다.

아직 위기 상황인 것에 변함은 없지만 어째선지 내 얼굴에 웃음이 떠오른 것을 알 수 있었다.

단순하게 기쁜 것이다.

공주님이나 키아라 님의 가르침을 받아들인 사람은 나뿐만이 아니었던 건가.

"기기기……!"

검은 고블린들의 분위기가 바뀌었다.

방금까지는, 약자를 가지고 놀듯이 이쪽을 내려다보는 듯한 눈을 하고 있었다.

하지만 지금은 살의와 복수심이 넘치는 증오스러운 눈으로 우리를 노려보고 있다. 약한 사냥감이 아니라 적으로 인식한 것이다.

"기기기…… 기가아아아!"

우리를 향해 달려드는 검은 고블린.

"야아아아아압!"

검은 고블린의 검이 더 빠르다. 어떻게 생각해도 내가 먼저 베일 것이다.

하지만 그냥 당하지 않아! 적어도 이 녀석만은 길동무로──.

"갸고오……?"

"어?"

각오한 고통은 오지 않았다. 그러기는커녕 눈앞에 있는 검은 고블린에게서 대량의 피가 뿜어져 나왔다.

죽었을 것이다. 왜냐하면 목이 없다.

"사류샤. 잘했어."

거기에 있던 것은 우리의 영웅이었다.

"고, 공주님……."

여전히 무표정하다. 하지만 다정한 눈으로 우리를 보고 있다.

키도 표정도 전혀 다른데 또 한 명의 영웅과 겹쳐 보였다. 우리를 사인으로부터 구해줬을 때의 키아라 님과 똑같았다.

"응. 이제 괜찮아."

✳

우리가 그린고트에 도착했을 때 도시는 이미 위기에 빠져 있었다. 상공에서 보면 그 혼란을 잘 알 수 있었다.

내부에 들어온 사인과 사령들이 날뛰고 있었던 것이다.

수인들이 용감하게 싸우고 있지만 상당한 피해가 나온 것으로 보였다. 모험가 이외에 싸울 수 있는 주민도 대부분이 탐색에 나서 있기 때문일 것이다.

본래라면 길드의 지시로 모험가들이 달려올 상황이지만 그 모험가 길드가 기능하고 있는지가 불확실했다.

"모험가 길드가 불타고 있어."

『저 검은 거인은…….』

멀리서도 알 수 있었다. 검은 연기를 내며 불타고 있는 것은 모험가 길드였다.

게다가 그 화염 속에 거대한 그림자가 있었다.

어떻게 봐도 안쪽에서 건물을 부수고 나타났다고밖에 생각할 수 없는 상태였다.

전이로 길드 내부에 갑자기 나타나 그대로 10미터의 거구로 건물을 파괴한 거겠지. 불꽃은 램프 등의 불이 번진 것으로 보였다.

이래서는 내부에 있던 모험가들에게서도 상당한 피해가 나왔을 것이다.

마스터나 간부는 무사한가? 만약 지시를 내리는 자가 없다면 모험가들이 혼란스러운 채 조직적으로 움직이지 못할 가능성도 있다.

"모두가 있는 곳으로 갈래!"

『응, 서두르자.』

"윙!"

자신을 지킬 능력을 가지지 못한 흑묘족들이 걱정이다.

어쩌면──. 최악의 상상을 머릿속으로 밀어내면서 흑묘족에게 서둘러 향했다.

그리고 길에 세워진 흑묘족들의 텐트가 보이기 시작했을 때 눈앞에서 최악의 사태가 일어나려 하고 있었다.

이블 고블린들이 사류샤를 비롯한 흑묘족 전사에게 달려들려 하고 있었던 것이다.

이미 고블린들은 움직이기 시작했다. 흑묘족들도 응전하려 하지만 저런 숫자의 이블 고블린에게는 당해내지 못할 것이다.

"스승!"

『그래!』

프란의 비명 같은 목소리에 이끌리듯이 즉시 전이를 발동했다. 울시의 등에서 흑묘족들에게로.

하지만 여기까지 와서 나는 최악의 실수를 저지르고 말았다.

『큭! 미묘하게 어긋났어!』

늘어난 마력으로 인해 전이 마술의 출력이 늘어나서 제어에 실패하고 말았다. 장거리 전이의 경우에는 조금만 어긋나도 아주 크게 작용한다.

우리가 전이한 곳은 목표보다 15미터 정도 상공이었다.

눈 아래에서는 선두에 있던 이블 고블린이 사류샤에게 다가가고 있었다. 공포로 몸이 움직이지 않는 건가? 어째선지 사류샤가 움직이지 않는다.

내가 즉시 마술을 날려 고블린을 공격하려 한 그때였다.

고블린의 얼굴에서 붉은빛이 튀었다. 내가 아니다. 나 이외의 누군가——아니, 사류샤가 쓴 불 마술이었다.

『사류샤, 불 마술을 쓸 수 있게 된 건가!』

동료의 얼굴이 불탄 것에 놀라 다른 이블 고블린들의 움직임이 멈췄다. 그 틈에 흑묘족들이 이블 고블린을 해치웠다.

제법인데! 게다가 잔챙이라고 생각했던 상대에게 동료가 쓰러져서 고블린의 움직임이 순간 굳었어!

그 시간이 프란을 늦지 않게 했다.

공중 도약으로 지면에 내려선 프란이 다시 움직이려 한 이블 고블린의 목을 베었다.

"갸고오……."

"어?"

죽은 고블린도 산 사류샤도 무슨 일이 일어났는지 잘 모를 것이다. 마찬가지로 멍한 표정으로 프란을 보고 있었다.

프란은 멈추지 않았다.

그대로 검을 휘둘러 이블 고블린들을 전멸시켰다. 순식간에 일어난 일이었다.

나를 가볍게 휘둘러 칼날에 묻은 피를 털면서 프란이 사류샤를 돌아봤다.

"사류샤. 잘했어."

"고, 공주님……."

겨우 자신이 산 것을 알아차린 모양이다. 사류샤는 안도한 기색으로 어깨의 힘을 풀었다.

"응. 이제 괜찮아."

프란은 사류샤를 진정시키듯이 미소 지으며 그 자리에서 범위 치유를 썼다. 주위를 밝히는 빛이 다친 흑묘족들을 고쳐갔다.

"손도……! 다들…… 다행이다."

고블린에게 베인 흑묘족들도 목숨을 건진 듯했다. 죽었다고 생각했던 동료가 살아나 다른 남자들도 맥이 풀린 얼굴로 주저앉았다.

"사, 살았다……."

"흑흑…… 이제 틀린 줄 알았어."

죽음을 각오한 상태에서 순간 살아났다. 팽팽했던 정신의 끈이 풀렸을 것이다. 우는 사람도 있었다.

따라온 울시에게 주위의 경계를 맡기고 우리는 흑묘족의 상황을 확인했다.

어떻게든 전원이 피난한 모양이다. 뒤에 있는 여관에 사람이 잔뜩 들어가 있는 건 알았지만 전원이 흑묘족인 줄은 몰랐다.

창문으로 얼굴을 내민 촌장 일행을 보고 무사를 확인한 프란은 안심했다.

"나는 갈게. 울시는 여기서 모두를 보호해."

"웡!"

사실은 흑묘족과 같이 있고 싶을 테다. 하지만 소동을 진정시키지 않으면 다시 그들이 공격당할지도 모른다. 여기서는 근본을 없앨 필요가 있었다.

"힘내세요!"

"감사합니다!"

"공주님! 조심하세요!"

마지막 말은 사류샤다. 돌아보지는 않았지만 프란의 얼굴에는 기쁨의 웃음이 떠올라 있었다. 소녀이지만 필사적으로 노력하는 사류샤가 프란도 마음에 들었을 것이다.

『얼른 이 소동을 해결하자.』

"응!"

흑묘족들의 성원에 힘을 얻은 프란은 의욕 가득한 표정으로 모험가 길드를 목표로 달리기 시작했다.

도중에도 상당한 수의 이블 고블린들을 만났다.

우리는 허공을 달리며 마술과 검기를 날려 고블린들을 물리쳐 갔다. 그래도 계속 솟아 나왔다.

『어디서 나오는 거지?』

"모험가 길드에 가까워지니 늘어났어."

『듣고 보니……. 역시 모험가 길드의 그 덩치 큰 녀석이 열쇠를 가지고 있는 건가…….』

속도를 전혀 줄이지 않고 그린고트를 달려나간 프란은 5분도 걸리지 않아 길드에 도착했다.

이미 건물은 완전히 무너지고 거인의 모습은 그곳에 없었다. 아무래도 검은 거인은 영주관을 목표하고 있는 듯했다. 거리를 파괴하며 일직선으로 이동하고 있었다.

그런 때였다.

퍼버버버버버버버버벙!

갑자기 검은 거인의 몸 표면에서 무수한 붉은 꽃이 튀었다. 누군가가 날린 화염 마술일 것이다.

그러나 그 공격이 통한 기색은 보이지 않았다. 거인을 둘러싼 검은 장벽이 마술로 만든 불꽃을 완전히 막았다.

방금 공격은 한 발 한 발이 와이번을 해치울 정도의 위력을 가지고 있을 터였다.

그걸 생각하면 검은 거인의 장벽은 무시무시한 방어력을 가지고 있는 듯했다.

"스승! 메아가 있어!"

『쿠이나도 있어. 돌아온 건가!』

마술을 날린 이의 정체는 린드의 등에서 검은 거인을 내려다보고 있는 메아와 쿠이나였다.

우리와 거의 동시에 그린고트에 돌아온 모양이다.

검은 거인을 중심으로 린드가 천천히 선회하기 시작했다.

동시에 거인을 향해 화염이 다시 날아갔다. 메아 일행은 공격을 가하면서 빈틈을 찾을 셈인 듯하다.

검은 장벽의 방어력을 보고 무턱대고 공격해봐야 소용없다고 생각했는지, 능력도 스테이터스도 알 수 없는 적을 상대로 약점을 찾으려는 것이었다.

"저 녀석, 본 적 있어."

『프란도 생각났어?』

"응."

다만 우리는 저 거대한 그림자를 본 기억이 있었다.

바르보라에서 싸운 린포드의 말로다. 바르보라를 멸망시킬 뻔했던 칠흑의 거인과 똑같았다.

하지만 왜 이런 곳에 저게 있지?

"메아에게 가세할게."

『그래——아니, 잠깐! 길드의 잔해에서 미묘하게 생명의 기척이 있어!』

"! 진짜다!"

『우선 그쪽을 구하러 가자!』

"응!"

우리는 거인을 쫓기 전에 길드의 잔해로 달려갔다. 가까이 가자 더 확실히 알 수 있었다.

『저기 있는 큰 잔해 밑이야. 내가 염동으로 잔해를 치울 테니까 프란은 구출을 부탁해.』

"알았어."

내가 염동을 써서 신중하게 잔해를 치워가자 여러 사람이 쓰러져 있는 모습이 보였다. 다 같이 한곳에 모여 마술이나 뭔가로 몸을 보호했을 것이다. 무사하다고는 할 수 없지만 즉사하는 것은 피할 수 있었던 모양이다.

우리가 잔해 밑에서 구출한 상대 중 한 사람은 놀랍게도 길드 마스터였다. 다른 사람들은 직원일 것이다.

길드 마스터의 상태가 가장 나쁜 건 모두를 보호했기 때문인 듯했다. 온몸에 화상을 입고 부러진 곳은 세기가 곤란할 정도다. 그러나 나와 프란의 회복 마술로 곧장 위험한 상태에서는 벗어났다.

사실은 이대로 눕히고 싶지만……. 지금은 그럴 여유가 없었다.

"길드 마스터, 일어나."

"응……? 여기는……."

프란은 길드 마스터를 흔들어 깨우고 다짜고짜 무슨 일이 일어났는지 질문을 던졌다. 흑묘족의 안전이 달려 있기에 나도 프란도 필사적이었다.

그리고 길드 마스터의 입에서 놀라운 사실이 밝혀졌다.

"적에게 당했습니다……."

"무슨 소리야?"

"처음에 공격해온 이블 고블린들……. 그 마석에 세공이 돼 있었습니다."

적은 처음부터 이블 고블린들을 이쪽이 쓰러뜨리게 만들어, 그 마석이 전리품으로서 그린고트 안으로 들어가도록 계획했던 모양이다.

우리는 그대로 그 의도에 넘어갔다.

"세공이라니?"

"외부에서 장거리 전이를 보조하는 역할을 한 듯합니다……."

길드 마스터의 말을 듣고 뮤렐리아나 제로스리드가 전이를 썼던 것을 떠올렸다.

사술에는 전이 계열 술법이 있을 것이다. 보통은 도시의 결계를 돌파하기 어려울 테지만, 특별한 보조가 있으면 도시 안으로 전이하는 것도 가능할지 모른다.

"녀석들은 우리의 행동도 읽고 있었습니다……."

길드의 상층부가 사인들에게 흑막이 있다고 추측하고 모험가들을 주변에 탐색시키러 보내는 것도 적이 읽은 듯하다.

실제로 프란과 메아 일행 이외의 모험가는 아직 그린고트로 귀환하지 않았을 터다.

적의 작전대로 사태는 움직이고 있는 듯했다.

"허술해진 곳을 당했습니다……."

모험가가 출발하고 몇 시간 후. 갑자기 이블 고블린들의 마석이 부서지고 거대한 마법진이 그려졌다. 그리고 그것이 전이 마법진이라는 것을 깨달을 새도 없이 나타난 거인에 의해 길드는 부서졌다.

길드 마스터 일행도 붕괴와 화염에 휩쓸려 의식을 잃고 말았다고 한다.

콰과과과과아아아아아아아아아아앙!

이야기 도중. 무시무시한 굉음이 울렸다.

무슨 일이 일어난 거지? 검은 거인이 무슨 짓을 한 건가? 아무튼 여유롭게 있을 수는 없군.

"흑뢰희님, 저 검은 거인을 쓰러뜨려 주십시오."

"다른 적은 괜찮아?"

"이블 고블린도 좀비도 검은 거인이 만든 겁니다. 우선 그걸 멈추면……. 남은 적이라면 분명 어떻게든 됩니다. 시민 중에도 전직 전사가 많이 있으니까요."

흑묘족을 기준으로 생각해서 잊어버렸지만 일반 시민이 당연하게 싸울 수 있는 나라였다. 지금은 혼란스러워하고 있어도 진정하면 바로 우세해질 것이다.

역시 문제는 저 거인이었다.

우리는 검은 거인을 쫓기 위해 길드 마스터와 헤어져 길로 나왔다.

거인이 있는 곳은 찾을 것도 없었다.

녀석이 지나간 뒤편은 모두 부서지고 가옥의 잔해로 길이 생겼기 때문이다. 주변의 주민은 이미 피난해 인명 피해가 줄어든 것이 그나마 다행인가.

거인 너머로 보이는 석양은 타오르듯 붉었다.

지는 태양에 비쳐 늘어난 거인의 그림자가 녀석이 걸음을 걸을 때마다 흔들리며 자신의 존재를 과시하고 있었다.

『마르마노의 저택에는 결계의 기점이 있을 거야. 거인의 목표는 그거일지도 몰라.』

"그럼 메아와 협력해 저택에 도착하기 전에 쓰러뜨리면 돼."

『그거야. 하지만 도시 안에서 광범위 공격은 쓸 수 없어. 마술도.』

"그럼 벨게."

『그것밖에 없나……. 다만 저 녀석이 린포드와 같은 사신인이라면 재생력이 엄청날 거야. 그건 각오해둬.』

"응. 알았어."

거인의 등을 노려보던 프란은 나를 뽑아 공중 도약을 써서 달리기 시작했다.

목표는 메아 일행과의 합류다.

어느 정도 가까워지자 메아 일행도 이쪽을 알아본 모양이다. 린드가 이쪽으로 다가왔다.

"프란! 마침 잘 왔다! 힘을 빌려줘!"

"물론."

"일단 타라!"

"응!"

제6장 **성장의 증거**

프란이 린드에 올라타는 동안에도 검은 거인은 돌아보지 않았다. 이쪽을 위협으로 여기지 않기 때문일 것이다.

그동안 우리는 작전 회의를 했다.

우선 서로가 아는 정보를 교환했다.

"저 덩치와 린포드 로렌시아가 사신의 힘을 얻은 모습이 똑같다는 거지?"

"검은 장벽도 비슷해."

"힘은?"

"엄청 강했어."

"그, 그런가."

내가 중간중간 덧붙이면서 린포드의 능력 등을 가르쳐줬다. 전부 같지는 않겠지만 사전 정보는 어느 정도 있는 편이 좋을 것이다.

반면에 메아 일행은 지금까지 공격을 가해 얻은 정보를 가르쳐줬다.

놀랍게도 한 번 그 장벽을 깨고 검은 거인에게 대미지를 줬다고 한다.

바로 재생했다지만 역시 녀석도 무적은 아니었다.

"그때 코어 같은 것을 확인했다. 기억하나? 발키리가 가지고 있던 사신석이라는 거다."

"기억해."

『잊을 리가 없지. 그건 위험했으니까.』

발키리를 괴물로 변모시킨 사기 덩어리 같은 돌이다.

"그것과 똑같았다. 사신석과 똑같은 불길한 기세의 돌이 저 거인 안에 묻혀 있는 거다."

확실히 그 사신석이 힘의 근원일 가능성은 높았다.

『애초에 사신석은 꽤 단단했잖아? 거대한 사신석을 파괴하는 것만으로도 상당한 위력의 공격이 필요할 것 같은데.』

"게다가 사신석에도 장벽이 쳐져 있었다. 녀석 자신의 장벽과 강인한 육체. 더욱이 사신석의 장벽이라는 삼중 벽을 돌파해야 해."

『그거 꽤 힘들겠어……. 메아는 장벽을 돌파한 공격을 다시 한 번 날릴 수 있어?』

"한 번이라면 비슷한 걸 날릴 수 있을 거다. 하지만 또 한 번은 장담 못 해."

"아가씨의 고유 스킬인 백화는 힘의 소모가 심하니까요."

『아아, 그 흰 불꽃이로군.』

뮤렐리아에게도 대미지를 줬던 그거다. 그만한 기술을 쓰려면 그야 소모도 엄청날 것이다.

"일단 내가 장벽을 깼다고 치자. 아까 보고 깨달았는데 장벽의 수복에는 십여 초 정도 걸리는 듯했다. 그동안 공격을 가하는 건 가능할 거야. 거기로 프란이 공격을 가해 사신석을 확실하게 파괴할 자신은 있나?"

"으……."

『확실하게 있냐고 물어도 말이야…….』

메아에게 장벽을 맡긴다 해도, 거인의 육체를 파괴하고 더욱이 사신석에 쳐진 장벽을 돌파해야 하는 데다 평범한 공격으로는 흠집 하나 나지 않는 거대 사신석을 파괴해야 한다. 상당히 어려울 것 같았다.

『아니, 내 칸나카무이로 살을 찢고 검신화로 공격하면…….』

다만 검신화는 몇 초밖에 쓸 수 없다.

규격에서 벗어난 그 스킬이라면 그 몇 초로 어떻게든 될 가능성도 있지만 실패했을 때가 두려웠다. 내 내구도가 대폭 깎여서 그 뒤에는 전투 불능에 빠지기 때문이다.

"그렇다면 검신화를 쓰지 않으면 돼."

"나도 찬성이다. 불확실한 스킬을 작전에 넣는 건 불안하니 말이야."

『하지만 그걸 빼고 사신석을 어떻게 할 수 있을까?』

"내게 생각이 있어. 우선은 메아가──.』

『그렇군──.』

"그러면 내가──."

프란이 제안한 작전은 단순하지만 나쁘지는 않았다.

전원이 자신의 역할을 확실하게 맡을 필요는 있지만 말이다.

"그럼 그걸로 가볼까!"

"응!"

회의를 마친 우리는 제각기 담당하는 자리로 흩어져갔다. 나와 프란은 상공에서 대기다.

그리고 몇 분 후.

드디어 작전이 개시됐다.

처음에 덤비는 건 쿠이나였다.

"덩치 씨. 저와 좀 놀아주시겠어요?"

"크오오오오!"

"어머, 성격 급한 분이네요. 하지만 그 정도 움직임으로는 저를 잡을 수 없답니다."

"크아아아아!"

"그래요! 더 공격해 봐요!"

쿠이나의 역할은 단순한 미끼가 아니다. 큰 기술을 쓰게 해서 메아와 프란에게 견제 공격을 하지 못하게 만드는 역할이었다.

쿠이나가 엄청난 체술과 환상 마술을 이용해 검은 거인을 철저하게 가지고 놀고 있다.

저렇게 눈앞에서 알짱거리면 무시도 할 수 없을 것이다.

거인은 마침내 주위에 마력탄을 대량으로 뿌리기 시작했다. 하지만 그것도 오래 이어지지는 않았다. 아무리 괴물이라 해도 무한하게 공격을 계속할 수 있는 존재는 그리 없다.

그동안 프란도 메아도 지켜보고 있지만은 않았다. 각각의 장소에서 힘을 모으고 있었다.

검은 거인 위의 아득한 상공에서는 메아가 백금의 불꽃을 오른 손에 집중시키며 조용히 때를 기다리고 있었다.

뮤렐리아 전에서도 보인 그 백금의 불꽃이다.

온몸이 불꽃에 둘러싸인 메아를 태우고 있는데 린드는 뜨겁지 않은 건가? 동요하는 기색도 전혀 보이지 않고 검은 거인의 상공을 돌아다니고 있다.

"크아아아오오오!"

마침내 검은 거인이 큰 기술을 날리고, 쿠이나가 그 공격까지 피했다.

아무리 해도 공격에 맞지 않는 쿠이나를 분노가 담긴 눈으로 노려보고 있는 것 같다. 그 의식은 완전히 발밑의 쿠이나에게 집중되어 있었다.

거기서 마침내 메아가 움직이기 시작했다.

"잘했다, 쿠이나! 이 빈틈을 놓칠 수는 없지!"

"크오오오오!"

메아의 신호와 함께 린드가 온몸에서 불꽃을 내뿜었다. 순간 폭발했나 싶을 만큼 거대한 불덩어리가 린드뿐만 아니라 메아도 집어삼켰다.

아무것도 몰랐다면 비명을 질렀을지도 모른다.

하지만 나도 프란도 그저 가만히 메아와 린드를 지켜보고 있었다.

몇 초 후, 린드의 화염이 메아의 화염에 섞여 잦아들어 가는 것을 알 수 있었다. 린드의 능력인 주인의 화염 마술 강화 능력이었다.

파트너의 힘을 빌려 메아의 오의가 발동했다.

"하아아압! 금섬화아아아!"

모든 불꽃이 메아의 오른손에 집중되어 검 한 자루를 생성했다. 전에 발키리를 불태운 작열의 검이다.

"타아아아아압!"

"크오오오오오!"

린드의 등에 탄 채 메아가 함성을 질렀다.

메아는 뒤에서 거인에게 다가가 그 등을 향해 백금의 검을 가로로 휘둘렀다. 마치 우타자가 풀스윙을 하는 듯한 움직임이다.

린드의 속도와 메아의 힘이 합쳐진 일격은 무시무시한 위력을 자랑했다.

눈부신 빛을 내는 불꽃의 검은 거인의 장벽을 쉽게 갈랐다.

린드는 속도를 줄이지 않고 장벽을 잃은 거인에게 다시 향했다. 그리고 메아의 금섬화가 검은 거인의 옆구리에 박혔다.

금섬화가 폭발하듯이 불타올라 순식간에 거인의 온몸을 둘러 쌌다.

"아아아아아아⋯⋯!"

백금의 불꽃에 둘러싸여 고통스럽게 헐떡이는 거대한 사람 모습의 무언가. 우연인지 하늘을 향해 손을 뻗는 그 모습은 죄인이 신에게 도움을 구걸하는 것처럼도 보였다.

『메아는 대단해.』

"응."

나와 프란은 메아와 린드보다 더 상공에서 대기하며 힘을 모으고 있었다.

저 백금의 불꽃이 사라지면 우리 차례다.

"⋯⋯스승, 괜찮아?"

『⋯⋯그래, 괜찮아. 꼭 해낼게.』

"스승이라면 분명 괜찮을 거야."

역시 프란에게는 당해내지 못하겠다. 나를 나 이상으로 알아주고 있다.

내 역할은 칸나카무이로 공격해 사신석을 노출시키는 것이다.

아직껏 진화한 나의 마력을 제대로 다루지 못하는 내가 극대 마술을 다루는 게 가능할까? 그저 쏜다고 되는 것이 아니다. 주위에는 큰 피해를 내지 않고 녀석의 육체만을 파괴해야 한다.

게다가 개수 전에도 시도한 적이 없는 칸나카무이의 압축을 해야만 한다.

내가 그걸 할 수 있을까? 만약 실패하면?

아무래도 불안이 사라지지 않았다. 겉으로 드러낼 생각은 없었지만 프란은 알고 있었을 것이다.

『미안. 좀 겁먹었어.』

"스승이라면 할 수 있어. 그리고 조금 실수해도 문제없어. 내가 저 녀석과 같이 사신석을 벨 테니까."

『프란…….』

보호자를 자처해놓고 프란에게 이런 말까지 하게 하다니!

할 수 있을까? 가 아냐! 하는 거다! 여기서 못 하면 스승이라고 불릴 자격이 없어!

프란 덕분에 겨우 각오가 섰다.

한심한 보호자지만 프란의 스승에 어울리기 위해 반드시 성공시킨다!

내가 그렇게 결의를 다졌을 때였다.

"키이이이이이아아아아아아아아아!"

거인의 비명이 주위를 흔들고 그 오른팔이 크게 휘둘러졌다.

그러자 그곳에서 쏟아진 무수한 마력탄이 메아와 린드를 덮쳤다. 그야말로 벌레 무리라도 소환했나 싶을 만큼 작고 많은 마력탄이 주위에 뿌려졌다.

"크앗!"

"크오오오!"

아무리 린드라 해도 피할 곳이 없을 정도의 고밀도 공격은 피할 방법이 없다.

온몸을 마력탄에 얻어맞고 린드의 실체화가 풀렸다.

떨어지는 메아.

"!"

『프란! 괜찮아! 메아라면 저 정도로 어떻게 될 리가 없어!』

"······응."

『우리가 해야 할 일은──.』

"저 녀석을 쓰러뜨린다."

『그래.』

쿠이나가 구조하러 가는 모습이 보였다. 메아는 그녀에게 맡기면 된다. 우리가 우리 일을 하는 것이, 결과적으로 메아와 쿠이나에 대한 추격을 저지해 그녀들이 살아나는 것으로 이어진다.

프란의 시선이 거인에게 돌아갔다. 그러자 그것을 기다렸다는 듯 불꽃이 겨우 꺼졌다.

불꽃 기둥이 사라진 후 그곳에 남아 있는 것은 화상으로 짓무른 거인의 모습이었다. 피부의 일부는 아직 불타고 있고 칙칙한 색의 연기가 온몸에서 피어오르고 있었다.

『메아를 구하기 위해서라도 하자!』

"응!"

사신석을 파괴하려면 평범한 공격을 아무리 날려봐야 의미가 없다. 메아가 한 것 같은 필살의 일격이 필요했다.

바르보라에서 린포드와 벌인 싸움과 비슷하다. 그때도 상공에서 혼신의 일격을 먹었다. 그러나 어느 정도 대미지는 줬어도 쓰러뜨리지는 못했다.

아만다와 사람들의 도움이 없었다면 졌을 것이다.

괴로운 기억이다.

그러나 린포드와 싸웠을 때와 비교하면 우리는 성장했다. 지금이라면 그때보다 훨씬 강력한 공격을 날릴 수 있다.

등에 있던 나를 뽑아 내린 프란이 작게 중얼거렸다.

"각성——섬화신뢰."

그때는——바르보라에서는 아직 쓸 수 없었던 프란의 오의.

프란이 필사적인 몸부림으로 손에 넣은 힘이다.

"스승. 가자."

『그래.』

마치 산책이라도 가자는 듯한 아무렇지 않은 말.

하지만 그거면 된다. 힘을 준다고 되는 게 아니다.

프란의 온몸에서 힘이 빠졌다. 동시에 등을 아래로 향한 채 땅을 향해 떨어져갔다.

별이 끄는 힘에 몸을 맡기는 자유 낙하다.

프란은 눈을 감고 심호흡을 반복했다. 명상이라도 하는 듯한 그 모습을 봤을 땐 높은 곳에서 낙하하고 있다고는 상상도 할 수 없을 것이다.

하지만 한없이 힘을 뺀 것처럼도 보이는 그 모습과는 반대로 프란의 내부에서 꿈틀거리는 힘은 막대했다. 쓸데없는 힘을 줄이고 모든 것을 일격에 싣기 위해 집중시키고 있는 것이다.

단전에서 온몸을 돌아 내게까지 흘러들어오는 마력. 흑뢰가 내게도 이동해 나는 프란의 손발의 연장으로 변했다. 나쁜 기분은 아니다. 지금까지 이상으로 서로의 존재가 가깝게 느껴졌다.

『우오오오오! 받아라앗! 칸나카무이이이!』

내 외침에 호응하듯이 하늘에 마법진이 그려졌다. 하지만 안 된다. 이래서는 지금까지와 다를 바 없다.

『크으으으으으으으!』

엄청난 마력의 격류에 대항해 나는 마술의 제어에 전력을 기울였다.

번개를 압축해 그 힘을 한 점에 집중시키기 위해.

이미지는 가늘어도 사나운 용. 하얀 번개로 만들어진 용이 사냥감에 달려드는 모습을 상상했다.

그뿐만이 아니다. 또 하나의 이미지는 뮤렐리아나. 그런 너석을 따라하고 싶지는 않지만 그 힘만은 진짜였다.

뮤렐리아가 썼던 낭비 없는 칸나카무이. 그것이 이상이다.

『하아아아아아아아압!』

나라면 할 수 있어! 마력을 조종해 봐! 프란을 실망시키지 마!

『아아아아아!』

마법진이 완성되고 낙뢰가 하늘에서 쏘아졌다.

얼핏 극대 마술로 보이지 않는 가느다란 번개. 그것이 검은 거인에게 쏘아지고──.

"갸고아아아아아아아아아아아!"

성공했다. 압축돼 관통력이 늘어난 칸나카무이가 높은 내구력을 자랑하는 검은 거인의 왼쪽 어깨를 도려내 왼팔을 날렸다. 왼쪽 상반신이 완전히 파괴된 검은 거인의 상처에서는 칠흑의 거대한 수정이 얼굴을 드러냈다.

『저건 맡길게.』

"응!"

프란의 눈이 뜨이고 그 자세가 변했다. 머리를 아래로 하고 나를 어깨 너머로 메듯이 잡았다. 프란의 낙하 속도가 더 올라갔다. 아니, 이제 낙하라고는 말할 수 없을 것이다. 프란은 자신의 의지로 허공을 날아 눈 아래 있는 검은 거인을 향해 달리고 있었다.

뽑아낸 힘을 유지한 채, 허공을 박차 가속해갔다.

그리고 흑뢰를 길게 뻗치며 빛나는 한 줄기 번개로 변하는 프란.

그때와 똑같다. 린포드에게 일격을 가한 천공 발도술과 완전히 똑같은 흐름이다.

우리는 여러 스킬을 발동해 그 일격의 위력을 높여갔다. 가중 조작에 속성검. 보조 마술에 육체 강화.

어느새 우리를 둘러싼 푸른빛도 함께였다.

그러나 전부가 같은 것은 아니다. 스킬의 수는 그때보다 늘어나고 내 성능도 올라갔다. 사인 특공인 파사현정 스킬도 있다.

푸른빛도 전과는 조금 다르다. 이번에는 그때보다 더 진했다. 빛의 힘도 늘어났지만 색이 더 진해졌다. 지금까지 물색에 가까운 파란색이었다면 지금은 군청색에 가까우려나?

아무튼 신뢰감이 엄청났다. 이 푸른빛을 보고 있기만 해도 뭐든 할 수 있을 것 같았다.

이대로 벤다 해도 바르보라 때보다 몇 배나 더 위력이 나올 것이다.

하지만 우리의 핵심은 이 뒤다.

바르보라에서는 아직 쓸 수 없었던 우리의 최강 기술.

"……검왕기——."

프란의 입에서 조용히 말이 나오고——.

"고가아?"

검은 거인이 겨우 프란을 눈치챈 모양이다. 그 얼굴이 이쪽으로 향했다.

가까이서 보고 확실히 이해할 수 있었다. 역시 거인을 둘러싼 장벽은 린포드가 썼던 장벽과 같은 것이었다.

우리만으로는 한 번도 깨지 못했던 철벽의 방어. 아니, 좁은 범위에만 집중해 펼친 만큼 이쪽이 방어력은 높을지도 모른다.

그러나 프란도 나도 초조하지 않았다.

압축된 사기와 마력으로 만들어진 그 절망적인 벽을 앞에 두고 위기감을 전혀 느끼지 않았다.

왜냐하면——

"——천단."

왜냐하면 성장한 우리에게 이미 그 정도는 장애가 아니었기 때문이다.

"오오오오——!"

푸른빛을 두른 칼날이 그 장벽과 함께 사신석을 둘로 갈랐다. 바르보라의 악몽을 날려버리는 회심의 일격이었다.

땅에 충돌하기 직전 우리는 전이해 거인에게서 거리를 벌렸다.

역시 사신석이 급소였을 것이다. 거인의 움직임이 차츰 둔해지고 초보자가 추는 뻣뻣한 춤 같은 어색한 움직임이 되었다.

그러나 자신의 죽음에 저항하듯, 거인은 여태껏 냈던 것 중 가장 큰 소리를 질렀다.

"이리이이이이이이이이이!"

지금까지 지른 비명과는 뭔가가 다르다. 말을 하고 있다는 것도 이상하지만, 거기에는 뭔가 의미가 담겨 있는 것 같았다. 하지만 위협이나 포효 등의 스킬도 아니었다.

그러면 뭐였던 거지?

내가 품은 의문의 답은 바로 판명됐다.

『거인의 발밑에 마법진이……!』

칸나카무이에 뒤지지 않는 대규모 마법진. 그것이 검은 거인의 발밑에 나타났다.

처음에는 흔들흔들 피어오르기만 했던 칠흑의 마력이 엄청난 기세로 넘쳐나기 시작했다. 그리고, 몇 초도 지나지 않아 간헐천처럼 솟아올라 거인의 모습을 덮어 가렸다.

『그만 좀! 죽어!』

"하아압!"

우리는 즉시 마술을 날렸지만 모두 마법진에서 뿜어진 마력에 튕겨 검은 거인에게 닿지 않았다.

"ㄱㅇㅇㅇㅇㅇㅇㅇㅇㅇㅇ!"

세찬 마력이 잦아들고 검은 거인이 다시 모습을 드러냈다. 그것을 본 나는 충격을 받은 나머지 신음 소리를 내고 말았다.

『이것 봐! 상처가 나았어……! 사신석은 확실히 부서졌는데!』

화상도 베인 상처도 대부분이 수복됐다. 완전 회복은 아니지만 파손의 80퍼센트 정도가 사라졌다. 방금 건 회복 마술이었나? 사신석은 약점이 아니었어……?

"킁킁…… 냄새가 나."

프란이 코를 킁킁거리고 얼굴을 찌푸렸다.

『냄새가 나? 어떻게 된 거지?』

나는 뭔가 알 수 있나 싶어서 무의식적으로 감정을 실시했다. 그러자 아까와는 전혀 다른 감정 결과가 나왔다.

『몇 분 전까지는 사신인이라는 종족 정도만 보였는데…….』

이름 : 이블 자이언트 레서 좀비

종족 : 사령

Lv : 1/99

생명 : 4877 마력 : 301 완력 : 1878 민첩 : 107

칭호 : 사신의 힘을 받은 자, 부활

종족이 사신인에서 사령으로 바뀌어 있었다. 즉 이제 사신이 아니라는 건가?

그러고 보니 온몸을 덮고 있던 사기가 줄어들었다. 그 대신 사령 계열의 마력이 몸속에 가득한 것을 알 수 있었다.

정말 언데드로 변한 모양이다. 그 덕분에 감정이 조금 통하게 됐을 것이다. 스킬은 보이지 않지만 능력치나 칭호는 알 수 있었다.

능력은 상당히 치우쳐 있다. 방금 전까지가 바르보라에서 싸운 린포드와 비슷했다고 치면 지금은 상당히 약해졌을 것이다. 가장 높은 생명력이라도 린포드에는 미치지 못했다.

『아마 죽기 직전에 자신을 사령화하는 술법을 썼을 거야.』

"자신의 시체를 좀비로 만든 거야?"

『그럴 거야.』

하지만 죽을 때 쓴 술법은 완벽하게 발동하지 않은 모양이다. 그 결과 레서 좀비가 되어 마력과 스킬이 약해진 듯했다.

내성 스킬의 충실함을 볼 때 본래 힘이 어느 정도였는지 짐작할 수 있군. 완전체였다면 위험했을지도 모른다.

그리고 약해졌다 해도 아직 강적인 것은 변함없다.

거구는 그대로고 생명력과 완력도 높다. 위협도 B 이상은 될 것이다.

내버려둘 수는 없었다.

하지만 섬화신뢰를 계속 쓴 프란은 이제 한계가 가깝다. 마력이나 생명력은 내가 회복해줄 수 있다. 그러나 정신적인 피로나 큰 기술을 써서 오는 반동은 없앨 수 없다.

그렇다면 다음 한 방에 끝내면 된다.

『프란, 녀석에게 칸나카무이를 한 방 더 날릴게. 프란도 흑뢰를 같이 써줘.』

"응! 알았어."

우리가 생각하는 것은 무투 대회에서 전 랭크 A 모험가 펠무스를 쓰러뜨린 합체다.

내 칸나카무이에 프란의 흑뢰초래를 합치는 필살기. 문제는 흑뢰초래를 사용하면 프란의 각성이 풀려 섬화신뢰도 한동안 쓸 수 없게 된다는 것이다.

필살기라 했지만 이것으로 승리하지 못하면 위기에 몰린다. 그렇기 때문에 반드시 죽여야 한다.

위력에 많은 마력을 쏟아붓기 위해서는 되도록 사정거리가 짧은 편이 좋다.

프란은 나를 메고 다시 걷기 시작한 사령 거인에게 달려나갔다.

그러자 사령 거인이 이쪽으로 몸을 돌렸다. 아무래도 높은 감지 능력을 가지고 있는 듯했다. 생명 감지 등을 쓸 수 있을지도 모른다.

"크오오오오!"

"읏."

『프란, 독이야! 하지만 독성은 낮아! 이대로 파고들어!』

"알았어."

거인은 입에서 독 연기를 토했지만 그런 것은 우리에게 통하지 않는다. 상태 이상 내성에다 조독 스킬도 가지고 있기 때문이다. 우리는 독 연기를 무시하고 단숨에 파고들었다.

"고오오?"

오히려 독 연기가 상대의 시야를 제대로 가린 모양이다. 거인이 놀란 듯이 소리를 내고 있었다. 황급히 팔을 내리쳤지만 그런 공격을 프란이 맞을 리가 없었다.

훌쩍 점프해 피하고 그 팔을 발판 삼아 더 도약했다.

거인의 머리 위로 올라간 프란. 절호의 위치다.

『좋았어! 간다!』

"응! 흑뢰초래!"

『칸나카무이——?』

압도적인 존재감을 내는 검은 번개가 나타나 공기를 태우며 사령 거인을 향해 떨어져갔다.

거기에 맞춰 나도 동시에 마술을 날렸다.

하지만 상상했던 것보다 훨씬 부드럽게 마술의 압축에 성공해 놀라고 말았다.

방금 일격으로 제어에 요령이 생긴 것이리라.

아주 가느다란 흰 번개가 검은 번개와 뒤얽혀 섞이면서 사령 거인에게 꽂혔다.

"크우우이이아아아아아아아아아!"

낙뢰조차 능가하는 굉음과 거기에 뒤지지 않을 만큼 커다란 거인의 비명.

번개가 직격한 거인의 머리가 부서지고 그 온몸이 고열과 전격에 세차게 빛을 냈다. 파괴력으로 말하자면 아까 날린 천단에 뒤지지 않을 것이다.

그러나 그것을 바라보는 우리의 머릿속에 승리라는 두 글자는 없었다.

"아직 움직여!"

『이걸로도 못 쓰러뜨린 거냐고!』

상당한 대미지가 있었던 건 확실하지만 해치우지는 못했다. 마술에 대한 내성이 높은 모양이다.

거인의 내부에서는 사기와 마력이 이미 꿈틀거리고 있었다.

"으아아……."

"머리가 재생하고 있어……."

이건 위험하다.

이제 나도 프란도 마력이 거의 남아 있지 않다.

지금 공격으로 쓰러뜨릴 수 없다면――.

『메아는――의식이 없나.』

거인의 공격에 기절한 모양이다. 생명력이 느껴지니 죽지는 않았겠지만 상당한 대미지를 입은 듯했다.

애초에 오의를 날린 그녀도 이제 여력은 남아 있지 않을 것이다.

어떡하지? 이제 성의 병사나 모험가에게 맡길 수밖에 없나?

하지만 한가롭게 있을 수 없는 사정이 생기고 말았다.

가볍게 거리를 벌려 관찰하자 최악의 광경이 눈에 들어온 것이다.

"크우우우아아아!"

"스승, 저기!"

『언데드를 만든 건가!』

주변의 건물 더미에서 주민의 시체가 언데드로 변해 기어 나왔다. 레서 좀비라 강하지는 않지만 그 수는 상당히 많았다.

이 모습으로도 사령 마술은 쓸 수 있는 모양이다. 원래 죽는 순간 자신을 언데드로 만드는 고레벨 사령 마술을 쓸 수 있었으니, 이 상태라도 사령을 만들 수 있는 게 이상하지는 않았다.

사령화의 효과 범위도 상당히 넓다. 녀석을 중심으로 300미터 이상 떨어진 곳에서도 좀비가 생겨났다.

즉 저 사령 거인을 내버려두면 둘수록 도시 안에 좀비가 넘쳐날 우려가 있었다. 슬프게도 좀비의 재료는 부족하지 않다. 게다가 현재 진행형으로 늘어나고 있을 것이다.

"저 녀석을 쓰러뜨려야 해."

『하지만 어떻게──.』

"스승."

내 말을 가로막는 프란의 조용한 목소리.

그러나 그것으로 알고 말았다. 프란이 각오를 다졌다는 것을.

사실은 방금 고민하는 말을 하면서 나도 깨달았다. 녀석을 쓰러뜨리려면 그것밖에 없다는 것을.

하지만 알아차리지 못한 척을 하고 있었다. 더 이상 수단이 없다고 나를 타이르고 있었다.

위험하기 때문이다.

프란에게 최악의 결과를 초래할 가능성이 조금이라도 있다면 쓰고 싶지 않았다.

"검신화가 있어."

프란의 입에서 그 이름이 나왔다.

우리가 지금 쓸 수 있는 스킬 중에서도 최강 수준의 스킬. 다만 위험도 최고 수준이다.

애초에 그 효과나 반동을 모두 이해하지 못했다.

이 사태를 타개하려면 이것밖에 없다는 사실을 알지만 나는 순순히 동의할 수 없었다.

『……위험해. 검신화는 아직 제대로 쓸 수 없어.』

"저 녀석을 쓰러뜨려야 해."

『체력 소모가 극심한 지금의 프란이 어떻게 될지…….』

완벽한 상태였던 때도 피로로 움직일 수 없게 됐다.

"하지만 이제 이것밖에 없어."

프란이 올곧은 눈으로 나를 바라봤다.

아아, 틀렸다. 이 얼굴을 한 프란의 결심은 뒤집을 수 없다. 항상 그렇다.

"모두를 구할 거야. 스승…….."

『……휴우. 발동은 되도록 짧게 해. 그야말로 한순간이야.』

"스승!"

기쁜 얼굴로 프란이 웃었다.

그렇겠지. 자신만 살아남는다고 프란은 기뻐하지 않겠지. 알고 있다고.

프란은 동족들을 위해서라면 무모한 짓을 한다는 것을.

알고 있다. 하지만 그래도 나는 프란에게…….

"스승?"

『아니, 괜찮아. 저 녀석을 쓰러뜨리자.』

"응!"

검신화는 나와 프란이 함께 제어하는 기술이다.

그렇다면 내가 노력하면 프란의 부담을 줄일 수 있을 터였다. 최악의 경우 프란만이라도 지킨다.

내가 남몰래 그렇게 결심하고 있자 프란이 나를 허리 높이로 들었다. 허리를 살짝 숙이고 발을 지면에 힘껏 디뎠다. 당겨진 활을 방불케 하는 모습이었다.

살짝 힘을 모으고 한순간 눈을 감았다.

그리고 프란이 움직이기 시작했다.

"쓰러뜨린다!"

그렇게 중얼거린 프란은 사령 거인을 향해 전진해 온몸의 탄력을 써서 점점 가속해갔다.

사령 거인은 다시 이쪽을 눈치챘지만, 팔을 치켜들 무렵에는 이미 늦었다.

도약하며 프란이 스킬을 발동시켰다.

"검신화아아! 하아아아아압!"

『크우우오오오오오오오!』

검의 신이 강림한다.

프란의 몸에 얽힌 기척이 싹 바뀌고 내 안에 무시무시한 힘이 흘러들어왔다.

거인도 우리의 이상함을 깨달았을 것이다.

그럴 리가 없는데도, 사령인 이 녀석이 우리를 무서워하고 있는 것처럼 느껴졌다.

뭘 할 생각이지? 소리를 지르려 하는 걸까, 다시 독 연기를 토하려 하는 걸까. 그 거대한 입을 쩍 벌렸고──.

다시 닫히는 일은 없었다.

프란이 펼친 검섬이 그 목을 벤 것이다.

그곳이 급소는 아니었을 것이다. 머리가 파괴돼도 재생했었다.

그러나 사령 거인의 거구는 천천히 쓰러져 무릎부터 무너져갔다. 사기도 마력도 깨끗하게 사라져서 그 몸이 단순히 거대한 시체에 불과하다는 것을 알 수 있었다.

신 속성으로 베었다고 누구나 이렇게 할 수 있을 리가 없다. 검신화를 썼기 때문에 알 수 있는 참격의 끝이었다.

신 속성을 벤 곳으로부터 상대의 몸속으로 침투시킴으로써 거인을 사령으로 구성시키고 있던 술식과 마력을 파괴한 것이다.

상대의 급소를 정확하게 간파하는 안목과 통찰력에 신 속성을 완벽하게 다루는 제어력. 양쪽이 다 필요한 초고도의 참격이다.

다만 지금의 내게 그런 분석을 계속할 여유는 없었다.

『프란! 검신화를 풀어어!』

"……앗."

프란의 온몸이 자잘하게 찢어지고 피가 뿜어져 나오는 것이 보였다. 근육이 파열된 정도가 아니라 너무나 큰 부하에 뼈와 살이 분리돼 피부가 찢어진 모양이다.

내가 끝까지 외치기 전에 프란은 검신화를 풀었다. 그러나 그 상태는 심각했다.

치유 마술이 놀랄 만큼 도움이 되지 않았다. 신 속성의 영향일 것이다.

애초에 내 마력이 고갈 직전이었다. 어떻게든 염동을 써서 프란을 땅에 내려놓았는데, 그것만으로 한계에 다다랐다.

"……스, 승."

『말하지 마! 지금 고쳐줄게!』

숨이 끊어질 것 같은데도 프란은 나를 쥔 채 기쁜 듯이 웃고 있었다.

거인을 쓰러뜨렸다는 점도 있을 것이다. 그러나 그뿐만이 아닌 것을 나는 알고 있었다.

『프란……, 나를 위해서……!』

'스승이, 무사해서 다행이야.'

『그렇다고 네가 이렇게 되면 의미가 없잖아!』

'……미안해.'

『아니, 내가 잘못했어.』

프란이 나를 위해 무리를 하리라는 건 알고 있었는데…….

프란은 내가 부하를 많이 떠안으려 하는 것을 알고 있었다. 그리고 만에 하나 내가 망가지지 않도록, 자기 쪽으로 부하를 많이 가져가 버렸다. 검신화의 소유자인 프란이 나보다 주도권을 더 강하게 쥘 수 있을 것이다.

내 뜻과 달리 반동은 아주 적었다.

도신에 생기는 금 정도로 그친 것이다. 그 대가가 프란의 이 모습이다.

『젠장! 힐이 전혀 안 들어⋯⋯!』

그레이터 힐을 써도 상처는 20퍼센트도 막히지 않았다.

차원 수납에서 포션을 닥치는 대로 꺼내 프란에게 뿌렸지만 역시 효과가 적었다. 프란을 누인 지면이 포션과 피로 연못처럼 변했다.

이제 마력이 바닥난다.

그렇다면 적어도 효과를 높이자.

칸나카무이를 제어한 감각을 떠올리고 나는 온몸의 힘을 마술의 제어에 집중시켰다.

단순히 회복 마술을 쓰는 것이 아니라 프란의 내부에 더 깊이 작용하는 모습을 상상했다. 육체의 안쪽뿐만 아니라 그 존재의 안쪽부터 고치도록.

이미 이미지라기보다 기도에 가까울지도 모른다. RPG에서 회복 담당을 신관이 맡는 이유를 조금은 알 수 있었다.

나는 기도했다.

프란을 낫게 해주세요. 구해주세요. 온 힘을 다해 기도했다.

『부탁해! 그레이터 힐!』

확연하게 지금까지와는 감촉이 달랐다. 술법이 발동하는 감각도, 프란에게 퍼지는 마력의 흐름도 전혀 달랐다.

평소 하는 것이 포션을 위에서 흘리는 느낌에 가깝다면 이번에
는 농축된 포션을 링거로 내부에 보내는 듯한 느낌이었다.

모든 상처가 완전히 낫는 극적인 효과는 없었다. 여전히 상처
는 남아 있었다.

다만 지금까지는 한 번에 몇 퍼센트만 상처가 막혔던 것과 달
리 이번에는 한 번에 20퍼센트 정도로 효과가 올라갔다.

『하지만 이래서는 아직……. 아니, 그렇지!』

더 이상 마력이 없다면 보급하면 된다.

나는 사령 거인의 시체로 날아가 힘껏 나를 찔렀다. 그리고 마
력 강탈을 발동했다.

찌꺼기 같은 것이지만 공기 중에서 빨아들이는 것보다는 훨씬
낫다. 약간의 사기도 섞였지만 지금은 신경 쓰시 말사.

『좋아, 이거라면!』

그로부터 10분 후. 프란과 거인의 사이를 왔다 갔다 하면서 오
로지 회복 마술을 쓴 보람이 있어서 프란의 상처를 거의 막을 수
있었다.

보기에는 이제 다친 것처럼 보이지 않았다.

체력 소모와 출혈 탓에 의식은 돌아오지 않았지만 틀림없이 고
비는 넘겼을 터였다.

『다행이다…….』

"쿨, 쿨."

내가 이렇게 걱정하고 있는데도 자는 프란의 얼굴은 그저 평온
하기만 하다.

『하여간에…….』

"쿨, 쿨."

"스승! 프란은 괜찮은가!"

『메아, 그쪽도 무사해?』

"그렇다면 프란도?"

『생명에 지장은 없어. 다만 격전 때문에 생긴 피로로 자고 있을 뿐이야.』

"그런가……!"

메아가 안도하는 표정으로 웃었다. 아까의 프란과 같은 미소다. 자신보다 타인의 무사를 기뻐하는 사람만이 띨 수 있는 표정일 것이다.

"아가씨. 이 자리에서 대화를 나누는 것은 위험합니다. 어딘가로 이동하지 않으시겠습니까?"

"오오, 그렇군! 덩치를 쓰러뜨렸다고는 하나 아직 사인이 남아 있으니까!"

"후보로는 마르마노 님에게 도움을 요청하거나 흑묘족에게 보호를 부탁하는 방법이 있겠습니다만."

『흑묘족으로 부탁해. 울시가 있는 편이 안심되니까. 이 뒤에 있을 고블린 소탕에 참가할 수 있을지 없을지도 미묘하고.』

"알겠습니다. 그러면 즉시 이동하죠."

"음! 그러면 프란은 내가 업기로 하지."

그렇게 프란은 메아에게 업혀 이동하게 됐지만 전혀 눈을 뜨는 기색이 없었다.

메아도 지쳤는데 엄청나게 달리고 있다. 솔직히 등에 업은 프란을 배려하는 기색도 없어서 막 흔들리고 있는데. 그래도 기분 좋게 자고 있었다.

"고, 공주님! 어떻게 된 겁니까!"

"크웅!"

흑묘족에게 돌아가자 사류샤를 비롯한 사람들이 안색이 변해 달려왔다.

울시도 함께다. 빠진 사람은 없는 모양이다. 다행이다.

"안심해라. 격전으로 힘을 소모했을 뿐이다. 간병을 부탁할 수 있을까?"

"물론입니다! 저기……."

"음. 나는 메아. 이쪽은 쿠이나다. 프란의, 치, 친구다."

왕녀라고 밝히지 않는 것은 정답이었다. 분명 위축될 테니까. 뭐, 메아로서는 친구라는 부분이 중요할 것이다.

"그런가요! 공주님을 옮겨주셔서 감사합니다!"

"맡기겠다. 우리는 다른 장소를 구하러 가겠다."

그렇게 메아는 프란을 사류샤에게 맡기고 다시 달려나갔다.

프란은 숙소 안으로 이동되어 여성들에 의해 침대에 눕혀졌다.

『울시, 그렇게 걱정스러운 얼굴 하지 마.』

'웡?'

『자고 있을 뿐이야. 바로 눈을 뜰 거야. 그때까지는 호위를 부탁해. 나도 회복이 좀 필요해.』

'웡웡!'

몇 시간만 있으면 눈을 뜰 거라고 진심으로 생각했지만…….

결국 프란은 그날 내내 눈을 뜨지 않았다.

프란이 일어난 것은 다음 날 아침이었다. 걱정하던 흑묘족들이 죽은 사람이 살아 돌아온 것처럼 기뻐하는 모습이 조금 재미있었다.

처음 한 말이 "배고파"였던 것은 프란답다고 기뻐하면 되려나?

아침부터 고기 잔치를 열어 고기를 10킬로그램 정도 먹었을 것이다. 역시 강철 위장을 가진 수인족이다.

다만 체력 소모가 완전히 회복됐다고 말하기는 어렵나 보다.

프란은 괜찮다고 장담했지만, 전력 때의 20퍼센트 정도밖에 힘을 발휘할 수 없을 듯하다.

그래도 차원 수납이나 회복 마술을 사용해 그린고트의 부흥을 도울 수는 있지만.

그리고 그날 저녁.

프란 일행은 그린고트를 떠나려 하고 있었다. 나로서는 며칠 정도는 더 머물러도 괜찮았지만 그럴 수도 없는 사정이 있었다.

"정말 가시는 거네요."

"응. 행사에 나가야 해. 그리고 크란젤로 돌아가기 위한 배에도 타야 하고."

"그런가요……."

흑묘족들──특히 사류샤는 말렸지만 왕도로 돌아가려는 프란의 결심은 단단했다.

나라에서 준비해주는 쾌속선에 타지 못하는 경우 크란젤로의 귀환은 상당히 늦어질 것이다. 프란으로서는 그것을 피하고 싶은 듯했다. 가르스와의 약속에 늦게 되기 때문이겠지.

"다시 꼭 올게."

"네. 기다릴게요! 그리고……."

"그리고?"

"언젠가 강해져서 제가 만나러 갈지도 몰라요."

사류샤의 말을 들은 프란이 그런 방법이 있었냐는 듯이 눈을 크게 떴다.

"과연."

"후후후. 기다려주세요."

"응. 알았어."

희한할 정도로 크게 프란이 미소 지었다. 무표정한 프란치고는 크게 웃었다고 해도 좋을 만큼 싱긋 웃는 얼굴이었다.

프란은 줄곧 자신이 어떻게 해야 한다고 생각했을 것이다. 믿음직스럽지 않지만 다정한 동족들을 도와줘야 한다고 생각하고 있었다.

그러나 사류샤의 말을 듣고 그들이 더 이상 보호받기만 하는 존재가 아니라는 것을 깨달았다. 그것이 정말 기뻤을 것이다.

왕도로 돌아가는 린드의 안장 위에서도 프란은 줄곧 기분이 좋아 보였다. 메아는 피식 웃을 뿐이지만, 엄청 드문 경우라고 이거? 프란의 콧노래는 나 역시 손에 꼽을 정도밖에 들은 적이 없다.

그리고 반나절에 걸친 하늘 여행을 마치고 왕도에 돌아온 것은 심야였다. 원래는 문이 닫혀 있을 시간이지만 역시 네메아 왕녀님이다. 전용 문으로 왕성으로 돌아갈 수 있다고 한다.

일단 식당에서 이름만 간단한 식사인 저녁 식사를 마친 후, 목욕탕에서 오물을 씻은 다음 준비된 객실로 돌아갔다.

『내일은 행사에서 훈장을 받고 그레이실로 출발하자. 조금이라도 자두지 않으면 힘들 거야.』

"응."

여차하면 내가 염동으로 옮기겠지만.

그렇게 생각했더니 아니나 다를까 푹 잘 수 없을 것 같았다.

"프란! 기다리고 있었다!"

"메아, 무슨 일이야?"

프란에게 주어진 방에서 잠옷 차림의 메아가 기다리고 있었던 것이다. 참고로 메아가 입고 있는 것은 하얗고 헐렁헐렁한 실크 파자마에 나이트캡이다. 너무 잘 어울리는군.

"무슨 일이야? 가 아니다! 그, 그거다!"

"응?"

"그러니까, 그게 말이지……."

우물거리는 메아. 아니, 이번에는 무슨 말을 하고 싶은지 나라도 알겠다.

"아가씨, 마지막 밤이니까 같이 자자고 제대로 말씀하셔야죠."

"아, 알고 있다!"

그런 것이었습니다. 이 콤비도 여전하군.

"그러니 같이 자자!"

"응. 알았어. 그런데 울시도 같이 자도 돼?"

"울시 말인가?"

"웡?"

이름을 불린 울시가 프란의 그림자에서 얼굴을 내밀고 '뭔가 볼 일이라도 있나?'라는 얼굴을 하고 있다. 약간 주눅 든 얼굴을 하고 있는 건 식당에서 진수성찬을 먹지 못했기 때문일 것이다. 아무리 그래도 왕궁 식당에서 울시는 못 내보내지. 격전으로 먼지

투성이이고.

"이번에는 애를 써줬으니 오늘은 같이 자려고. 괜찮아?"

"그렇군. 상관없다. 울시도 전우 같은 존재니 말이야!"

"월!"

울시가 기쁜 듯이 짖었다. 순식간에 기분이 풀린 것 같아서 무엇보다 다행이다.

그리고 프란의 수인국 마지막 밤은 메아와의 걸즈 토크로 꽃을 피웠다. 뭐, 지금까지 싸운 마수 이야기나 죽을 뻔한 위기 자랑이었지만.

즐거운 것 같으니 상관없다.

수인국에서 지내는 마지막 날 이른 아침. 훈장 수여 행사가 열렸다.

아니, 행사라고 할 만큼 요란하지도 않고 왕성의 한 방을 이용해 대단한 사람 몇 명 앞에서 프란의 공적을 읽고 왕족이 훈장을 건넬 뿐이었다. 시간으로 치면 30분 정도?

국민에게는 전승 행사와 퍼레이드 중에 다시 알린다고 한다.

훈장은 미리 준비되어 있었는지 관계자를 불러 모으자 순식간에 열렸다.

원래 수인국에서는 딱딱한 행사나 인사는 경원시되기 쉬운 모양이다. 그래서 이렇게 아주 간소하고 짧은 행사도 자주 있는 거겠지. 황금 수아 훈장이라는 최고위 훈장의 수여식이 이렇게 조촐한 것에 대해서도 참가자는 누구 하나 놀라지 않았다.

참고로 참가자로는 자풍상인 바라베람을 필두로 리그다르파와 류시아스처럼 위로회에 참석했던 장군들이 불려 왔다. 요 며칠은 많이 마시는 수준을 넘어설 만큼 술을 잔뜩 마셨겠지만 발걸음이 이상한 사람도, 머리를 누르며 얼굴을 찌푸리는 사람도 없었다. 역시 역전의 전사들이다.

문관 쪽에서는 재상 레이몬드와 재무대신인 그이서, 그리고 그 부하들이 나왔다. 아니, 류시아스는 궁정 마술사라고 하니까 어쩌면 문관 취급을 받을지도 모른다.

인원은 적지만 장군과 재상이 함께 참석했으니 의외로 대단한 사람들이 모인 셈이다. 나아가 훈장을 수여하는 것은 왕족인 메아였다.

"흑묘족의 프란이여. 잘해주었다."

"응."

"북쪽에서 내려오는 침공에 대한 대처뿐만 아니라 위기에 빠진 그린고트를 구원해준 것 또한 훌륭했다."

"응."

"그 공적을 기려 황금 수아 훈장을 수여한다. 받아라."

그런 식으로 행사는 엄격하면서 빠르게 진행되어 순식간에 폐회됐다. 다만 두 가지 서프라이즈가 있었다.

하나는 울시에게도 훈장이 수여된 것이다. 특별 공로 종마 훈장이라는, 테이머의 종마 등에게 수여되는 훈장이 있다고 한다. 메아가 급히 준비해준 모양이다.

"울시여, 잘해주었다."

"윙!"

"응. 어울려."

"워후!"

울시는 목걸이에 훈장을 달고 기뻐했다. 확실히 울시도 잘해 줬다. 다시 나중에 격려해주자. 특별히 아주 매운 카레라도 만들어줄까. 평소에는 프란과 함께 먹어서 덜 맵게 했지만 이번만큼은 프란도 먹을 수 없을 만큼 아주 매운 맛으로 해줄까 싶다.

또 하나의 서프라이즈는 훈장에 따르는 부상에 관한 것이었다. 놀랍게도 흑묘족에 대한 지원 약속이 포함되어 있었다.

짧은 기간에 검토를 한 모양이다.

그린고트에 침입한 검은 거인을 쓰러뜨린 공적도 추가해 상당한 우대 조치가 취해졌다.

앞으로는 국가의 이름으로 흑묘족의 인권과 생활을 보장한다는 것과 전사를 목표로 하는 자에 대한 무구의 하사, 나아가 전투지도 담당의 파견이 포함되어 있었다. 게다가 프란에 대한 보장금 천만 골드는 그대로다. 상당히 힘을 써준 듯했다.

행사가 끝나면 이제 출발할 시간이다.

어제까지 자잘한 쇼핑은 마쳤고 이미 보수도 모두 받았다. 출발 준비는 완벽하다. 이 뒤로는 바로 왕도를 떠날 예정이다.

그리고 밤에는 항구 도시인 그레인실에 도착해 수왕이 타고 온 쾌속선에 승선하게 된다.

통상 루트로는 열흘 가까이 걸리는 거리지만 우리에게는 일직선으로 돌파할 방법이 있었다.

올 때는 각차를 타거나 일부러 마경을 지나왔으나 지금이라면 반나절 만에 이동할 수 있다.

『키아라에게 작별 인사도 했으니 갈까.』

"응."

마지막으로 프란은 키아라의 유체가 안치된 방을 찾아 그녀를 몇 분 동안 바라보고 있었다. 아무 말도 하지 않고 눈물도 보이지 않고 그저 조용히 키아라의 앞에 우두커니 서 있었다.

하지만 등을 돌리고 걷기 시작한 프란의 얼굴에는 의욕이 넘치고 있었다. 나로서는 알 수 없는 뭔가를 키아라에게 받았을 것이다.

『이제 됐어?』

"응. 이제 괜찮아."

『그렇구나.』

"가자, 스승."

『그래!』

방을 나서자 메아가 기다리고 있었다.

"……가는 건가!"

"응."

키아라에게 작별 인사를 하던 프란을 보고 있었을 것이다. 하지만 그녀는 아무 말도 하지 않았다. 그저 살며시 미소 지으며 앞장서 걷기 시작했다.

왕도 밖에 있는 평원에서 출발하게 됐다.

"준비는 됐나, 프란이여."

"응."

"좋아. 가자, 린드!"

"크오오오오오오오!"

이번에도 울시가 아니라 린드를 타고 이동하게 됐다. 쿠이나는 왕성에 남아 있기 때문에 린드를 타는 것은 메아와 프란뿐이다. 메아와 단둘이 있는 건 처음인가?

역시 두 사람이 딱 좋은지 린드도 기분이 좋아 보인다. 무게가 줄어들어서 그린고트로 향했던 때 이상의 속도를 기대할 수 있었다.

"크오오오오오오!"

『우오오! 빠르구나!』

"응! 대단해."

날아오른 린드가 날개를 퍼덕이고 단숨에 가속해 최고 속도에 들어갔다.

울시를 타고 하늘을 이동하는 데 익숙한 프란조차 눈을 동그랗게 뜨고 놀라고 있었다. 나도 평소에는 더 빨리 날지만 프란에게 메인 상태라서 또 느낌이 달랐다.

"후하하하! 린드의 힘은 이 정도가 아니다! 린드여! 본 실력을 보여줘라!"

"크오오오오오오!'

더 빨라지는 건가! 그러자 린드의 온몸이 붉게 빛났고, 그 후 확실히 비행 속도가 상승했다. 뒤쪽으로 눈을 돌리니 불꽃을 뒤쪽으로 뿜어 가속을 얻고 있는 모습이 보였다. 전투 때도 썼던 화염 마술 배니어의 흉내일 것이다.

지금은 순간적인 가속이 아니라 지속적으로 고속을 유지하는 방식을 쓰고 있기 때문에 오히려 배니어보다 범용성은 높을 듯했다.

유니크 스킬, 조염의 이치의 힘일 것이다. 조염 스킬의 공부가 되는군. 하위 호환이라고는 하나 같은 계통의 스킬인 것은 확실하다.

게다가 기류 조작 스킬 덕분에 풍압도 거의 느껴지지 않는다. 전혀는 아니지만 선풍기의 약풍 정도? 뭐, 이 속도로 하늘을 나는 것을 생각하면 무시해도 좋을 것이다.

이게 린드의 진짜 힘인가! 그린고트로 갔을 때와는 전혀 다르군!

"저기를 봐봐라. 왕거북 무리다."

"오오."

메아가 가리키는 쪽을 보니 작은 산만큼 많은 거북이들이 무리를 지어 호수에서 헤엄치고 있었다. 등에 나무가 난 거북은 처음 봤어! 꽤나 박력 있는 광경이다.

"아래를 봐봐라. 우리나라에서도 이름 높은 비취호다."

『예쁘네~.』

이번에는 호수의 수면이 비취색으로 빛나는 호수가 나타났다. 호수 바닥에 비취색 돌이 깔려 있어서 위에서 보면 빛의 반사로 빛나 보인다고 한다.

그 뒤로도 차례차례 메아가 희귀한 것을 발견하면 가르쳐줬다. 여행 가이드에게 설명을 받는 듯했다. 나도 프란도 즐겼다.

"봐라! 안개가 걷혀서 경계 산맥이 보인다!"

"오오. 대단해."

『높네.』

메아의 시선 끝에는 거대한 잿빛 산맥의 모습이 보이고 있었다. 아득히 멀리 있는데도 그 위용은 거룩하기까지 했다. 마치 천공을 뒤덮는 두터운 구름과 대지 사이를 가로막는 길고 거대한 베일 같았다.

에베레스트 산보다 훨씬 높은 산맥이다. 지구에서는 우선 볼 수 없는 광경이었다.

『저기 산기슭에 있었지…….』

"응."

프란이 아련한 눈으로 산맥을 바라봤다. 여러 가지 추억이 머릿속을 스치고 있을 것이다. 좋은 일도 나쁜 일도 잔뜩 있었으니 말이다.

"저기, 프란이여."

"응?"

"또 우리나라에 올 거지?"

아아, 그런 건가.

분명 프란이 이런저런 괴로운 경험을 한 이 나라에 그다지 좋은 추억이 없다고 생각한 모양이다. 그래서 마지막에 조금이라도 좋은 추억을 만들어주려 한 것이다.

"물론이야."

"저, 정말인가?"

"응. 메아가 있으니까."

하지만 프란은 어디까지나 긍정적이다. 괴롭고 불쾌한 기억이 있어도 약간의 좋은 기억이 있으면 그것을 소중하게 여길 수 있는 소녀다.

키아라를 잃고 자신도 죽을 뻔한 나라이지만, 절친인 메아를 만나기 위해서라면 그런 것은 프란에게 아무런 장애도 되지 않는다.

"반드시 또 올게."

"그래, 기다릴게."

메아의 등이 떨리는 것처럼 보이는 건 나뿐일까?

에필로그

항구 도시 그레인실에 도착하니 잔교에 큰 배가 정박해 꽤나 활기를 보이고 있었다.

『수왕은 이미 도착한 것 같아.』

"응."

이 압도적인 존재감. 얼굴을 마주하지 않아도 알 수 있다.

기척에 이끌리듯이 그레이실의 안을 나아가자 항구에서 부하들과 대화를 나누고 있는 수왕의 모습이 보였다.

저쪽도 이쪽을 눈치챘는지 혼자서 이쪽으로 다가왔다.

"여! 프란 아가씨와 바보 딸!"

"오랜만입니다, 바보 아버님."

"크하하하! 메아, 잠시 못 본 사이에 강해졌구나!"

"흐흥. 저는 언제나 성장하고 있답니다."

수왕과 메아 사이에 부녀라는 분위기는 그다지 없지만 사이는 좋아 보였다. 수왕은 메아의 성장을 순수하게 기뻐했고 메아의 표정에는 말만큼 가시가 있지 않았다.

"흐음······."

메아와 가볍게 이야기를 나눈 후 문득 수왕이 프란에게 시선을 향했다.

평가를 하듯이 머리부터 발끝까지 빤히 훑어봤다.

그리고 갑자기 움직였다.

수왕은 등에 메고 있던 창을 풀어, 전광석화 같은 속도로 내리쳤다.

그대로 수왕의 창이 프란의 머리를 쪼개는가 싶던 순간 프란은 그 공격을 아슬아슬하게 피했다.

정말 간발의 차였다. 앞머리 몇 가닥이 날아오르고 풍압에 옷이 나부꼈다.

그러나 프란은 거기서 끝내지 않았다. 몸을 굽혀 창을 피한 직후 뽑아 든 나를 수왕을 향해 찔렀다. 수왕은 순식간에 물린 창의 자루로 간신히 그 공격을 받아냈다.

키이잉!

내 칼날은 수왕의 목까지 불과 몇 밀리미터 남은 곳에서 창에 막혔다.

서로에게 살기마저 느껴진다. 날카로운 공격이었다.

프란은 검왕술, 수왕은 창왕술밖에 스킬을 쓰지 않았다고는 하나 시선이나 몸의 움직임, 살기 등을 쓴 페인트를 섞어 있었다. 아마 당한 사람이 메아였다면 공격을 하기는커녕 자세가 크게 흐트러졌겠지. 그 정도로 살기가 실려 있었다.

힘을 실은 서로의 무기가 마찰되어 기긱 기긱, 하고 소리를 냈다.

하지만 바로 양쪽은 거리를 살짝 벌리고 서로 합의하지도 않았는데 동시에 무기를 거뒀다.

"지금 걸 피했나."

"그쪽도."

프란에게도 수왕에게도 내게도 분노나 당혹한 기색은 보이지 않았다. 지금의 교환이 확인을 위한 연습이라는 것을 이해하고 있기 때문이다.

그것은 다른 사람이라면 그냥 끝나지 않을 수준 높은 일격의 응수. 왕술을 가진 사람끼리가 아니면 막을 수 없는 공격의 교환.

즉 서로가 같은 수준에 있다는 것을 확인한 것이다.

"뭐, 뭐 하는 거야!"

그것을 알지 못하는 메아만이 경악하는 표정으로 두 사람을 보고 있었다. 그렇다, 메아는 의미를 알 수 없었을 것이다.

검성술을 가졌고 감도 좋고 강력한 스킬을 보유한 그녀에게도 수왕과 프란의 교환은 진짜 싸움으로 보였을 터였다. 그것은 즉 메아는 아직 그 영역에 없다는 증거였다.

"크하하하! 뭐기는, 단순한 인사야! 그렇지?"

"응."

"이, 인사? 지금 게……? 하, 하지만. 만에 하나 잘못되면 어찌려는 거야!"

"괜찮다니까! 여차하면 바로 멈출 거니까."

"응?"

"이봐…… 아가씨 설마."

"창왕술을 가지고 있다면 분명히 괜찮을 거야."

"그야 그렇지만……."

수왕은 프란이 피하지 못했다면 직전에 멈출 생각이었던 모양이다. 뭐, 직전에 멈춘다 해도 죽지 않을 정도로 부상을 입는 데 그친다는 의미겠지만.

애초에 프란이 정상이 아니라는 것을 알아보고 힘을 상당히 뺐다는 것을 알 수 있었다.

"그건 그렇고 역시 검왕술을 손에 넣었군? 게다가…… 검왕이야."

"어떻게 알아?"

"흐흥. 아가씨는 기척은 잘 숨기지만 실력은 잘 못 숨기거든."

"실력을 숨겨?"

"그래. 아가씨는 기척을 읽는 힘도 있고 상대의 역량을 읽는 눈도 정확해. 그래서 한계를 확인하지."

"응."

"예를 들어 나와 상대했을 때, 처음에는 너무 무방비하게 보였어. 아가씨 정도 되는 전사가 신용은 해도 신뢰는 하지 않는 내게 무방비한 모습을 보일까? 아냐. 그렇다면 답은 간단해. 그 상태로도 안전하게 여긴다고 생각해야지. 아가씨와는 전에 가볍게 붙은 적이 있어. 내 실력은 알 거야. 그런데 이 거리감을 유지한다는 건 대답은 하나. 이 상태로 내 창을 막을 실력을 얻었다는 것. 즉 검왕술을 가졌다고밖에 생각할 수 없어. 게다가 지금 인사로 확신했어. 검왕술 이상의 뭔가가 있어. 검왕의 직업을 얻었지?"

으음, 엄청난 통찰력이야. 역시 수왕.

"뭐, 검왕인지 아닌지까지는 같은 수준의 사람이 아니면 눈치채지 못하겠지만⋯⋯. 그런 정보가 아슬아슬한 싸움에서는 중요하잖아?"

"응. 알았어."

"이, 이게 왕급 직업을 가진 사람끼리 나누는 대화인가⋯⋯."

메아는 서로 이해하는 수왕과 프란을 보고 전율하는 표정을 짓고 있었다. 그녀는 이야기를 들어도 이해가 가지 않을 것이다.

"약해 보이려면 어떻게 해?"

"간단해. 주위에 경계심을 더 가져. 그러면 실력을 어느 정도

숨길 수 있어."

그렇군, 강하니까 여유가 있다. 강하지 않으면 여유가 없어서 경계심이 강하다. 그런 건가.

"그걸 우습게 보는 바보라면 편하게 이길 수 있고, 그래도 경계하는 녀석은 강해. 그런 거다."

"응."

"뭐, 그 밖에도 여러 가지가 있지만 말이야. 쉬운 건 빌빌거리는 거야. 잔챙이라면 거기에 속아. 나는 무리지만! 아가씨라면 귀엽게 굴 수 있잖아?"

죄송합니다. 그건 무리입니다. 하지만 뭐, 실력을 숨기는 게 중요하고 방법도 여러 가지가 있다는 건 이해했다.

그리고 수왕이 귀중한 조언을 해줬다는 것도 이해했다.

"고마워."

"뭘, 이 정도로 네게 진 빚을 다 갚을 수는 없지."

"빚?"

"진짜 모르는군? 이봐, 난 네가 구해준 나라의 왕이야. 본래라면 큰절을 올려도 모자라."

"바보 아버지, 그건 아무리 그래도……."

"나도 알아."

아무리 담백하고 평민과도 친밀하게 이야기하는 왕이라 해도 역시 큰절은 할 수 없을 것이다. 나 역시 안다.

"하지만 이 정도는 허용될 거다."

"?"

그렇게 말하고 수왕은 프란의 손을 잡은 뒤 허리를 깊이 숙였다.

그 거구를 굽혀 최대한의 감사를 보였다. 왕이 그 머리를 상대의 앞에 무방비하게 보인 것이다. 어떤 의미에서 최고의 경의를 나타내는 것이리라.

"협력에 감사한다. 고맙다."

수왕은 진지한 목소리로 감사의 말을 꺼냈다.

그로부터 1분 이상은 머리를 숙이고 있었을 것이다.

마치 엄격한 의식을 치르고 있는 듯한 분위기가 느껴지기 때문일까, 누구도 말리지 않았다.

메아나 다른 부하들도 얌전한 얼굴로 지켜보기만 했다.

"오래 끌어서 미안하군."

"괜찮아."

얼굴을 들자 이미 평소의 수왕으로 돌아와 있었다.

수왕은 개구쟁이 같은 웃음을 띠고 프란의 어깨를 탁 두드렸다.

"그리고 이걸 가져가."

"?"

수왕이 건넨 것은 작은 주머니였다. 얼핏 보기에 꾀죄죄한 주머니지만 마력이 느껴졌다.

"아이템 주머니?"

"그래. 우리나라에서는 고작 천만 골드밖에 못 받았잖아?"

고, 고작 천만? 스케일이 엄청나군.

"영웅을 상대로 쩨쩨한 얘기잖아? 1억 정도는 주면 좋은데 말이야. 하지만 왕이라 해도 국고의 돈을 마음대로 쓸 수는 없어. 그렇게 하면 독재자로 격이 떨어지니까."

의외로 성실한 말을 하는군. 더 폭군 같은 왕이라고 생각했지만 그렇지 않은 모양이다.

"애초에 우리나라는 문관이 적어서 말이야. 녀석들의 기분을 상하게 해서는 안 돼."

수왕이 쓴웃음을 지으며 말했다.

수인국에서 무관은 희망자가 얼마든지 있다고 한다. 얌전하게 보이는 초식동물 계열 수인이라 해도 머리에 근육이 들어찬 경우가 많은 듯했다.

하지만 반대로 문관이 되려 하는 사람은 아주 적다나. 하물며 대신급 직위를 맡을 수 있는 우수한 문관은 손에 꼽을 수 있을 정도밖에 없다. 그래서 수인국에서는 문관이 존중받고 있다. 무관이 전투에 약한 문관을 우습게 보는 나라도 있지만 수인국에서 그런 일은 있을 수 없다고 한다.

"수인은 대식가뿐이라 병참을 가장 중요시하고 있어. 그래서 그걸 준비하는 문관의 중요성도 인지하고 있다는 거야."

"그렇구나."

즉 위장을 쥐고 있다는 뜻일 것이다. 먹는 것을 아주 좋아하기 때문에 그것을 준비해주는 문관들에게는 대등하게 맞설 수 없다는 뜻이다.

"이런, 얘기가 샜군. 그래서, 나라에서 이 이상 사례는 할 수 없지만 나 개인이라면 상관없으니까. 부족하나마 내 성의야."

"뭐가 들어 있어?"

"내 용돈이라 그렇게 많지는 않지만 500만 골드가 들어 있어. 돈을 좀 쓴 뒤라 얼마 안 돼 미안하지만."

"응."

응. 이제 놀랍지도 않다. 500만이라…… 하하하하. 아니, 진짜? 500만? 훈장의 부상과 마수를 판 돈까지 합치면 소지금이 2천만 골드를 넘을 것 같은데…….

프란은 여전히 동요하질 않네! 거금을 손에 넣을 때마다 허둥대는 내가 바보 같잖아!

그런 대화를 나누는 사이에 출항 시간이 다가온 모양이다. 선장 같은 사람이 로이스와 고드다르파와 함께 이쪽으로 다가오는 모습이 보였다. 그들과 만나는 것도 오랜만이다.

"프란 씨. 승선 준비를 부탁합니다. 5분 뒤에 출항해서요."

"알았어."

"짐이 있으면 들여놓겠습니다만."

"괜찮아. 이미 넣었어."

"그러고 보니 시공 마술의 사용자였죠."

그리고 선장들에게 인사를 하는 동안 순식간에 출항 시간이 됐다.

이로써 정말 마지막이다. 배에 타면 크롬 대륙을 떠나 질버드 대륙으로 향하게 된다.

"프란 아가씨. 다음에는 느긋하게 있을 생각으로 와줘!"

"응."

"감사합니다."

"고맙다."

수왕의 말 뒤에 전이술사인 로이스와 고드다르파가 같이 머리를 숙였다. 수왕은 한 손을 가볍게 들며 다시 감사의 말을 했다.

"키아라 스승에 대해서도 인사를 하지."

"인사?"

"그래. 진화해서 강적과 만족할 때까지 싸우다 전장에서 죽는다. 키아라 스승의 꿈을 전부 이루어줬잖아. 게다가 마지막은 손녀처럼 생각했을 프란 아가씨가 지켜봤고…… . 부러운 최후야."

수왕의 말에 로이스와 고드다르파도 고개를 끄덕였다.

"저도 그렇게 생각합니다. 그 스승님이 병상에 있다는 말을 듣고 스승님답지 않은 최후라고 생각했습니다."

"그걸 프란이 일으켜 세웠어. 네가 없었다면 키아라 스승은 진화를 목표할 생각도, 다시 싸울 생각도 하지 않았을 거야."

그리고 수왕이 프란의 등을 가볍게 두드렸다.

"가슴을 펴! 넌 스승을 죽게 만든 게 아냐! 최고의 죽음을 맞이할 장소를 준 거다! 키아라 스승도 분명 감사하고 있을 거야! 제자인 내가 하는 말이니까 틀림없어!"

조금 조잡한 논리인 것 같기도 하지만 그가 프란을 위로하려는 마음은 전해졌다. 키아라의 최후를 지켜본 프란이 충격을 받았다고 생각한 모양이다.

프란도 그것을 이해했을 것이다. 진지한 얼굴로 수왕에게 마주 고개를 끄덕였다.

"……응."

"그리고 검신화에 대해 충고하지. 그 힘에 빠지지 마."

"알고 있어."

"그럼 됐어. 그건 이정표야. 나는 그렇게 생각한다."

수왕도 창신화는 단순한 강화 스킬이 아니라는 것을 느끼고 있는 모양이다. 왕술을 얻은 존재에게 한층 앞을 보여주기 위한 이

정표. 우리와 비슷한 느낌을 받았을 것이다.

"응. 언젠가 그때의 나를 따라잡을 거야."

"후하하하! 그 기개야! 다음에 만났을 때는 모의전이라도 하자고."

즐거운 듯이 웃으며 그 자리에서 물러난 수왕 대신 프란의 앞에 선 것은 메아다.

"프란……."

"메아……."

둘은 함께 가슴 앞에 손을 모으고 슬픈 표정으로 서로를 바라봤다.

"……작별이다."

"……응."

메아뿐만 아니라 프란의 눈도 촉촉했다. 아니, 이미 눈가에 눈물이 맺혀 있었다. 흐르는 것도 시간문제일 것이다.

"……뭔가 곤란한 일이 있으면 불러. 내가 뭘 하고 있든……, 네가 어디에 있든 반드시 달려갈게."

"……나도, 그럴게."

"그래."

"응."

동시에 고개를 끄덕이는 프란과 메아. 그 움직임은 완전히 똑같았다.

서로 통한 거겠지.

"……이게 마지막이 아냐. 그러니까 울지 마."

"……으으."

"……훌쩍."

볼을 적시는 프란의 눈물을 눈이 촉촉한 메아가 다정한 얼굴로 살며시 닦았다.

그 바람에 서로의 손이 떨어져 거리가 생겼다.

그것이 작별의 신호였다.

"자, 프란. 배가, 떠난다."

"응……!"

배의 출항 신호인 종이 울리자 프란이 쾌속선의 트랩을 뛰어 올라갔다. 전혀 망설이지 않는 것은 미련을 끊기 위해서다. 프란 스스로도 여기서 울먹이면 자신의 결심이 흔들린다는 것을 알고 있을 것이다.

배의 갑판과 밑에서 마주 보는 두 사람.

몇 초쯤 말없이 있은 후, 둘은 다시 동시에 입을 열었다.

"……작별이다!"

"……고마, 워!"

마지막 표정이 우는 얼굴이어서는 안 된다고 생각했을 것이다. 프란은 얼굴을 들고 억지로 미소를 지었다. 지독한 미소다. 하지만 그것은 메아도 똑같으니 피차일반이려나.

도저히 미소로 보이지 않지만 최고의 미소를 보내는 두 소녀.

『신세를 졌어.』

'나야말로 신세를 졌다. 또 만나자. 다음에는 린드의 진짜 힘을 보여주지.'

『기대하고 있을게.』

"그러면 프란 일행이여. 또 만나자!"

"응! 또, 봐."

"윙!"

역시 쾌속선이라고 불릴 만했다. 잔교에서 멀어지는 배는 엄청나게 빨랐다. 점점 멀어지는 육지.

그래도 프란은 손을 계속 흔들었다. 서로의 모습이 보이지 않게 되고 그레이실이 콩알만큼 작아져도 계속 손을 흔들고 있었다.

"다들, 바이바이."

TENSEI SITARA KEN DESITA Vol. 10
©2020 by Yuu Tanaka / Llo
All rights reserved.
First published in Japan in 2020 by MICRO MAGAZINE, INC.
Korean translation rights reserved by Somy Media, Inc.

전생했더니 검이었습니다 10

2022년 9월 15일 1판 2쇄 발행

저　　　자 타나카 유
일 러 스 트 Llo
옮 긴 이 신동민
발 행 인 유재옥
본 부 장 조병권
담당편집자 박치우
편집 1팀 김준균 김혜연 박소연
편집 2팀 정영길 조찬희 박치우
편집 3팀 오준영 곽혜민 이해빈
미　　　술 김보라 박민솔
라이츠담당 한주원 이승희
디 지 털 박상섭 이성호 최서윤 김지연
발 행 처 ㈜소미미디어
등　　　록 제2015-000008호
주　　　소 서울시 마포구 토정로 222, 403호 (신수동, 한국출판콘텐츠센터)
판　　　매 ㈜소미미디어
제 작 처 코리아피앤피
영　　　업 박종욱
마 케 팅 한민지 최정연 한소리
물　　　류 허석용 백철기
전　　　화 편집부 (070)4164-3962, 3963 기획실 (02)567-3388
　　　　　　판매 및 마케팅 (070)4165-6888 Fax (02)322-7665

ISBN 979-11-384-0875-2 04830
ISBN 979-11-5710-608-0 (세트)